Mamilou et grand-père en short autour du monde - 2

Y'a de la joie dans le Pacifique

Domi Montésinos

DU MEME AUTEUR

Mamilou et Grand-pere en short autour du monde – 1

Mamilou et Grand-pere en short autour du monde – 3

La Belle et le bouchon gras

© 2019, Montesinos, Domi

Edition : Books on demand

12/14 rond-Point des Champs-Elysées, 75008 Paris

Impression : Bod-Books on Demand, Nordestedt, Allemagne

ISBN : 9782322151165
Dépôt légal : mars 2019

A ma fille Claire

Table des matières

Panama — *7*
Costa Rica — *18*
Les Galapagos — *37*
Les Marquises — *47*
Les Tuamotus — *63*
Tahiti — *74*
Les iles de la societe — *114*
Les iles tonga — *136*
Les Fidji — *141*
Nouvelle calédonie — *149*
Australie — *170*

Panama

L'immensité du Pacifique s'offre à nous, promesse illusoire d'infini. Avant de nous y lancer, trois jours de gesticulations approvisionnantes seront nécessaires pour remplir le ventre de Catafjord de montagnes de boites, cannettes, bouteilles, tubes, rouleaux et paquets de toutes ces choses que nous avons pris l'habitude de considérer "nécessaires".

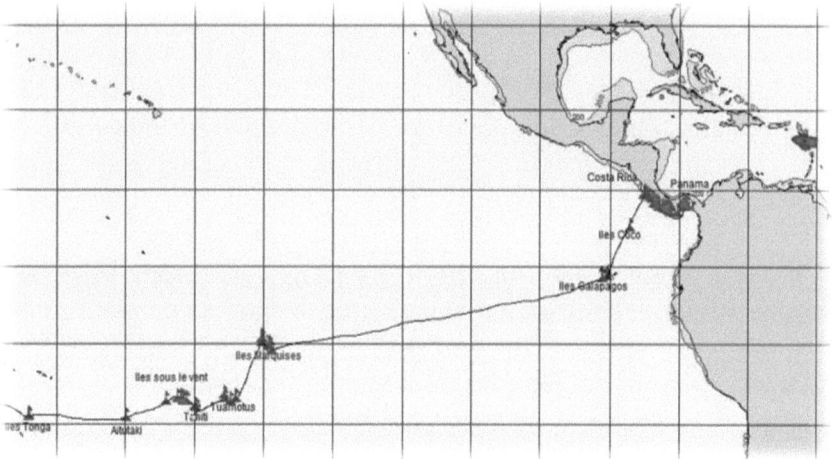

La galerie marchande de Panama city est époustouflante, immense et moderne, en tous points identique à ce que l'on peut trouver dans toutes les grandes capitales. C'est rutilant, lumineux, bruyant, climatisé, récuré, désinfecté et parfaitement impersonnel: le paradis de la consommation. La ménagère y est en ébullition. Elle compulse, elle compare, elle tripote, met dans le caddy, trouve mieux et moins cher dix mètres plus loin, recommence, véritable fourmi humaine remplissant ses placards en vue des rigueurs de l'hiver ! Toutes les grandes enseignes internationales sont représentées: fringues, parfumerie, horlogerie, informatique… On se croirait dans l'espace "duty free" d'un aéroport.

Plusieurs zones consacrées à la restauration permettent de se combler la dent creuse à n'importe quelle heure. Imaginez une place grande comme un hall de gare, meublée de centaines de "blocs" *table-quatre-chaises-inox-soudées-ensemble*, alignés comme à la pierrade. Tout autour, des espaces clos avec un comptoir, des gens tout de blanc vêtus qui s'agitent derrière et, au-dessus, une enseigne avec des photos de plats tarifés. Les Ricains ont laissé ici de profondes empreintes et il est plus aisé de boulotter un poulet/ frites arrosé de coca, qu'un cassoulet avec un bon coup de rouge… Par contre, question ambiance, y a l'paquet! Une scène, érigée au milieu des tables, accueille un monsieur Lion et une madame Crocodile qui dansent en compagnie de pom-pom girls et un genre de "ma gueule Jacques sonne" de supermercado, servis par le même matos que pour un concert de Johnny. Des watts ! Beaucoup de watts ! Et des lumières qui jettent des images aux murs et aux plafonds, des lasers, de la fumée et… un public, qu'applaudit quand c'est qu'on lui dit d'applaudir… une merveille!

Des kilomètres d'allées ! Chaque sortie sur l'extérieur porte un nom d'animal, figuré par son effigie en polyester, disons à l'échelle 1,5. Par exemple, le lion atteint deux mètres de haut, le kangourou, pas loin de trois mètres… y aurait que l'éléphant qui s'approche de l'échelle 1. Allez savoir pourquoi (en plus, on s'en fout tellement).

Un détail m'excite la réflexion… Dans les vitrines des boutiques de maillots de bains et de fringues sportives, la plupart des mannequins féminins sont pourvus de poitrines opulentes style "supervixens" si vous voyez le genre... Mon intérêt pour la chose technique m'incite à imaginer que peut-être sont-ce là des appendices à géométries variables. Sinon, il faudrait autant de mannequins que de modèles d'attributs… Et pis tèt'[1] qu'avec l'option "seins gonflables à

---

[1] L'attribut et l'épithète sont les deux mamelles du vocabulaire français…

opulence variable", le responsable du magasin peut régler le volume à volonté, en fonction de l'article à promouvoir ou de la clientèle visée, développant à loisir le sujet à l'aide d'une pompe à vélo, ou, au contraire, l'amenuisant grâce à un clapet de décharge (!) pour les *modestement tétonnées*... Ingénieux, n'est-ce pas ? J'aime bien comprendre les processus… c'est toujours passionnant, je trouve.

Les bus de ville sont assez croquignolets par ici. Look rétro avec le capot-moteur qui dépasse en avant du pare-brise, carrosseries en tôles rivetées et surtout entièrement décorées à l'aérographe. Le chauffeur dispose d'un gros levier, relié au battant de la porte d'entrée par une tige métallique. Un genre de télécommande manuelle, si je puis dire peu sujette à panne Chaque conducteur décore son petit espace de travail comme bon lui semble, avec tantôt des bondieuseries, tantôt des photos de ses gamins, ou alors son équipe de foot préférée ; rarement un portait de sa belle-mère…

A quelques kilomètres du centre commercial, c'est la ville. Nettement moins moderne, et moins cleanos aussi. Certains quartiers sont totalement prohibés aux piétons pour cause d'insécurité et les déplacements, même courts, se font en taxi pour un ou deux dollars (qui peuvent monter à cinq si on tombe sur un gourmand qui veut se faire du gras sur le dos d'un "gringo". Avec les Ricains, ça marche… avec les Français, nettement moins bien). Cependant, globalement, déambuler en centre ville parmi les innombrables magasins et échoppes de toutes tailles et de tous standings ne pose pas de problème. On peut ainsi acquérir un home cinéma Sony dans un magasin moderne avec vigiles partout et, vingt mètres plus loin, négocier dans un stand de rue de deux mètres-carré quelques baguettes d'encens, des gants de toilettes, une carte de téléphone prépayée ou encore des CD piratés. En semaine, ça grouille de monde alors que le dimanche… ça grouille aussi, mais moins, et la moitié des magasins sont fermés.

Première journée de croisière en Pacifique

Démarrage laborieux… Nous devons nous rendre à la marina voisine pour compléter notre plein de carburant. Banal, semble-t-il, mais ici c'est un peu le royaume de l'indolence et de l'inefficacité. Aussi l'opération nous bouffera toute la matinée. Pour ajouter une petite touche d'énervement supplémentaire, un gugus, pilotant sa lancha[2] comme un manche tout en téléphonant, nous érafle l'arrière dans une manœuvre de gros bouffon. Rien de grave, mais ça agace...

Isla Contadora

Quelques minutes après avoir enfin quitté la marina, un voyant orange allumé au tableau électrique de la table à cartes nous indique que la pompe de cale avant tribord est en marche. Je file immédiatement soulever le plancher pour voir de quoi t'est-ce qu'il s'agite. Le tuyau d'eau chaude a explosé et le réservoir est en train de se vider dans la cale... Et pour couronner le tout, le passe-coque de sortie d'eau de la pompe de cale est obstrué par des concrétions. Du coup l'eau s'écoule sur notre matelas par l'évent de l'anti-siphon (ainsi font, font, font, les petits emmerdements...). Ça démarre bien, la petite croisière… pas si fick que ça... plutôt "fuck" même. Mais il en faut plus pour nous dévisser la bonne humeur car tout ceci n'est en définitive que menues tracasseries et le plaisir de naviguer dessus la mer jolie est bientôt de retour, complété par notre arrivée à Isla Contadora, archipel des Perlas, à l'heure de la belle lumière, laquelle se trouve coïncider, à quelque chose près, avec l'heure de la petite mousse bien fraiche. Un petit bémol cependant, l'eau est un peu frisquette à mon goût pour se baigner dans le quartier. 24°C... pour un frileux comme moi c'est justaud.

Espiritu Santo

La corvée de carénage sur la plage est en phase finale (comme on dit en gériatrie...). Le matériel est rangé, le bateau nettoyé et la nuit arrive. La marée ramène doucement l'eau sous nos coques, nous

---

[2] Barque locale

conférant l'espoir de flotter d'ici environ deux heures si les cieux sont avec nous ("si l'essieu sont avec nous", c'est quand on le fait avec un trav-lift...et une faute d'orthographe…). Nous avons eu de la chance et en plus nous avons bien bossé, la Miloude et moi, pendant ces deux jours, pour échouer le bousbir sur cette plage bien tranquille, gratter les malpolies berniques qui y avaient élu domicile sans invitation et passer deux couches de ce magma infâme qu'on appelle "antifouling"[3]. Nous avions même le projet fou d'en passer une troisième couche, car il restait assez de produit pour cela, mais nous sommes, encore une fois, sauvés par le gong... lequel s'est opportunément présenté sous la forme d'un jeune allemand équipé d'une superbe girl-friend panaméenne. Leur canote est mouillé à un jet de chique, et ils proposent de nous racheter la camelote qui nous reste... Tout bien réfléchi, deux couches, c'est très bien, trois ça serait trop! Dès demain, on joue à autre chose.

"Isla San José"

Quelques heures de moteur, un petit bord de près dans une gentille brise, et nous y voilà.

Devant nous, une jolie plage tranquille avec un petit hôtel cossu mais parfaitement intégré au paysage. Un modeste canote est mouillé devant. Cachée dans les arbres, un peu à l'écart, on devine la maison de Gerda.

Comme nous nous approchons, elle vient à notre rencontre et parle. Elle a besoin de parler, de raconter, car elle traverse des moments de tourmente. Elle a perdu son compagnon, Dieter, il y a six mois et vit désormais seule dans le petit royaume de nature qu'ils se sont constitués ici, ensemble, depuis vingt-quatre ans. A l'époque, ils étaient les seuls habitants de l'île. Ils y ont construit des chemins, planté des arbres fruitiers et mis en place tout ce qu'il faut pour vivre cette expérience originale pour laquelle ils avaient tout quitté. A

---

[3] Peinture antisalissure composée de matières qui tuent les organismes qui essaient de s'y accrocher

présent, Gerda est bien handicapée par la perte de son compagnon, car c'est lui qui se débrouillait pour faire un petit voyage à Panama de temps en temps afin d'y quérir quelques denrées introuvables sur place. Nous lui en offrons quelques-unes, en échange de fruits et légumes qu'elle cultive. Gerda nous emmène visiter son "domaine" de Robinson. Après qu'elle et Dieter aient pris racine ici, en 1986, la coque de leur canote en acier s'est gentiment désagrégée sous l'effet de la rouille jusqu'à disparaitre totalement.

Ceque vient de faire Dieter il y a peu de temps. Ses restes reposent, à présent, sur un petit monticule, face à la mer, à deux pas de leur plantation, ainsi qu'il en avait émis le souhait. Les vagabonds des mers comme nous, de passage ici, peuvent s'approvisionner en mangues, corossols, pamplemousses, mandarines, oranges, citrons, bananes. Un petit troupeau de chèvres fournit la viande… enfin, en majeure partie... Gerda nous montre sur la plage un nid creusé dans le sable par un iguane pour y déposer ses œufs, exactement comme le font les tortues. Soudain, l'espèce de gros lézard planqué là-dedans sort comme un diable de sa boite, filant à toute vitesse vers la forêt toute proche. C'est sans compter sur les talents de chasseur de "Bella", la chienne, qui capture le bestiau en moins de trois minutes, fournissant à sa patronne la barbaque pour un repas. Et puis, Gerda, ça l'arrange bien d'éliminer un iguane car ils se reproduisent très vite et causent beaucoup de dommages dans les plantations. Maintenant qu'elle est seule, ça va devenir difficile d'assumer tout ça et elle songe sérieusement à quitter cet endroit... Se présentera-t-il quelqu'un pour prendre la suite? Ce serait dommage que non, mais, pour le moment, ce n'est pas gagné…

Benao

À déraper l'ancre, puis envoyer la grand-voile, l'artimon à un ris et dérouler le gégène[4]. Sitôt passé l'abri de l'île, la mer est blanche d'écume et le vent souffle vingt-cinq nœuds. Nous sommes très toilés

---

[4] Génois : voile d'avant

et le canote glisse sans peine à une douzaine de nœuds dans la mer peu formée. Plus de onze nœuds de moyenne pour les cinq premières heures de navigation... et dix nœuds sur l'ensemble des quatre-vingt-cinq milles qui nous amènent dans la baie de Benao sur la côte sud du Panama. Sympa! Seul bémol, un poisson surdimensionné a emporté mon hameçon et le beau leurre tout neuf récemment acquis.

Le mouillage de Benao n'est pas du genre encombré. Un seul autre bateau y a pris refuge devant la grande plage de sable gris. Trois petits établissements aux basses toitures de chaume hébergent quelques touristes et surfeurs. Il y a peu de houle en ce moment et c'est très confortable ici, tout autant que venteux d'ailleurs. Mais ça nous convient tout à fait, car ça fait tourner l'éolienne et nous préserve des moustiques.

Le soleil a viré à l'orange pour faire son intéressant avant de tirer sa révérence (le pôvr, que voulez-vous qu'il tire d'autre... ?)

Quand je repense à c't'andouille de poisson qui m'a piqué mon beau leurre tout neuf hier, moi qui n'en achète jamais d'habitude... Il doit avoir l'air malin maintenant avec ce gros hameçon double planté dans les chicots et une barbichette rouge en plastique qui dépasse de chaque coté. Ridicule! En plus, ça va pas être plus commode pour se rincer la dalle. Quand à séduire une poissonne, même polissonne, avec ce look, il va pouvoir se la mettre sur l'oreille... et comme il n'en a même pas... disons sur la caudale alors. En tout cas, pour la gaudriole, ce sera que dalle! Ça lui apprendra à piquer les affaires des autres.

Pour la pêche aussi, j'ai des idées…

Piètre pêcheur, je n'en descends pas moins d'une longue lignée de taquineurs de morues de St Pierre et Miquelon (soyons clairs : je parle bien des morues qui nagent dans la mer...). Parfois j'ai un peu honte d'être si médiocre, mais je prends sur moi. Je me suis toujours abstenu de m'équiper de ces dispendieux instruments modernes à base de fibre de carbone, de moulinets multi vitesses à frein siffleur, étincelants comme des vitrines de bijoutiers, et de leurres plus appétissants que les poissons qu'on peut prendre avec, mais qui en coûtent dix fois le prix. D'un point de vue économique, ce style de pêche, je n'adhère pas vraiment… A dépense égale, j'aime mieux acheter le poisson au marché. Ça fait fonctionner le commerce local et ça ne dégueulasse pas le canote. Ceci dit, c'est chacun son goût.

Donc, en résumé, point de toutes ces modernités à bord de Catafjord. La pêche s'y pratique en traînant derrière une poupe (ou les deux parfois) une méchante ligne surdimensionnée, et vachement bien visible, qui remorque un énorme hameçon double, vaguement camouflé par un leurre fait-main à base de vieux bout' décommis. Moyennement appétissant comme truc. Parfois ça donne, mais on ne décime pas la ressource avec ça…

J'en arrive à cette idée, peut-être un peu géniale, qui m'est apparue en pensant à un de nos grands champions qui a mené récemment son énorme trimaran à la victoire dans une Route du Rhum. Ma capacité innovatrice du moment, décuplée par la pleine lune probablement, a débouché sur un système qui pourrait bien remplacer avantageusement les fameux moulinets à « watmilboules », dont au sujet duquel, je n'en possède aucun.

Voici : si je prends un des vélos du bord, que je le fixe intelligemment à la poupe et que j'ôte les rayons de la roue arrière… en utilisant le moyeu d'icelle comme tambour d'enroulement, nous voilà t'y pas en présence d'un moulinet de ouffff ? Parfaitement dimensionné pour remonter n'importe quel marlin, ou thon, ou daurade ou sardine (cherchez l'intrus), devenu alors un jeu de papy. Alors, c'est pas génial comme idée ça ? Et puis, comme le vélo il est électrique, si ça force un peu trop, on peut même s'aider avec la batterie. Bon, évidemment, ça ne nous résout pas le problème de l'efficacité du leurre. Mais bon, il y aura sûrement d'autres pleines lunes.

Pensée *sportivopêcheuse* du jour : «L'espadon qui s'est fait *pêcho* à la ligne, par un gros hameçon, alors-là, y fait un peu moins le marlin. »

Ile Cebaco

Arrivée comme dans un rêve, juste à la nuit tombée, la lune nous offrant l'aide de sa douce lumière pour aller poser l'ancre au fond de l'anse.

La perte, hier, de nos leurres tout neufs est aujourd'hui lavée! Nous avons pris, un mètre quatre-vingt de poissons… soit une dorade coryphène d'un mètre sur la ligne de Malou et une bonite de quatre-vingt centimètres sur la mienne, grâce à un leurre fabriqué ce matin même avec un morceau de vieille écoute. La barbaque pour trois semaines ! Et je n'ai pas transformé de vélo en moulinet (pour le moment…).

Plusieurs groupes d'îles parsèment le sud du Panama, dans l'immense golfe délimité par la Punta Naranjo à l'est et la Punta Burica à l'ouest. La plupart sont des merveilles, inhabitées, un peu vallonnées, pourvues de plusieurs bons mouillages et recouvertes d'une végétation exubérante. Certaines sont dotées de basses maisonnettes noyées dans la verdure comme autant de chambres d'hôtes exotiques, accueillant des vacanciers en mal de dépaysement. Mouillés dans une de ces baies de carte postale, trois gosses de riches, insouciants et bruyants, traversent ce paradis en canoë, inconscients de l'immensité de leur privilège...

La mer est plate et molle. Au loin, comme un trompe l'œil décoloré au mur de l'horizon, le volcan Barú, quatre mille mètres de haut, barre la route de l'alizé de l'Atlantique nord.

Nous quittons la dernière de ces îles du sud Panama.

Il me semble possible de passer des semaines ici, vagabondant d'un endroit de rêve à un endroit magique, le canote posé à la surface d'un aquarium géant, l'eau à 28°c permettant de renouer avec la délicieuse habitude du bain quotidien (amène!). Hier, Malou s'est trouvée nez-à-nez avec une tortue marine à trente mètres du bateau, et moi avec une belle raie noire à taches blanches. C'est toujours un ravissement pour moi de me retrouver en face d'une jolie raie…

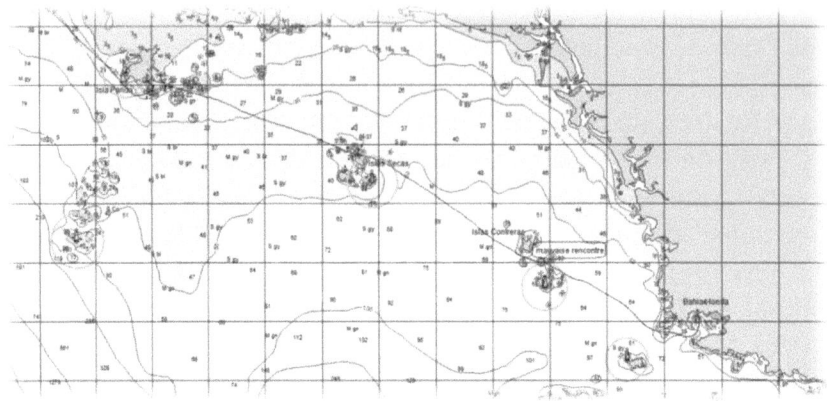

Rencontre louche aux Islas Contreras

Il est onze heures et nous avons quitté la tranquille Bahia Honda, sur la côte ouest du Panama, depuis presque trois heures, naviguant au moteur à cause de l'absence de vent. Nous abordons le petit archipel des Islas Contreras, qui se trouve exactement sur notre route.

Après consultation de la carte marine, je décide de passer entre deux îles. Pourquoi pas, c'est toujours plus court que de contourner. Soudain, un navire, masqué au préalable par une des îles, surgit du côté tribord, coupe notre route une centaine de mètres devant nos étraves, puis vire à gauche, venant vers nous à contrebord. La VHF crachouille. On essaie de nous parler. J'engage la conversation, en espagnol, cependant que le bateau-mystère passe suffisamment près de nous pour qu'on puisse distinguer certains détails. C'est une embarcation à moteur, en alliage d'aluminium, équipé comme un bateau de pêche, mais d'une propreté rare sur ce genre de navire, lorsqu'il est au travail. Tout y est net et bien rangé. Quatre personnes semblent former son équipage. Bref salut en se croisant. Puis la conversation radio reprend de plus belle, à leur initiative. Ils me posent des tas de questions, sur tout. La taille du bateau, notre destination, le motif de notre présence… Me retournant pour apprécier la distance qui nous sépare, je constate, avec un pincement au cœur, qu'ils ont fait demi-tour, et nous suivent, à présent. Même, ils se rapprochent!

Nouvelle question : «Et combien êtes-vous, à bord?». Là, mon sang ne fait qu'un tour. Si je leur dis que nous ne sommes que deux, ils vont sûrement se sentir intéressés de nous rendre une petite visite… En un éclair, la parade me parait évidente. Je cramponne le micro, et leur annonce, sur un ton que je veux désinvolte: «Nous sommes onze. Mais, il est encore tôt et les autres dorment. Nous leur préparons le petit-déjeuner. Ils ne vont pas tarder à apparaitre.»

L'effet est quasi-immédiat. Deux minutes plus tard, ils font, de nouveau demi-tour, et s'éloignent inexorablement, nous apportant ainsi un extraordinaire soulagement. Qui étaient ces gens ? Ils n'avaient pas des allures de pêcheurs. Mais ça ne signifie rien. Ce qui est certain, c'est qu'ils se sont mis à nous suivre après avoir vu que nous n'étions que deux… Et, ça, c'est tout de même un peu inquiétant.

Escale à Puerto Armuelles

Afin d'y accomplir les formalités de sortie du Panama... Quel lavement! Chiant et coûteux. Le mouillage est inconfortable. L'accès à terre, avec le dinghy, est des plus acrobatiques et le racket est au rendez-vous auprès des autorités pour obtenir la «clearance» de sortie. Bah ! Demain, on change de crémerie. Le Costa Rica est là, derrière la péninsule de Burica, qui semble nous inviter à partager quelques moments de bonheur... L'escale la plus belle, c'est toujours celle à venir. Hasta luego Panama.

Costa Rica

Golfito

-"C'est quoi ces jolies petites maisons, derrière les arbres là-bas?" dit Malou en arrivant devant Golfito.
-"Des tombes, ma poule, c'est un cimetière...". L'ancienne cité bananière, reconvertie dans l'huile de palme et le tourisme, s'étire sur le littoral, blottie, comme adossée à la forêt omniprésente. Nous mouillons l'ancre devant le sympathique yacht-club « LAND SEA » tenu par Katie et Tim. Un havre tout à fait recommandable. Tim a un look d'Irlandais (on dirait un des "Dubliners "), se dit Espagnol et speak parfaitement english avec un accent américain...

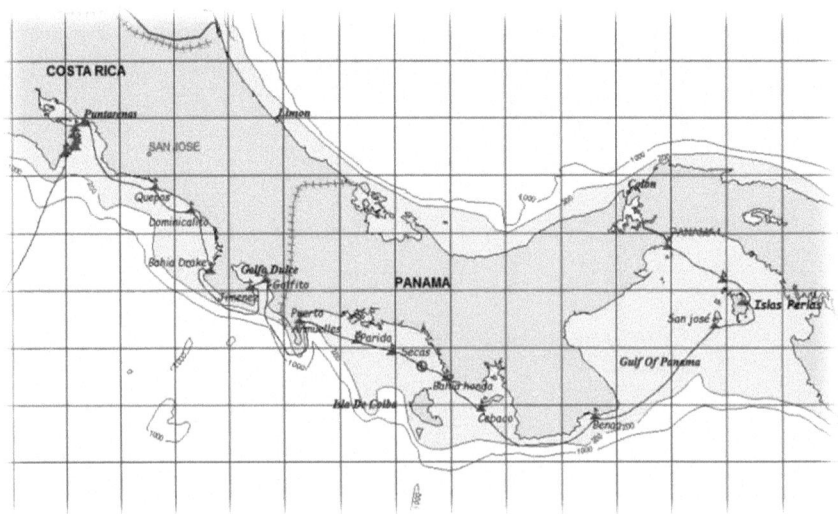

Les formalités d'entrée au Costa Rica nous accaparent presque toute la journée, avec un coup de chauffe particulièrement "exciting" lorsque la douanière nous somme d'aller voir un avocat pour que nous puissions lui produire une preuve, en espagnol, que j'ai l'autorisation de commander Catafjord! (100 dollars le papelard...!). Pour finir, ça se règle à l'amiable en lui présentant tous les documents canadiens que nous possédons sur le sujet, et en lui rédigeant moi-même une déclaration en espagnol, du genre : "Yo soy el capitan del bote Catafjord", signé "Domi".

La découverte, à pied, de Puerto Jiménez, ne nous laisse pas indifférents. Cette bourgade sans coquetterie présente un côté "far-west" assez plaisant, avec ses larges rues parallèles en terre (à l'exception d'une artère principale en dur). Un grand nombre de boutiques sont tournées vers le tourisme mais les autochtones vivent ici dans une ambiance de village assez bon-enfant. On joue au foot sur un terrain très correct, on déambule en vélo, on fait ses emplettes, on rentre à pied du boulot ou on va faire trempette à la plage car c'est marée haute en ce moment. Une camionnette abondamment sonorisée parcourt le bourg en tous sens, annonçant le karaoké du soir à grands renforts de décibels...

Bahia Drake

Le "Newmatic"[5] nous emmène découvrir une de ces adorables rivières qui serpentent au cœur de la forêt, enchâssée entre des collines couvertes d'arbres géants. Les cris d'animaux font un bruit de fond parfaitement exagéré. Je me demande s'ils se rendent bien compte. Nous nous déplaçons à l'aviron pour mieux goûter la majesté de l'environnement, et aussi pour ne pas abimer l'hélice du Yamaha sur un caillou... Soudain, là, devant nous, un caïman ! Approche lente, en douceur, sans bruit. Cependant, le bougre nous a à l'œil. Au fur et à mesure que nous forçons sur les avirons, lui aussi accélère sa nage et

---

[5] Annexe en polyéthylène

finit par plonger lorsque nous ne sommes plus qu'à quelques mètres. Tant pis pour lui… il ne sera pas sur la photo.

Quepos

C'est le lieu de rendez-vous convenu pour retrouver nos invités finistériens. Aussi, le "Gwenn a du"[6] est établi dans les barres de flèches bâbord. Le mouillage est rouleur, bien ouvert sur la houle du large, mais l'eau est limpide et chaude. On trouve quelques facilités à terre et plusieurs îles avenantes à proximité. Tout ce qu'il faut pour initier une jolie croisière.

Par contre, ça roule vraiment beaucoup. Du coup, la décision est prise d'aller les accueillir à Puntarenas, au "Yate clube", dans un décor moins naturel, plutôt citadin, mais sur un plan d'eau plus statique.

Valizarèdj à Puntarenas

Connaissez-vous le dernier jeu-challenge à la mode de Bretagne? Ça s'appelle la "Valizarèdj", en hommage à son génial inventeur, Régis Th... (Je préfère ne pas écrire son nom, car il est si modeste que l'incognito lui sied bien mieux que la notoriété). Le principe en est simple. Arrivant en avion pour quelques jours de vacances à l'étranger, vous vous débrouillez pour subtiliser une valise ne vous appartenant pas et en laisser une des vôtres qui lui ressemble vaguement. Ensuite, vous vous rendez normalement sur votre lieu de villégiature, et à partir de ce moment le jeu consiste à tenter d'intervertir les deux valises dans un délai le plus court possible. C'est un jeu à kilométrage illimité.

---

[6] Pavillon breton, noir et blanc

Vous avez le droit de parcourir beaucoup de chemin pour faire l'échange, ça ne craint rien...

Ainsi donc, hier dimanche, nous avons fait avec nos invités une partie de "Valizarèdj" très distrayante qui nous a permis de renouer avec une vieille tradition costaricaine, hélas méconnue et tombée en désuétude: passer le jour de la St Valentin en famille à l'aéroport de San José. J'ai lu quelque part que le mot "Valizarèdj" est un vocable qui date de l'époque précolombienne et qui était utilisé par les amoureux pour se fixer des rendez-vous galants sans que rien n'y paraisse (d'où l'expression populaire bien connue ici: "tu viens ma poule, on va se faire une petite partie de "Valizarèdj" sous le cocotier en haut de la colline"). Bref, à pas plus tard que huit heures du matin, les mômes réveillés depuis déjà trois heures, nous voilà tous les sept dans le bus, direction l'aéroport de San José. Deux heures de route ! C'est vite passé... Un énorme camion renversé sur le bord de la jolie route qui serpente dans la montagne nous rappelle que, des fois, faut penser à serrer les miches... Le hall de l'aéroport n'est, en principe, accessible qu'aux personnes munies d'un billet d'avion. C'est ballot… on n'en a pas ! Nombreuses palabres… puis on rentre avec la smala et on s'explique. Puis on repart… et on revient plus tard. Et là, on ne peut plus rentrer car il y a trop de monde. Nouveaux marchandages : "Bon, d'accord, allez-y, mais seulement trois, les autres restent dehors". L'espoir s'immisce.

-"Oui, c'est bien ici les bureaux d'Iberia, mais le responsable des bagages ne prend son service qu'à 14h30".

-"Oui, je sais qu'il est 14h30, mais le responsable est en réunion, allez l'attendre dans le hall". Allons plutôt d'abord faire une petite bouffe d'attente, à cinq cents mètres de là, dans une gargote merdique avec tables et chaises en plastique et la télé à fond! Vers quinze heures, après quelques nouvelles palabres, bingo, l'échange de bagages est consommé. Le premier record de l'épreuve est établi: 21h30 après l'arrivée! Belle performance! Cependant, les records sont faits pour être battus, et, donc, tous les espoirs sont permis pour les futurs challengers.

De retour à bord, en début de nuit, il parait réaliste d'estimer que la première journée de vacances de nos invités a été à la fois passionnante et bien remplie. Et pour nous pareil! Alors qu'est-ce qu'on dit?

-"Merci Régis!!!!!"

San Lucas

Quittant le yacht club de Puntarenas, notre sillage longe le nord de la ville, sorte de bidonville où est agglutinée une ribambelle de petits bateaux de pêche souffreteux.

San Lucas est toute proche. Le débarquement en dinghy est aisé grâce au wharf de béton, complété d'un escalier. C'est ce même débarcadère qui a permis, de nombreuses années durant, l'acheminement de l'ancienne population carcérale venue goûter ici la vie très peu poilante réservée aux bagnards. La visite guidée du pénitencier en ruine nous laisse entrevoir ce qu'était la vie quotidienne de ces gens. Tout est resté en l'état depuis le départ des derniers pensionnaires, il y a environ vingt ans.

Cependant, un chantier de réhabilitation est en cours et nous croisons quelques jeunes gens, sans doute maigrement rémunérés, si ce n'est simplement « volontaires », qui trimballent leur brouette de sable, en ahanant sous le cuisant soleil tropical. Gageons qu'eux, au moins, sont là de leur propre gré.

Isla muertos

Sympa comme nom… Après le déjeuner et quelques heures de navigation à voile, l'ancre tombe dans une jolie anse bien abritée, juste à l'heure de la belle lumière.

Cette île privée n'est habitée que par un gardien, accompagné de son frère, pêcheur. Il nous y accueille fort gentiment, nous indiquant le sentier de promenade. Il y avait ici un hôtel, certainement sympa, mais aujourd'hui, tout est en ruine. Ce qui ne nous empêche pas de faire une agréable balade, gravissant la colline tapissée d'un épais matelas de feuilles mortes qui crissent sous les pieds et fait choir les maladroits… Les mômes pleurnichent que ça égratigne… Y en a même qui parlent de "blessure"… Pendus comme des fruits vivants dans les hautes branches, une famille de singes hurleurs nous contemple béatement, semblant s'interroger sur les raisons de notre présence dans leur domaine.

Jesusita

On prononce "réssoussita", ce qui inspire à Régis ce bon mot : "Après Muertos, Jesusita... c'est de bonne augure ..." Quel déconneur ce Rèdge!

C'est ici que nous faisons connaissance avec le "papagayo", ce vent typique du nord Costa-Rica qui peut souffler en tempête. Actuellement, il ne dépasse pas les vingt-cinq nœuds, ce qui est très supportable. Durant ce dernier court voyage, une brave carangue s'invite à bord par la ligne de pêche, pour la plus grande joie des enfants et de leurs parents. La croisière s'amuse.

Papagayo a dû avoir vent de ce que j'ai écrit à son sujet, car aujourd'hui il a décidé de nous montrer qu'il n'est pas forcément que pépère. Ça souffle de plus en plus fort cependant que la journée s'avance, et je finis par prendre la décision de déménager, le fort clapot rendant le mouillage inconfortable. Une heure plus tard, nous arrivons en baie de Ballena, bien mieux protégée, après avoir goûté en route à quelques rageuses surventes.

La journée se termine par une balade en dinghy sur le rio Tambor, au milieu de la mangrove et des oiseaux avec des plumes, des becs, et toutes ces sortes de choses qu'ont les oiseaux...et c'est beau! Allez, faut rentrer, c'est l'heure de se rincer les dents...

Nos trois cow-boys en herbe sont levés depuis plus d'une heure déjà. Pourtant tout est silencieux à bord. Leur bonne éducation leur permet de s'occuper sans réveiller les parents, et nous non plus, par la même occasion. Au début, ils démarraient leurs journées au lever du jour... à cinq heures trente!!!! Maintenant qu'ils ont assimilé le décalage horaire, ils "tiennent" jusqu'à six heures fastoche! Dans quelques jours, ils vont pouvoir recommencer la démarche dans l'autre sens pour reprendre le chemin de l'école. C'est le lot de tous les vacanciers. Une occupation majeure consiste à compulser patiemment le livre de poissons pour tenter de définir la nature exacte des dernières proies qui ont rejoint le frigo. C'est encore une carangue, transpercée hier par la flèche de mon fusil-harpon, qui a fait l'objet de l'étude de ce matin, immédiatement complétée par celle du poisson porc-épic qui s'est pris d'amitié pour l'hameçon de Régis. Une séance de dessins dans le cahier de vacances permet d'immortaliser ces évènements.

Les Iles Tortugas

Elles nous hébergent depuis hier et sont magnifiques pour la baignade et la plongée. Des dizaines de "Ticos"[7] les envahissent le dimanche, arrivant de la ville par bateaux entiers. Mais, dès dix sept heures, nous sommes seuls au mouillage, qui, avec ce temps clément, est simplement paradisiaque. Les trois ou quatre bains quotidiens nécessaires au bien-être de nos bretons se prennent ici sans difficulté aucune, dans une belle eau claire à 29°C, soit depuis les jupes arrière de Catafjord, soit à partir d'une plage de sable blanc que nous atteignons en quelques minutes avec le dinghy. Là, les mômes équipés de masques et tubas évoluent dans un aquarium et se régalent à l'observation de poissons en habits de carnaval et donc vachement beaux ! Quant à la *carangue* d'hier, incinérée sur la plage la plus proche de son ancien lieu de vie en compagnie de petites pommes de terre enveloppées dans du papier alu, elle contribue activement à la réussite de notre *barbeuc* de Robinsons. En signe de reconnaissance, nous n'en laisserons pas une miette.

Le « refuge de vie sauvage » de Curù

Les sentiers aménagés comportent de nombreuses empreintes d'"homo quechuarus".Ce bipède, qui se fournit en godasses chez Décathlon, évolue en grande quantité dans toutes les réserves et autres parcs animaliers aux heures ouvrables. Le soir venu, il rentre dans sa tanière, se vautre devant ses boites à images, et copule avec sa femelle

---

[7] Surnom donné aux touristes

de temps en temps pour favoriser la récolte des "*zalloques*". Entre deux groupes de ces captivants mammifères, il nous est donné de rencontrer quelques singes (pour nous, l'intérêt est limité en ce moment, vu que nous hébergeons trois ouistitis en vacances...), quelques papillons, quatre ou cinq piafs, trois iguanes, des fourmis, mais bon! Rien à voir avec l'impressionnante liste de bestioles qui figure sur le dépliant publicitaire du refuge... Pas grave ! La balade en forêt est très réussie et conclue par une bonne petite mousse fraiche à bord de Catafjord! Si ça ce n'est pas du bonheur, faudra m'*espiquer*.

Isla Cedros

Redge remonte un beau *thazar* pendant le trajet. Les mômes, tout excités, piaillent comme des cigales en été dans le midi, disons entre Nîmes et Avignon, mais un peu à gauche... A midi, notre *thazar* barbotte encore, mais dans le jus de citron cette fois... avant de s'engouffrer sauvagement dans nos estomacs. Ah, le vorace ! Miam, miam!!!

Isla Cedros, c'est une forêt sèche derrière une grande plage de sable gris totalement envahie de bois-flottés de toutes tailles. On y trouve des souches et des troncs aux volumes impressionnants, comme cet acajou qui doit bien faire ses trois mètres cubes. Une falaise partiellement arborée supporte une humble maison de pêcheurs, mal dissimulée par des arbres sans feuille. On dirait l'automne... sauf qu'il ne fait pas loin de quarante degrés. A l'opposé, une autre plage au sable plus clair est encaissée entre deux remparts naturels de roches. Toute frangée de cocotiers, elle semble abriter les amours des deux petits bateaux de pêche mouillés devant, amarrés à couple et gités l'un vers l'autre en un improbable câlin de marine en bois. C'est l'heure de la digestion. La marmaille a gréé la sourdine, et les parents transpirent en silence. Dans peu de temps, le dinghy va rejoindre son élément et les activités aquatiques post-méridiennes reprendront comme chaque jour. Le thazar péché ce matin me dispensera de sortir le fusil sous-marin. Je ne vais pas m'en plaindre.

Redge a fait une cabane sur la plage avec ses gamins : des bois-flottés et des branches de palmiers... une merveille! Ils l'ont appelée "la cabane colle en tas"... Y avait même pas de colle... J'ai pas compris.

Puntarenas, le retour

L'heure du retour pointe son museau goguenard à la pendule du carré[8]! Dernière baignade avant de remonter l'ancre, puis moteur vers Puntarenas pour arriver à la pleine mer, à midi. Nos deux bouées sont vacantes et la manœuvre d'arrivée ne prend que quelques minutes.

Véro et Régis vont faire leurs emplettes en ville, cependant que Malou se porte volontaire pour faire du baby-sitting devant la piscine du Yacht Club avec leurs jeunes. Pour nos vacanciers, la mise en valise du merdier est commencée, et se poursuivra en soirée et demain matin, pour un départ prévu demain midi. Tiens, les voilà qui reviennent. Surprise! Véro s'est foulé la cheville en chutant dans la rue à sa sortie du bus. Réussira-t-elle à rentrer quand même en France? Elle est bien taquine tout de même cette Véro.

Monsieur Hub

Mon beauf Hubert est pour moi un immense sujet d'admiration teintée d'étonnement. Chaque année, il distille le vieux cidre qui lui reste et en extrait, avec la complicité du bouilleur de cru local, un élixir magique, dont au sujet duquel, si j'avais été un poète, je vous en aurais fait des pleines pages. Mais bon, disons que c'est vachement bon, et que ça décape bien les sinus. De mon coté, je déplore que cette boisson tonique ne jouisse pas du succès qu'elle eût mérité. Bon, il est vrai que c'est un peu vigoureux comme rince-boyaux, mais quel arôme! Aussi ai-je pris sur mon temps libre [9] pour concocter un "coque-tayle" à base de ce "calva". Ça m'a pris du temps… Il a fallu que je me motive. Combien de fois sur le métier ai-je dû remettre mon

---

[8] Salle à manger d'un bateau

[9] Les connaisseurs apprécieront le sacrifice

ouvrage sous forme d'un nouveau prototype dans mon gobelet. Certes, le résultat est à la hauteur de mes espérances, mais quel labeur ! Afin que vous pussiez en juger par vous-même, je vous en livre ici la recette, en espérant qu'il prenne rapidement une place enviable au hit-parade des boissons roboratives autant qu'apéritives. Je l'ai appelé « Pomme carrée », vous devinerez pourquoi.

1 part de calva
1 part de Cointreau
1/2 part de sirop de fraises (ou de sirop d'orgeat)
2 parts de jus d'ananas
1,5 part de jus de pamplemousse

Et une variante tropicale :
1 part de calva
1 part de Cointreau
1/2 part de lait de coco
1,5 part de jus d'ananas
1 part de jus de pamplemousse
Santé!

Sacré Catafjord!

Depuis quelques temps, il semblait délaisser ces facéties dont sont friands les bateaux, comme s'ils voulaient capter sans cesse l'attention de leurs propriétaires. Assoupi dans une inaction un peu bourgeoise, il pensait sans doute que cette attitude convenait bien au couple de rentiers tranquilles et sans prétention qu'il héberge... Et puis, allez savoir pourquoi, hier soir, il nous en a recollé une petite, pour la route. A moins que ce ne soit simplement pour la beauté du geste.

Il est vingt heures. Nous venons de terminer notre repas du soir et il fait encore bien chaud. Nous mettons le nez dehors pour humer la brise nocturne naissante et prendre un peu le frais. Quelque chose cloche… le canote n'a pas tout à fait la même orientation que d'habitude. Amarré entre deux corps-morts, il prend le courant de marée de l'arrière avec le flot et de l'avant avec le jusant, restant toujours sur le même cap. Mais là, maintenant, il est un peu en biais....

Le temps de l'évoquer entre nous, voilà notre Catafjord qui prend le chemin de la sortie, tout seul comme un grand, travers au courant, entrainant avec lui ses deux corps-morts... Du coup, l'amarre arrière s'échappe de son chaumard et tord le balcon comme un pauvre bout de fil de fer, l'arrachant de ses fixations dans un bruit sinistre.

Par chance les gars du Yacht Club, appelés à la rescousse en VHF[10] par Malou, viennent rapidement nous aider avec leur dinghy à quitter ces deux mouillages baladeurs pour en rejoindre deux autres restés vacants. Nous les espérons plus costauds. C'est vrai que Cataford est un gros bateau et que le courant est puissant, ce qui nécessiterait des corps-morts bien dimensionnés. Je ne suis pas persuadé que ce soit vraiment le cas.

Nouveaux invités

Claire et sa famille nous ont rejoints sans encombre. Ils nous accompagnent depuis une semaine. Catafjord a ainsi retrouvé son équipage d'origine, augmenté du petit dernier, Kilian, qui nous donne à renouer avec les joies multiples et variées de l'élevage de nourrisson... Moi, ce n'est pas ma tasse de thé, mais bon, y'en a qui aiment...C'est chacun son goût. La vie se passe ainsi en une alternance de plaisirs maintes fois renouvelés: nourrir le petit, changer le petit, faire dormir le petit...non, je rigole... y a aussi son frère (humour)! Nous passons de bons moments avec eux : balades à terre dans les îles, sur des chemins rocailleux à la rencontre des singes et des iguanes, ou sur des plages désertes à ramasser des graines très jolies qui serviront un jour à faire des colliers... quand Malou aura le temps…

Bahia Ballena

Rencontre sympathique avec une communauté de jeunes gens qui vivent ici en semi-autarcie, cultivant fruits et légumes, fabricant des

---

[10] Radio à courte portée dont sont équipés de nombreux bateaux

objets artistico-artisanaux pour les vendre aux touristes américains, faisant l'école à leurs enfants... de vrais soixante-huitards.

Les virées en dinghy nous apportent aussi leurs lots de joies simples: un peu de pêche à la traine… Bon ça ne donne rien, d'accord, mais ça nettoie les leurres... (Et les nôtres aussi, pas vrai ?), quelques arrêts baignade/plongée, et puis quoi d'autre ? Ah oui, une petite mousse en rentrant pour donner un peu de joie au Tintin... Ben avec tout ça, l'heure de l'apéro arrive plus vite qu'on ne penserait.

Enzo nous régale avec ses mots d'enfant. Malou, enrhumée, est devenue aphone durant deux jours… Commentaire du grignou

- "Mamilou, elle n'a plus de son".

Pour carnaval, il s'est déguisé en "Pirate des Caribs" ("Carib"est une marque de bière répandue en Guadeloupe et Martinique...).

Catafjord n'a pas pu s'empêcher d'offrir à ses copropriétaires une plaisanterie au goût un peu amer, genre trop de citron et pas assez de sirop de sucre, si vous voyez… Une nuit que le vent s'est renforcé, toujours ce satané "Papagayo", l'ancre a dérapée pendant notre sommeil. Nous nous sommes réveillés à 23h30 après avoir parcouru 0,7 mille (soit 1,3 kilomètre...) en remorquant ancre et chaine, qui pendaient lamentablement à l'avant, comme la morve aux narines d'un gamin! Puis l'ancre a accroché de nouveau à cent mètres des cailloux, dans un bon clapot! Par bonheur, le remontage du bazar et le retour dans la baie abritée se sont déroulés au mieux, mais ça fait pas rigoler quand même. Et c'est bien là que le facteur chance joue un rôle important, condamnant les uns et préservant les autres, sans logique apparente.

Quatorze heures… C'est la sieste...Kilian chouine… Un paquebot à voile, le "Wind star", est mouillé juste à coté de nous et déverse ses flots de touristes par paquets de vingt, agglutinés dans de gros semi-rigides[11].Les day-charters sont là aussi, tirant nonchalamment sur leur ancre au son des tam-tams du restau de plage voisin, leurs passagers alanguis et luisants comme des beignets sous leur parasol. Un petit

---

[11] Embarcations composées d'un fond de coque rigide, et de « flotteurs » gonflés en partie haute

pêcheur rentre chez lui dans sa barque mue par une voile minuscule. Sa pagaie lui sert de gouvernail. Il est magnifique ce vieux bonhomme au visage crevassé, au port digne, avec sa cannette de bière à la main. "Pura vida !" nous lance-t-il joyeusement en nous croisant. C'est la devise du Costa Rica. Tintin dit que ça signifie "putain de vie pourrie" en espagnol… Je ne le crois pas… Il est nul en espagnol ce Titi.

Les Tortugas

Ces iles recèlent quelques aquariums naturels qui donnent aux plongeurs néophytes, comme aux plus aguerris, l'occasion d'évoluer au sein d'une myriade de poissons de toutes espèces et aux couleurs multi-machins, vives et acidulées Alliés à toutes sortes de gorgones, anémones et coraux et tous ces trucs délirants qu'on trouve sous la surface de l'onde claire, c'est beau comme un reportage de Nicolas Hulot et du commandant Cousteau enfin réunis. Mais bon, on ne peut pas passer le restant de notre vie ici… Alors il va falloir penser à se retirer, comme disait le jeune marié.

Les portes du pénitencier

La dernière escale de notre croisière se passe en ce moment à l'île San Lucas, là même où elle avait commencé. Un genre de pèlerinage, comme qui dirait. Ultime promenade à travers le pénitencier en ruine, qui a cependant conservé intacts les graffitis artistico-trouduculturels réalisés par ses anciens pensionnaires. Sur le chemin qui mène à la très seyante Playa Coco, nous retrouvons les singes hurleurs, dont le cri puissant et rauque ressemble étonnement à l'aboiement d'un gros chien, voire au rugissement d'un félin, ce qui est surprenant en regard de leur petite taille. Comme quoi, chez les singes aussi, certains insignifiants peuvent parfois être pourvus d'une grande gueule...

L'ultime petit-déj' costaricain de nos vacanciers est en cours de digestion. Le groupe électrogène ronronne gentiment pour alimenter le lave-linge et le dessalinisateur[12] avant que nous n'ayons rejoint les eaux limoneuses de Puntarenas. L'appareillage est prévu vers dix heures, de manière à arriver à pleine mer, au moment du déjeuner. Hélas, une petite gourance dans la lecture de la table de marée, nous fait arriver trop tôt. Et donc, pas assez d'eau pour remonter jusqu'au Yacht Club... Afin d'occuper le temps dans la joie et la bonne humeur, l'ancre est mouillée et Malou confectionne des pina-coladas. Ainsi, comme par enchantement, tout à coup c'est pile l'heure d'y aller. Et personne n'a vu s'écouler les deux heures qui manquaient.

Nous venons de passer ensemble neuf jours de grand bonheur, en compagnie de nos petits chéris. Ce court intermède dans leur vie trépidante leur aura permis de se détendre un bon coup avant de se faire de nouveau happer par la multitude d'obligations infernales de leurs vies laborieuses et citadines.

Les malins

Je trouve que ce sont de sacrés dégourdis tout de même ces Costaricains. Nous arrivons au petit supermercado local afin d'y remplir nos cabas de victuailles pour la prochaine traversée. Surprise ! Vla t'y pas qu'il y a un type, dans l'entrée du magasin, qui se balade avec un seau de peinture et un rouleau...Il repeint la façade! Au milieu des clients qui vont et viennent, entourés de leurs essaims de mômes bourdonnant tout autour! Déjà, pas banal ! Mais ce n'est pas fini. Nous entrons dans le gourbi et, au moment de laisser nos paniers perso (c'est mieux que des paniers percés...) à la consigne ; pas de consigne! Celle-ci est occupée par les potes de l'autre, tous armés de pots de peinture et de pinceaux-rouleaux. Je tourne la tête... le doute m'habite...les récents passages du Rèdge puis du Tintin m'auraient-ils laissé le cerveau si totalement embrumé à la suite des quelques misérables centilitres de rhum ingurgités ensemble que je serais entré dans un chantier de construction au lieu de la supérette? Que nenni ! C'est

---

[12] Appareil qui permet de faire de l'eau douce potable à partir de l'eau de mer

comme ça dans tout le magasin! Les ouvriers sont là, certains tartinant leur peinture, d'autres époussetant juste à coté de ceux qui peignent, un autre, armé d'une perceuse dont la rallonge serpente sournoisement entre les roues des caddys, refixe les façades de présentoirs, etc, etc... Les mecs refont le bouclar à neuf avec les clients dedans, le tout en une journée! Alors, y sont pas superforts ?! On n'imagine difficilement un truc comme ça entre Nantes et Montaigu.

Assez particulier quand même ce pays qui est le plus prospère d'Amérique Centrale... Ou le moins pauvre, suivant comment on regarde les choses. C'est vrai qu'il y a ici des tas de trucs aussi modernes que dans n'importe quelle grande ville européenne, mais cent mètres plus loin c'est bidonville craignos, eau croupie, trottoir cassé et tôles ondulées partout. En tout cas, les gens sont bien aimables et bien "rendant de services". Ajoutons à cela un indéniable respect pour la nature (bien qu'il y ait pléthore de déchets plastiques dans la mer), tout ceci nous laissera un beau souvenir de ce pays magnifique. Dommage que nous n'ayons pas eu le temps de faire quelques visites à l'intérieur à l'exception de l'aéroport de San José! Une féerie, mais tellement concentrés sur notre partie de "valizaredj", nous n'avons pas bien profité de toute la magie de l'endroit...Alors qu'il y a des tas de destinations qui font envie... Ce sera pour la prochaine fois. Par contre, la lourdeur des formalités administratives... un must !

La nage panga

Les "pangas" sont des barques dérivées des traditionnels canoës en bois, tronqués et élargis de l'arrière de manière à présenter un tableau renforcé susceptible d'accueillir un moteur hors-bord. Bon, celui de mon histoire n'a pas de moteur et un large cul. Subséquemment, le gars qui tente de déplacer ce bourrier tout seul, avec sa pagaie, assis sur le banc de nage à l'arrière, soit il a des bras de trois mètres et grâce à ces appendices inhabituels il parviendra à tremper ses pelles alternativement d'un bord à l'autre, soit il va se décaler sur un bord et alors y fera rien qu'à tourner en rond… Bien sûr, il pourrait de se déplace d'un bord à l'autre de sa barcasse à chaque coup de pagaie, mais ça serait un peu usant comme truc. Hélas, aucun intrépide breton n'est encore venu enseigner la godille à ce peuple inculte. Et puis, quand bien même, la godille ça se pratique debout sur cette taille de bâtiment. Ça va pas forcement plaire ici, ça. Bref, y sont pas manchots non plus les gars, et voici comment ils ont résolu cet épineux problème: le nageur[13] s'installe à l'étrave de son canote, assis, face tournée vers l'étambot, et envoie de puissants coups de pagaie toujours du même coté, à la manière des "Indiens Kunas", laissant tremper la pelle dans l'axe du canote en fin de geste avec une petite incidence pour conserver son cap. Tout son poids étant à l'extrême avant, le tableau se soulève, et l'embarcation se déplace ainsi, en marche arrière, avec l'élégance imperceptible d'une femme enceinte de huit mois qui pousse son colis placentaire devant elle dans les allées du centre commercial. La première fois qu'on voit ça, c'est un peu déroutant. On se dit "Ouh là là, qu'est-ce qu'il trimbale l'autre! Il est dans le mauvais sens!", mais en définitive, tout bien réfléchi, ce n'est pas couillon, à défaut d'être esthétique.

Records

Cette semaine, Franck Cammas et nous, on bat des records. Soyons clairs: lui, ne nous a pas posé de difficulté supplémentaire dans la quête du nôtre, cependant que, de notre côté, nous ne l'avons pas perturbé du tout dans la pulvérisation du sien. On pourrait dire que chacun de nous n'aurait tenu aucun compte de l'autre que les choses n'eussent pas été différentes et d'ailleurs c'est exactement le cas. "Mais de quel mystérieux record qu'y nous cause…? "J'y arrive. Nous venons juste d'accomplir les formalités administratives de sortie du territoire les plus longues que nous ayons connues depuis notre départ: cinquante-cinq heures! D'accord, nous avons meublé les temps morts en faisant quelques emplettes, mais tout de même, la quête du fameux "Zarpe international"[14] qui a débuté mercredi à neuf heures, vient de se

---

[13] L'action de tirer sur un aviron s'appelle « nager »

[14] Document officiel indispensable pour se présenter dans un autre port : c'est la « clearance » de sortie.

terminer vendredi à seize heures! Deux jours et demi! Franck Cammas et ses équipiers, caracolant autour du monde, ont parcouru l'équivalent du trajet Puntarenas/Galápagos ET RETOUR pendant ce temps là! Ça troue le fromage ça, non? Tout le monde n'avance pas à la même vitesse en ce bas monde… C'est ma conclusion.

C'est dit, demain matin on s'casse.

Coco

Depuis le temps que j'avais envie de ça! Nous avons quitté le Costa Rica depuis trois jours. Petite escale de quelques heures à l'île Coco, parenthèse pour s'offrir une nuit de sommeil intégral. C'est magnifique Coco, mais très cher. Cette réserve naturelle est gardée par un petit contingent de fonctionnaires qui rançonnent tout: le stationnement, les balades à terre, la plongée. Prétextant un problème mécanique, nous y passons une après-midi et une nuit, sans payer, avant de repartir en ayant tout de même observé, en apnée, les milliers de poissons qui viennent chercher de l'ombre sous le canote. La végétation est luxuriante autant qu'exubérante. En longeant la côte, nous admirons de magnifiques chutes d'eau, poussières d'argent semblant jaillir de l'océan pour venir se ficher dans l'immense et uniforme moquette végétale.

Navigation mécanique

Le vent est très faible et dans le pif en plus. Sur cette mer plutôt chaotique, ça bouge un peu. Nous naviguons au moteur, utilisant alternativement celui de bâbord, puis celui de tribord, avec changement de quart toutes les douze heures. La grand-voile et l'artimon bordés plats offrent quelques dixièmes de nœuds supplémentaires.

A l'horizon, la grande pièce orange vient de disparaitre derrière les nuages gris, comme avalée par une monstrueuse tirelire planétaire. La lune est là, qui va bientôt prendre le relais, pour nous rendre la nuit plus douce. C'est fantastique d'être ainsi seuls au milieu de la mer, avec la compagnie de la lune pour savourer le bonheur d'une navigation sereine. Dans la journée, les dauphins sont venus nous amuser de leurs cabrioles. Ils nous semblent plus corpulents que ceux de l'Atlantique et font des bonds en l'air absolument invraisemblables, genre trois ou quatre fois leur longueur, et parfois tout près de Catafjord. Le spectacle est impressionnant.

Cinquième jour de navigation au moteur… C'est le pot-au-noir[15]. Il est clément. Sans vent, bien sûr, mais l'activité orageuse est peu développée et nous glissons en douceur sur une mer lisse. Nos deux lignes de traine restent désespérément vides de proie. Pas étonnant avec tous ces dauphins qui briguent à peu près les mêmes bestioles que nous. Il y a trois jours, avant d'arriver à Coco, les deux bas de lignes ont été enlevés, sans doute par des poissons trop gros. Tout était foutu le camp: émerillons, plombs, hameçons, leurres… Alors, dorénavant, quand nous remontons nos lignes vides à l'approche de la nuit, ça nous fait comme un genre de petite satisfaction si les leurres sont encore au bout. On n'a rien pris, d'accord, mais on pourra recommencer demain… Espoir, l'horizon devant nous se charge de petits cumulus cotonneux qui laissent à penser que nous verrons bientôt la fin de cette zone merdique et le retour d'un peu de brise (Denise).

Samedi: ça y est! Fini le pot-au-noir et ses angoissants nuages, sombres et lugubres. Place au ciel bleu et à cette jolie brise de sud-sud-est qu'il me plait de nommer "alizé", à tort ou à raison et inversement. Les moteurs ont tourné à tour de rôle sans interruption depuis le départ. Retrouver, après ça, la magie de la voile et le canote qui avance tout seul, sans bruit, est fort plaisant. Glisser sans heurt, avec juste le chuintement de l'eau qui caresse les coques et le murmure du vent dans le gréement… Quelle quiétude, que ne vient troubler aucun poisson mordant à nos lignes… C'est quand même plus sûr de faire les commissions chez le marchand avant de partir… que j'me dis.

Ces derniers temps, question lecture, je me suis pris d'affection pour les auteurs classiques. Ainsi je viens de terminer la lecture de "La condition humaine" de Malraux. Je vous le dis tout net, pour la poilade

---

[15] Zone de convergence intertropicale : pas de vent ; juste des grains diluviens, avec parfois des bourrasques violentes.

et le fendage de gueule, c'est zéro! Pas un seul fou-rire ni rien de ce genre… Vachement reposant pour les zygomatiques. On sent bien que l'auteur n'a pas cherché à détendre son public. Et je reconnais qu'il y est parvenu avec brio.

Les Galápagos

Darwin et les tortues serveuses

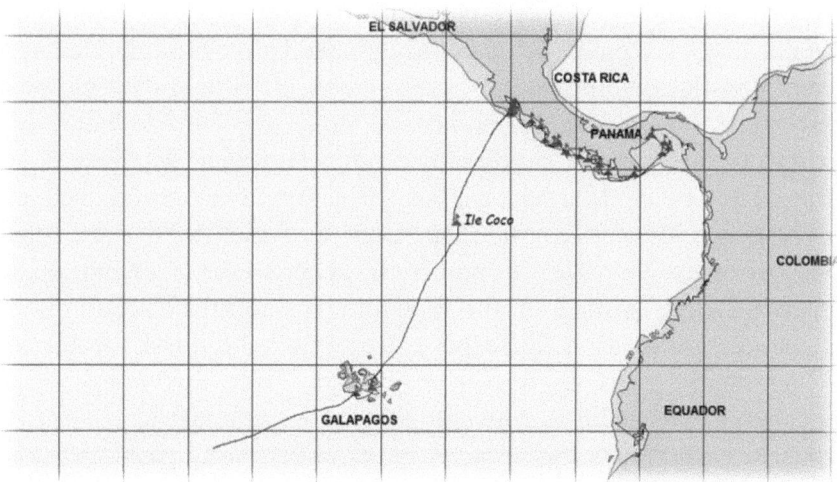

C'est en faisant ma petite sieste qu'il m'est venu une idée que je pressens géniale, bien que cela reste sans doute à confirmer... Ici, aux Galápagos, il y a quantité d'énormes tortues terrestres qui ne servent à rien ni à personne. Mon idée serait d'ouvrir un bar. On pourrait l'appeler le "Tortugast" (pour faire un peu genre breton...). Les clients seraient servis par des tortues apprivoisées. Il faudrait, dans un premier temps, leur faire dans la carapace des trous à la scie-cloche, environ diamètre 70 millimètres. Attendre un peu que cicatrise l'alésage laissé par le forêt-centreur, mais rien à craindre pour la santé de l'animal, ça a la peau vachement dure ces bestiaux-là. Ensuite, un peu de dressage sera nécessaire pour lui apprendre les rudiments de son nouveau métier. Ça ne devrait pas être trop ardu si on songe que la frangine à Tintin apprend à des clébards à faire traverser les rues à des aveugles non-voyants qui n'ont pas d'zyeux pour pleurer, c'est vous dire. Ce bar ne comporterait qu'un comptoir et des fauteuils disposés ça et là ou l'inverse, mais pas de table. Au moment béni de l'apéro, confortablement installés devant rien, la tortue arriverait tranquillos avec les verres bien calés dans ses cup-holders dorsaux (cf. scie-cloche, pas si cloche que ça en définitive). Elle se positionnerait devant les convives et rentrerait sa tête, sa queue et ses pattes dans son sweet home, telle une table basse à géométrie variable, facilitant ainsi les éventuels déplacements de ceusses qui voudraient se soulager la vessie ou que sais-je d'autre, en cours d'apéro, sans se prendre les pinceaux dans les pieds de la table comme ça se produit bien trop souvent dans les établissement « classiques »... Au bout d'un moment, sentant dans son dos la différence de poids des verres vides, elle ressortirait son matériel ambulatoire pour retourner derrière le bar quérir la deuxième tournée, car sa formation avait commencé par l'apprentissage de cette notion apéritive essentielle: "On ne repart jamais sur une seule patte". Et pour finir, la cerise sur le gâteau: quand Monsieur Tortue grimperait sur Madame Tortue afin d'accomplir sa besogne de prolifération de l'espèce, il pourrait, lui aussi, siroter son petit remontant, sans en renverser partout, grâce aux cup-holders! Alors, y en a encore qui la trouvent pas géniale cette idée?

Santa Cruz

Au programme du jour, une captivante visite chez papa Darwin, dans le parc national de Santa Cruz, Galápagos.

Academy Bay, où Catafjord a mouillé son ancre, est un exemple significatif de ces mouillages pacifiques peu abrités, ouverts sur le grand large. La longue houle, respiration de l'océan, y entre comme chez elle, imprimant aux multicoques un léger mouvement d'ascenseur, et aux monocoques un brave roulis pendulaire auto-entretenu.

L'annexe est "garée" au fond d'une minuscule enclave dans la roche littorale qui abrite les débarcadères pour "pangas" locales. Puis nous traversons à pied le village de Puerto Ayora. Très agréable. Nous sommes dans un genre de Saint-Tropez tropical où les boutiques à souvenir accolées aux organisateurs de balades touristiques et contigües aux restaurant-bars constituent une rue principale empreinte de bonhommie vacancière. On y rencontre aussi des boutiques d'art rupin qui proposent de très jolis objets parfaitement hors de prix et qui ravissent l'œil.

Le marché des pêcheurs offre un agréable moment de dépaysement exotique. Situé en léger surplomb des barques de pêche qui dansent au rythme de la houle, le trottoir, normalement réservé aux chalands, est carrément envahi de pélicans gros comme des cygnes et d'otaries gourmandes venues quémander quelques bas morceaux aux pêchous. L'une d'elle, une habituée sans aucun doute, s'accoude des nageoires au comptoir de marbre dans l'attitude de la ménagère négociant sa ristourne. Trop drôle!

Dans le parc, nos pas sont guidés en pleine nature sur un chemin aménagé de gravier volcanique qui crisse à notre passage comme si on marchait sur un tapis de *caouètes*...

Le centre d'interprétation nous fournit moult informations captivantes sur cet archipel unique au monde et sur l'intérêt qu'il peut représenter pour l'humanité. Quelques marches de bois nous mènent directement dans les zones de préservation des tortues terrestres géantes, et l'on peut approcher tout près de ces charmantes bestioles de plusieurs centaines de kilos, dont l'ainé a largement dépassé les cent ans d'âge. Nous bénéficions de l'étonnant privilège d'assister en direct au coït d'un de ces couples attendrissants. Difficile de connaitre l'étendue des plaisirs intérieurs que leur procure cette liaison mais, vu du dehors, ils n'ont pas l'air de s'envoyer en l'air trop frénétiquement. Je n'ai pas idée que c'est avec ça qu'ils vont se faire péter l'aorte. C'est même vachement placide comme orgasme. Ça relève plus du yoga que du Kung Fu, leur truc. J'ai même pensé un moment qu'il s'était endormi le pépère! Faut dire aussi, toute cette carapace, ça ne facilite pas les échanges épidermiques. Quand aux préliminaires, je ne vous en parle même pas… Y s'est pas éternisé l'étalon! Pas un mot, pas une caresse, direct au turbin! Ce n'est pas des romantiques ces gens-là.

Bref, au bout d'un moment, il est redescendu de sa copine, et c'était bâché. Vivre plus de cent ans comme ça, merci bien.

Sinon, de magnifiques iguanes aussi chez Darwin, dont deux espèces endémiques, avec des couleurs inhabituelles dans les oranges. On dirait juste qu'ils sont rouillés, mais, sinon, c'est vraiment beau. La matinée s'avance, en même temps que mon arthrose me chicane. Il est temps de rejoindre notre bord.

Isabela

Le petit mouillage est tout simplement splendide. Tapis derrière sa barrière de lave noire garnie de pingouins qui se prélassent, une quinzaine de canotes ont, comme nous, trouvé refuge ici. Sitôt arrivée, Malou s'en va barboter accompagnée par une otarie peu farouche qui va jusqu'à s'inviter sur la jupe arrière de Catafjord, mais replonge aussitôt avant que j'aie pu la photographier… Mal dressée cette bestiole. Beaucoup de choses intéressantes sont à voir ici, mais pas pour nous, hélas, car tout est payant et très cher. Alors la matinée se passe à mettre en place le mini-gennaker[16] ramené de métropole en vue des probables journées de vent portant à venir, faire la lessive et préparer le canote pour la traversée du Pacifique imminente.

C'est parti

La nuit est noire et dense. Avec ce plafond nuageux bas, pas de voute étoilée. Le canote file ses dix nœuds dans un vacarme d'écume… C'est le sillage, là en bas, qui s'étire bouillonnant derrière la timonerie. Tout à coup, sur tribord, à quelques mètres du bordé, "pchout"! Puis quelques secondes plus tard, "pchout" de nouveau… Les dauphins nous accompagnent. Le son caractéristique de leurs évents se reconnait aisément. Leur sillage, rendu phosphorescent par le plancton, dessine sur l'onde les arabesques de leur trajectoire. Quelle

---

[16] Voile d'avant pour les allures portantes

grâce! Ces moments magiques constituent comme une récompense somptueuse pour qui a su consentir les efforts pour y accéder.

Cette traversée a démarré doucettement, comme il faut pour que ce soit plaisant. Petit temps, soleil, mer calme, c'est le menu de la première journée… Pareil pour la nuit, avec en prime la compagnie de l'astre Pierrot. Un bonheur.

Les deuxièmes et troisièmes jours sont moins peinards… Ciel de plomb, mer d'étain, grains, vent instable en force et en direction. Au secours, le pot-au-noir est de retour.

Le quatrième jour nous apporte un alizé timide. Ciel toujours gris, mais c'est plus lumineux et on avance bien à présent.

Et puis, un nouveau thon de sept kilos nous fait cadeau de son corps de rêve par le truchement de la ligne de traine. L'évènement est bienvenu et apprécié à sa juste valeur, son prédécesseur ayant quasiment achevée son œuvre d'occupation du freezer du frigo.

Le cinquième jour débute avec le soleil et un décompte de 234 milles parcourus dans les dernières 24 heures! Ça c'est plaisant! Les mouvements du bateau, les chocs des paquets de mer sous la nacelle, les bruits divers liés à la vitesse et le rythme des quarts sont plutôt fatigants et nous clouent des heures dans nos couchettes. Pourtant, Malou parvient toujours à préparer de délicieux petits plats, exactement comme si nous étions au mouillage. Elle déploie une louable imagination pour accommoder les poissons péchés de cent manières différentes. Ainsi, on ne s'en lasse pas et le poisson non plus !

Cinquième et sixième jour, conditions de rêve. Le canote file gentiment ses neuf nœuds, grâce à un alizé bon-enfant d'une quinzaine de nœuds. Le ciel, globalement dégagé, se tache parfois d'un gros cumulus gris, porteur d'un petit supplément de vent et de vitesse.

Tous les trois jours, nous retardons la pendule d'une heure pour nous adapter au décalage horaire dû à notre progression en longitude. Nous vivons ainsi des journées de vingt-cinq heures!

Nous avons "bricolé" un coupe-vent avec une bâche translucide pour éliminer le courant d'air latéral qui balaye la timonerie quand nous sommes au vent de travers. Grâce à cet équipement, fort ingénieux je ne vous le fait pas dire, à présent c'est le grand confort!

Par contre il faudra penser à l'ôter avant d'arriver, car ça donne un peu un look bidonville à notre havre de paix. Ambiance "les Bidochons font du camping" si vous voyez le genre...

Septième jour: l'alizé nous a boudés pendant une vingtaine d'heures. Il a fait son mollasson et ça nous a bien attristés. Il nous a privés de sa pression dans les voiles, laissant les palans d'écoute faire "glink-glong" dans un fracas inquiétant et destructeur. Egalement, il a déchiqueté nos illusions de traversée super-rapide. Et puis il a surtout fait un gros nuage d'honneur à la technologie moderne dont les fichiers météo affirmaient: "il y a quinze nœuds de vent de sud-est" cependant que nous, dans la vraie réalité, on n'en voyait que huit! Et ça nous fait un peu comme si les sept nœuds manquants nous étaient volés. Et bon… C'est comme ça… y a pas à se plaindre. Nous activons vite le mode "belle vie et le vent finit par se lasser de jouer à cache-cache pour revenir tout bien comme c'est mis dans l'ordinateur...Là, maintenant, tout de suite, il est encore un peu souffreteux. Mais ça vaut mieux que de la piaule, c'est sûr!

Si certaines familles de poissons font montre de peu d'empressement à rejoindre nos casseroles au moment des repas en se prenant d'affection pour les leurres, pourtant affriolants, que je leur confectionne, certains individus ne sont point de cette engeance. C'est le cas des exocets (exo7, drôle de nom pour un poisson, on dirait une ligne de feuille d'impôt…). De fait, le poisson volant serait plutôt du genre à sympathiser spontanément, ainsi qu'en témoigne la quinzaine d'entre eux qui rejoignent notre bord quotidiennement, la nuit de préférence. Au matin, il ne nous reste plus qu'à les cueillir, dans les passavants [17] ou sur les trampolines. Mais la palme revient sans conteste à ce joyeux drille qui, hier soir, au moment où Malou préparait le repas, s'est prestement introduit dans le carré, y frétillant des ailes et de la queue comme pour dire: "J'suis là, elle est où la gamelle…? Trop fort quand même! Du coup, il a eu la vie sauve. Malou, chavirée par cette abnégation, l'a renvoyé à l'affection des siens… En se poilant comme une baleine, tout de même.

---

[17] Parties du pont situées de chaque coté du rouf, et qui permettent de passer d'arrière en avant.

Huitième jour: nous venons d'envoyer le gennaker et je suis affairé à border son écoute. La VHF[18], muette depuis le départ, se met à nous causer. Malou répond. C'est l'équipage d'un catamaran canadien, un Catana 43, qui nous a aperçus, quelques milles dans son nord. Un bref échange verbal les informe que nous sommes partis un jour trois quart après eux... Ce qui n'a pas l'air de les réjouir outre mesure. Prétextant le spi à régler, nos "voisins" s'excluent d'eux-mêmes de la conversation en adoptant un mutisme radio que nous prenons pour une manifestation de mauvaise humeur... Nous, on n'en a plus de spi... Ce qui ne nous empêche pas de les distancer toute la journée.

Hélas, ce subtil plaisir s'évanouit avec le jour, lorsque la jolie brise se mue en mollasse, et que nous sommes contraints de nous écarter de la route directe pour conserver un peu de vitesse, perdant de vue nos canadiens à voile[19]

Un phénomène m'amuse toujours beaucoup. Catafjord, avec son roof de forme inhabituelle, possède aux yeux des béotiens un look un peu pataud. Cependant, il bénéficie de formes de carènes très favorables à la vitesse et son déplacement est modéré, ce qui en fait un bateau plutôt rapide. Surtout comparé aux catamarans plus modernes qui sont souvent lourdingues d'origine en plus d'être surchargés par leurs équipages. Au final, il est très fréquent que des catamarans réputés rapides accomplissent un trajet commun beaucoup moins vite que nous. Leurs équipages en conçoivent, en général, une amertume qu'ils peinent à cacher.

Neuvième jour: le petit temps s'est installé... Bien de l'arrière. Et je redoute que ce ne soit pour un moment. Savourons le bonheur de naviguer confortablement dans cet environnement tout de noblesse et de beauté.

Malou fait des crêpes succulentes pendant qu'on se traine à cinq nœuds... Tout va bien.

---

[18] Radio à courte portée

[19] Nous arriverons deux jours avant eux

Dixième jour: super! Je me suis gouré! La brise est revenue et nous filons bon train tout le jour. Puis la nuit établie amène un renforcement notable du vent et il faut ariser les voiles, en plusieurs manœuvres, échelonnées au gré des quarts. Nous "bouffons des milles" dans la nuit d'encre. Au matin, l'océan est une prairie bleue où paît une myriade de moutons blancs. Véritable moisson de poissons volants sur le pont… Des dizaines! Certains viennent frapper les vitrages avec force comme autant de projectiles vivants. Le canote est constellé d'écailles comme l'étal d'un poissonnier.

Deuxième voilier rencontré depuis Isabella… C'est un monocoque gréé en ketch. Il ne répond pas à la VHF et nous le doublons dans la journée (hi hi hi !).

Douzième jour: l'alizé est régulier, environ dix-sept nœuds d'est-sud-est. Les habitudes de vie maritime sont établies.

Cela commence par le petit déj, que nous prenons en commun à huit heures, à la fin du quart de Malou. Puis la capture des fichiers météo par radiotéléphone satellite procure les éléments nécessaires à une discussion sur la stratégie à adopter. Après un point journalier sur la distance parcourue dans les dernières vingt-quatre heures, Malou va dormir et je peaufine les réglages de voiles.

Nous avons adopté un rythme de quarts de deux heures et demie qui nous convient bien. Fin de matinée, Malou prépare un bon repas, souvent même sophistiqué: aujourd'hui, ragout de bœuf aux olives et au vin! Le rituel du thé a lieu vers seize heures, après son repos de l'après-midi. Le "p'tit gouter" comme qui dirait. Tous les trois jours je fais un pain.

Nous assistons souvent ensemble au coucher du soleil et c'est de nouveau le repas du soir, pris en commun dans le carré. S'en suit un petit briefing sur le bilan de la journée et la stratégie pour la nuit à venir. Parfois nous manœuvrons à ce moment-là pour adapter la voilure, en fonction de nos décisions. Commence alors l'alternance des quarts de nuit : deux somnambules se croisent et échangent quelques mots chaque deux heures et demie... C'est toujours aussi dur de se réveiller au milieu de la nuit pour aller s'installer dans la tour de contrôle mais la vie du vagabond de mer est ainsi. Là, tout de suite, nous avons une chance inouïe: la mer et le ciel sont splendides et le canote avance gaillardement dans un confort appréciable.

Quatorzième jour: ce matin, l'alizé s'est "affolé" avec des pointes à 26/27 nœuds. Nous courrions vent arrière sous toute notre voilure… ça a moussé a la faveur de quelques beles pointes de vitesse... Puis le rythme établi depuis quatre jours a repris…Avec des journées de deux cents milles, Hiva Hoa se rapproche vite et nous commençons à faire des pronostics d'arrivée.

Quinzième jour: on n'aurait pas dû en parler des prévisions d'arrivée… ça ne loupe jamais ça! On peut en faire dans sa tête, mais faut rien dire… ça attire le mauvais œil... (je sais, c'est des conneries, mais faut faire gaffe quand même). Depuis qu'on a trop parlé, le vent a diminué en adonnant et nous avançons beaucoup moins vite. Notre challenge: essayer d'arriver dimanche avant la nuit. 7,3 nœuds de moyenne… C'est faisable ! Mais, chut! On n'en parle pas... Toujours mer belle, ciel bleu, pas à se plaindre...

Seizième jour: confirmation : nous avons attiré le mauvais œil. La journée d'hier s'est terminée dans l'amertume avec le coulisseau de têtière de grand-voile arraché lors d'un empannage, de l'eau dans la cale tribord, et presque plus de vent. Là, maintenant, samedi dix heures, c'est réparé. J'ai refait un chariot de têtière, trouvé l'origine de l'envahissement de la cale, et rechopé un peu de vent, mais nous conservons un moteur en marche pour tenir le timing. Lors de cette traversée, nous avons aperçu, et doublé, quatre voiliers depuis notre départ. Incroyable!

Exactement trois ans, jour pour jour, que nous avons élu domicile à bord de Catafjord. La nuit dernière a été sereine, avec suffisamment de vent pour avancer sans l'aide de la machine à combustion interne. Le jour se lève, Malou dort. Je mets la ligne de traine à l'eau, je brasse le génois au vent et j'affale l'artimon pour amener le canote plein vent arrière. Hiva-Oa est à vingt milles. Un thon de huit kilos a répondu présent à mon appel. Je l'installe à bord avant de réveiller Malou pour son quart. La journée commence en beauté... et se termine dans la joie, avec la satisfaction d'avoir accompli une jolie traversée. Seize jours et douze heures pour rallier Les Galápagos aux Marquises. Il est 17h30 et Catafjord tire doucement sur son ancre posée au fond de la baie

Tahauku sur l'île de Hiva Oa. La nuit tombe. Demain matin, nous irons à la rencontre des humains.

LES MARQUISES

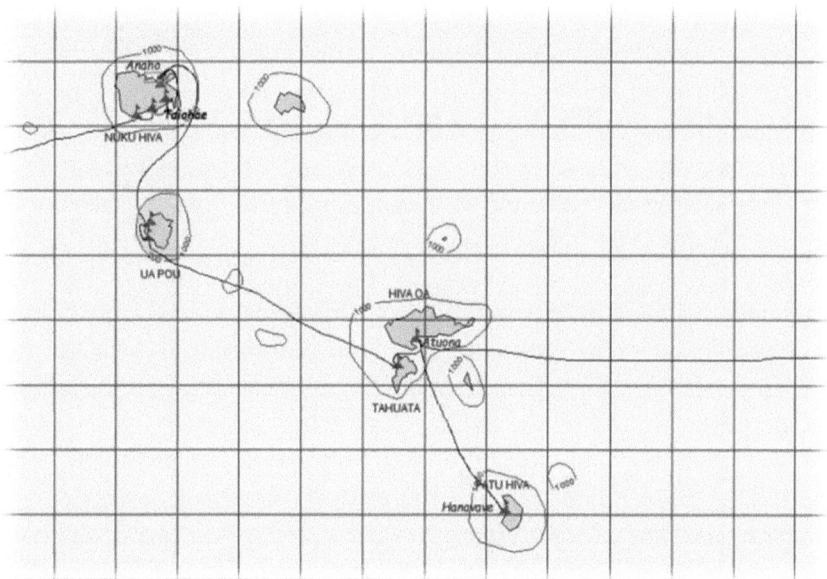

Cette jolie traversée, nous l'avions désirée, souhaitée, voulue, préparée, et, pour finir, nous l'avons réalisée. Nous devions forcément atterrir ici, près du village d'Atuona, car c'est un lieu d'entrée obligatoire dans l'archipel. La baie de Tahauku, aboutissement dans la mer d'une vallée encaissée entre des coteaux abrupts et verdoyants, est charmante. Cependant, elle est peu profonde et la houle du large y rentre comme chez elle. La place étant comptée derrière la courte jetée, nous mouillons à l'extérieur… Ce n'est pas un lac! Nous sommes ballotés en permanence. Nous y resterons tout de même plusieurs jours.

Beaucoup de choses intéressantes sont à voir ici. Nous commençons par la visite du musée Gauguin, suivie par un moment de poésie cueilli à l'espace Jacques Brel. Incontournable visite, leurs tombes au cimetière qui surplombe le village. Les gens sont bien cools et bien souriants ici. Les quatre kilomètres qui séparent la baie du village sont presque toujours parcourus en auto-stop et il se trouve à chaque fois quelqu'un pour nous emmener.

De même pour aller visiter le site archéologique de Tahaa. Après une grimpette de deux kilomètres par un chemin bétonné, dans la forêt, nous atteignons d'impressionnants vestiges de marae, ces espaces sacrés où se déroulaient les cérémonies religieuses. On peut y voir de fascinants pétroglyphes et des tikis de pierre. Hiva Oa possède une grande quantité de ces traces de civilisations antiques mais le site de Tahaa est l'un des plus importants de toute la Polynésie. Enchâssé en pleine forêt tropicale, à flanc de montagne, au milieu d'arbres de plusieurs dizaines de mètres de haut, c'est un lieu mystérieux et émouvant. Sur le chemin du retour, notre sac à dos s'emplit doucement de bananes, papayes et citrons cueillis directement aux arbres de la forêt. L'ambiance entre équipages est bien conviviale à Atuona. Les gens arrivant ici après plusieurs semaines passées en mer sont enclins à une certaine amabilité envers les autres navigateurs. Nous avons retrouvé nos amis Danièle et Roger, équipage canadien du cata "Chocobo". Nos réunions se prolongent toujours démesurément tant nous avons de sujets de conversation communs. Et puis, ils nous donnent de fabuleuses leçons d'accent canadien et nous enseignent de savoureuses expressions anglo-françaises… Comme "riffer la mayne" pour dire de réduire la grand-voile...

Nous sommes conviés par Nicole, la gentille hôtesse de l'office de tourisme, à assister à une séance d'entrainement de son club de danses marquisiennes. Ils préparent un ballet avec une quinzaine de danseurs et danseuses pour la kermesse qui aura lieu dans deux semaines. C'est poignant : les tam-tams d'un mètre soixante-dix de haut, frappés avec force, vous font comme un massage abdominal. Les hommes scandent des sons graves et puissants accompagnant leurs mouvements amples et déterminés, cependant que les femmes trémoussent leur majestueuse assise dans ce déhanchement typique de "vahiné" qui vous met les pupilles sur orbite...

Quelques milles plus au sud, Fatu Hiva est la seule île des Marquises dépourvue de piste d'aviation. Arrivant à Hanavave, l'époustouflante magnificence de cette "Baie des Vierges" ne me saute à la figure qu'une fois les nécessaires opérations de mouillage dûment effectuées. L'éclairage de l'après-midi est le plus propice à mettre en valeur ce tableau fascinant. Devant, la vallé, un capuchon nuageux coiffe le sommet de la montagne. De chaque coté, les pentes couvertes de végétation tombent verticalement dans la mer. Une frange d'écume blanche contrastant avec les roches volcaniques noires, délimite les deux domaines: le terrien et le maritime. Au premier plan, entre l'anse et la vallée, derrière une petite plage de galets bordée de cocotiers, quelques imposantes roches se dressent au ciel sur des hauteurs insensées, semblables à d'énormes tikis naturels. L'eau de la mer est limpide et chaude. L'Eden peut-être...

En supplément, le bonheur des retrouvailles avec quelques amis rencontrés auparavant: Nathalie la Martiniquaise et Patrick à l'accent qui chante, naviguent à bord d'un joli Casamance. Le lendemain, c'est Pascale et Nicolas qui arrivent, pas peu fiers d'avoir réussi, avec leur "Badinguet", la traversée en quinze jours et demi (avec la complicité de quelques hectolitres de gas-oil...) ! La joie de retrouver aux escales des amis quittés parfois depuis longtemps constitue un des nombreux plaisirs de notre mode de vie actuel, avec, pour corollaire, une bonne petite teuf qui donne parfois l'occasion de connaitre d'autres vagabonds des mers.

A terre, beaucoup de gentillesse de la part des Marquisiens. Nadia et Pascaline nous abordent dans la rue pour nous inviter à partager leur pique-nique. Pascaline allume un feu de bois sur la grève et Nadia rapporte un "uru"[20] et une carangue qui y cuiront pendant qu'elles confectionnent des "assiettes" avec de larges feuilles de bananiers. Une salade aux langoustes et du poulet grillé avec du riz, rapportés de chez elles, complètent ce festin qu'elles nous offrent par pure

---

[20]Fruit de l'arbre à pain

gentillesse, juste pour faire connaissance, assis sur les galets de la grève...

Pour autant, tout n'est pas qu'idyllique. Un petit ennui, pas piqué des vers de vase, va tempérer un peu toute cette félicité et m'occuper utilement durant presque deux jours. Le super guindeau Quick Dylan, dans lequel nous avons investi une somme rondelette il y a moins d'un an, est tellement ravagé par la corrosion qu'il en a perdu une partie de son efficacité. Je suis forcé de le démonter partiellement et d'en supprimer des morceaux pour les remplacer par d'autres, que je fabrique moi-même, à bord, dans des matériaux mieux adaptés. Les ingénieurs de Quick semblent ignorer que le contact entre l'inox et l'alu en milieu marin provoque des catastrophes très rapidement.[21]

Le programme de ce dimanche matin c'est « tatouage sur mon mollet gauche » d'un motif choisi par Malou et réalisé par Jean-Paul, un des meilleurs tatoueurs de la région. La maison de Jean-Paul, ordinaire, coquette, avec une pelouse bien entretenue, se situe juste en face de l'école primaire. Derrière, sous "l'extension", charpente bois, toit de tôle, je gis, allongé sur un banc, un oreiller sous la tête. Malou est à côté, assise sur une chaise de jardin en plastique. Ma hanche arthrosée me travaille sévèrement cependant que Jean-Paul, l'artiste, est à l'œuvre. Il promène son outil de "torture» sur mon épiderme, piquant dans ma vieille carne pour y injecter l'encre de Chine qui imprimera, à vie, sa création: dans un cercle figurant la planète terre, trois emblèmes, qu'il a créés, représentent la force, la paix et l'amour. L'ensemble est enrichi de motifs polynésiens, dont la très gracieuse croix marquisienne. Très content et très fier du résultat, je m'empresse comme un gamin d'aller exhiber ma nouvelle déco devant tous nos amis. Du coup, JP se retrouve au boulot tout l'après-midi. La grande qualité de son travail et l'originalité de ses créations ont séduit plusieurs navigateurs qui vont, à leur tour, se faire "torturer" à l'aiguille: une imposante raie manta sur le puissant biceps de Nicolas et un gracieux dauphin sur la délicate cheville de Pascale, entre autres.

---

[21] A cause du couple électrolytique

Un vilain racket

Arrivant aux Marquises par l'Est, il est clairement réglementaire de faire les formalités d'entrée à Hiva Oa (ou à Nuku Hiva, plus au nord). Pourtant, il est bien tentant d'arriver par Fatu Hiva qui est à la fois la plus méridionale des îles et la plus proche des Galápagos. De nombreux navigateurs se le permettent, se mettant ainsi hors la loi. Mais bon, l'essentiel c'est de ne pas se faire prendre, pour éviter l'amende qui attend les contrevenants lorsqu'ils se décident enfin à régulariser.

Il n'y a pas de banque à Hanavave, l'escale favorite de Fatu Hiva. Il est donc impossible de se procurer de la monnaie locale, les francs pacifiques, si l'on n'est pas passé par Hiva Oa au préalable, ce que tout le monde est sensé avoir fait.

Mouillés depuis une semaine à Hanavave, nous savourons la douceur de vivre marquisienne. Il est treize heures. Nadia et Pascaline, nos copines marquisiennes, seront là dans deux heures. Nous les avons invitées pour le thé afin de leur faire visiter Catafjord.

Un gros bateau gris vient mouiller à quelques encablures de Catafjord. Un groupe d'individus, tous habillés pareil, met à l'eau un semi-rigide puissamment motorisé et quatre bipèdes déguisés à s'y méprendre en douaniers embarquent à bord afin de démarrer promptement leur vilaine activité. Le gros bourrier gris arbore sur ses flancs les lettres DF qui signifient traditionnellement "douane française". Nous, citoyens français, ayant fait notre entrée en règle, les regardons virevolter dans le mouillage et s'intéresser aux autres bateaux avec la sérénité de ceux qui sont dans le droit chemin et à qui il ne peut rien arriver de désagréable. Erreur... Notre tour arrive rapidement.

-"Montez donc Messieurs, je vous en prie". Poignées de mains cordiales...

-"Que vous avez un beau bateau... au fait, montrez moi donc les documents de ce beau bateau"...

-"Avec plaisir Mr le douanier"…

Et de lui exhiber tous les papelards habituels. Les deux comiques les épluchent et y piochent avec peine, comme s'ils savaient à peine lire, les renseignements nécessaires à l'établissement de leur PV de visite. Tout semble clair... La bonne humeur règne.

-"Avez-vous une grosse somme d'argent à bord?" S'enquiert le costumé. Ce n'est pas le cas, juste quelques francs pacifiques retirés au distributeur d'Hiva Oa pour acheter du pain et des fruits.

-"Combien possédez-vous de bouteilles de vin ou d'alcool?". Pensant bien qu'ils demanderaient à les voir, et n'en connaissant pas le nombre exact, je lui dis, au pif, une vingtaine de litres de vin en briques carton". Le gugus écrit immédiatement "20" dans la case correspondante, et ajoute:

-"On peut les voir?". On peut! Et donc je le mène directement au coffre dans lequel est rangée la réserve de picrate chilien acheté à Panama en prévision de notre impossibilité d'acquérir ici ce délicat breuvage taxé à 300% en Polynésie (environ douze euros un litre de tord-boyau). Le guignol entreprend de les compter, sort son boulier (non, je rigole... jaune…) et là, deux surprises… Une bonne et une mauvaise. La bonne c'est qu'il en reste plus que je ne le pensais, et la mauvaise c'est que le bandit lâche laconiquement: "Vous avez fait une fausse déclaration, je vous colle une amende: 10000 francs pacifiques", soit exactement la somme que Malou lui avait indiqué détenir quelques minutes auparavant. A notre proposition de régler par chèque ou par virement bancaire, le malfrat hausse le ton et déclare que c'est payable immédiatement et en espèces. Sinon, ce sera procès verbal d'infraction transmis au préfet et saisie immédiate de tout l'alcool. Tout l'après-midi se passe en palabres, discussions, invectives, fâcheries, menaces, et toute cette sorte de joyeusetés... Hélas, nous finissons par lâcher à ces voleurs notre joli billet polynésien avec ses belles couleurs et ses dix milles merdiers écrits en haut à droite.

Là où ça nous amplifie singulièrement les boules, c'est d'apprendre que tous les contrevenants arrivant direct des Galápagos et n'ayant pas faitleur entrée officielle, n'ont, eux, pas versé un seul centime à ces gabelous véreux pour la simple raison qu'ils n' avaient pas de franc pacifique, n'ayant pas fait le crochet par Hiva Oa, avant de venir ici.

Ca nous apprendra à être naïfs et à faire bêtement où on nous dit de faire!

Ces bandits notoires ne constituent, heureusement pas, un échantillon représentatif de leur profession. Leurs méfaits ne s'arrêtent d'ailleurs pas forcément à ces petites arnaques, puisque, quelques mois plus tard, ils se retrouveront sous les verrous, inculpés de viol en réunion sur une de leurs collègues! Une broutille… Mais, n'anticipons pas… Une enquête en bonne et due forme les disculpera peut-être. Sûrement même… La justice triomphe toujours…

Tahuata

Depuis quelques jours, mes entrailles sont en lutte sociale. Je ne sais ce qui a causé leur grogne, mais elles me font des misères, et c'est désagréable (évidemment, avoir le trou de balle qui se prend pour une fontaine, ça peut pas être très plaisant...). Nous avons quitté ce matin le merveilleux mouillage de la baie Hanamoënoë, sur l'île de Tahuata.

Les Marquises, ce serait un peu les Alpes posées sur les Açores, au milieu du Pacifique. Des sommets escarpés, couverts de végétation, avec pour socle de la pierre de lave noire et trouée comme un gruyère.

Balade en dinghy jusqu'au village de Vaitahu puis grimpette à pied jusqu'à un sanctuaire surplombant la baie et qui nous donne accès à un point de vue magnifique. Ce sera notre seul contact avec les habitants de Tahuata car la baie Hanamoënoë est inhabitée. Par contre, elle est très prisée des navigateurs, car bien abritée, avec des fonds de bonne tenue, des plages de sable blanc et des cocotiers ébouriffés...

A l'extrême sud-est de l'île Ua Pou apparaît un caillou désolé, aride. C'est Motu Oa, posé sur l'eau comme une sentinelle dérisoire. Un peu à l'ouest, Motu Takahe se dresse vers le ciel, gigantesque canine adossée à sa gencive rouillée de roche ferrugineuse. C'est magique de majesté! Un troupeau de dauphins nous accueille et nous accompagne pour nous souhaiter la bienvenue.

Baie de Hakanaii… Nous sommes seuls au mouillage devant la coquette église du village et c'est le moment de la belle lumière... Nous ne descendons pas au village, malgré la tentation, car il n'y a pas de débarcadère et le ressac rend l'accostage difficile avec notre dinghy de deux cents kilos. En fait, le seul moyen, pour aller sur l'île, celui qui est utilisé par les locaux, c'est de se jeter à l'eau et d'y aller à la nage.

L'endroit est de toute beauté et nous y serions bien restés plusieurs jours, mais ça nous frustre de ne pas pouvoir aller discuter avec les gens.

Voici Hakatehau, une poignée de milles plus au nord. Le mouillage est un peu agité, mais un petit quai en béton permet d'accoster et d'amarrer le dinghy... Lequel est immédiatement pris d'assaut par une dizaine de mômes qui l'utilisent comme plongeoir... et comme pédiluve aussi, en jouant avec le nable[22]. Nous débarquons au moment de la répétition du groupe de danses folkloriques, sous le préau, en vue du festival prévu à Tahiti dans un mois. Quelques femmes ont préparé à manger dans de grands chaudrons et chacun achète sa barquette pour le repas de midi. Nous aussi…Uru[23] et viande de chèvre… Un régal!

Quelques pirogues en bois, taillées dans des troncs d'arbres, sont plastifiées. Je n'avais pas encore vu ça aux Marquises. Et ça m'a surpris, car ça vaut pourtant largement le coup: la durée de vie des embarcations s'en trouvant très largement augmentée.

Cette île de Ua Pou est très particulière avec ses énormes aiguilles d'origines volcaniques, nées d'un phénomène géologique inhabituel, (très bien expliqué sur les panneaux dans le village, mais je n'ai pas retenu, désolé), dressées au ciel jusqu'à plus de mille mètres de haut. Les sommets émergent rarement du massif de nuages qui s'y forme en permanence.

Visite du petit musée recelant de jolis objets sculptés, en pierre principalement : des pilons, des casse-têtes, des tikis et, la spécialité locale, la pierre fleurie. Certains galets, provenant des grandes aiguilles, renferment des minéraux incrustés qui dessinent de petites fleurs à leur surface. Ces pierres originales, aux décors délicats, sont beaucoup utilisées pour fabriquer des objets souvenirs.

---

[22] Bouchon amovible qui permet de vider l'eau, quand le dinghy est levé…..et, forcément, de le remplir lorsqu'il est à l'eau.

[23] Fruit de l'arbre à pain

Détour par le site archéologique avant de nous rendre à la cascade. Malou se baigne... Moi pas. Trop froide ! Mais j'en profite pour me transformer en casse-croûte à moustiques...

Déjà cinq heures. Nous dinons chez Yvonne et Etienne en compagnie de copains anglais et d'un couple de Sud-Africains sympas. L'ambiance y étant propice, Etienne fait une démonstration de la danse du cochon... Stupéfiant ! De mon point de vue, je vois deux explications : soit il a déjà été cochon dans une vie antérieure, soit il s'est entrainé comme un forcené durant des centaines d'heures. Il fait tellement bien le goret que je parierais qu'aucune cochonne ne peut lui résister.[24]

Décidemment, ce mouillage est vraiment trop agité. Nous décidons de partir pour Nuku Hiva. La baie d'Anaho, au nord-est de l'île est majestueuse et tranquille, et surtout la houle du large n'y pénètre pas. A pieds dans la montagne, par un sentier rocailleux, le franchissement d'un genre de petit col nous donne accès à la vallée qui abrite le village d'Atiheu.

Rencontre avec une jeune femme qui fait le trajet à cheval. Il n'y a pas de voie carrossable. La promenade n'en est que plus délicieuse, agrémentée par des panoramas majestueux et la cueillette de jolies graines rouges. Autre genre de rencontre, manquant peut-être un peu de chaleur humaine, mais bon, on fait ce qu'on peut : d'intéressants pétroglyphes jalonnent notre chemin, témoignages incontestables d'une présence humaine très ancienne.

La coprah-culture, profession polynésienne

Après s'être rendu à pied à la cocoteraie, plus haut dans la montagne, le récoltant regroupe en tas les noix de coco tombées au sol qui sont ensuite fendues à la hache une à une. Puis, avec un couteau spécial recourbé au bout et affûté des deux cotés, qui ressemble à une espèce de spatule courbe, on extrait la pulpe blanche qui est mise dans

---

[24] Attention, je ne prétends pas m'y connaitre particulièrement en cochonne. C'est juste un avis, amateur.

des grands sacs de jute pesant environ cinquante kilos chacun. Les sacs sont amenés au séchoir à dos de cheval. Le coprah est alors étalé à sécher pendant plusieurs jours. Une fois un peu racorni, il est remis en sac pour être enlevé par le bateau qui passe environ toutes les deux semaines. La marchandise est livrée à l'usine de Tahiti. Carrément physique comme boulot! Pratiqué par les femmes comme par les hommes, ce rude labeur ne rapporte pas des fortunes. Mais au moins c'est "net d'impôt" et de plus, celui qui est courageux et qui en fait beaucoup, gagne plus que celui qui en fait peu. Ça me semble assez équitable comme système.

L'après-midi, les conseils de Maria, une sympathique marquisienne rencontrée lors d'une balade, sont mis à profit pour capturer quelques jolies porcelaines dans les eaux peu profondes du lagon. J'aurais peut-être dû employer plutôt le terme "cueillette" car, honnêtement, je pense que la capture de porcelaines est à la chasse ce que la pétanque est à l'athlétisme.

Navigation lascive, par petit temps, pour nous rendre à Taiohaë, capitale des Marquises.

Stéphanie, notre copine St-Pierraise y a trouvé un boulot. Elle nous confie sa petite fille Mélina (deux ans et demi), pour une séance de baby-sitting, pendant qu'elle se rend à son entretien d'embauche. Nous prenons en charge l'opération complète. Il convient donc de débarquer Stéphanie sur le quai. Avec la forte houle du moment, passer du dinghy, à la terre ferme relève du rodéo. Assez acrobatique ! Un coup la mer envahi le quai, un coup la mère est deux mètres plus bas... Encore une fois, la chance est avec nous. Et puis, la Saint Pierraise est agile. Alors ça se passe sans bobo.

Course de vahas[25]

Quel magnifique spectacle offrent ces pirogues à balanciers, fines, élégantes, colorées, rapides. Equipées par six pagayeurs piochant l'eau

---

[25] Pirogues à balancier typiques de la Polynésie

avec énergie, en véritables laboureurs des flots, elles passent à raser nos étraves. Là, tout de suite, devant nos yeux ébouriffés, c'est une course féminine qui réunit cinq pirogues dans une compétition inter-îles, laquelle permet à des filles n'ayant aucune prétention au titre de miss Polynésie, de s'exprimer dans une discipline correspondant mieux à leurs capacités... A terre, c'est la fête à neuneu: tabourets pliants, glacières pleines de cannettes de bière, sandwiches et mecs bourrés dès treize heures, le tout dans une atmosphère bon-enfant.

J'ai fait mon fainéant aujourd'hui en quittant Taihoae pour la baie du contrôleur : six milles à parcourir avec vingt nœuds de vent dans le pif. En bon père de famille, j'aurais dû envoyer la grand-voile avec un ris et tirer un bord ou deux… Mais je me suis contenté de sortir un bout de génois, et de tirer un petit bord mesquin, appuyé par un des moteurs, à régime minimum. En une heure et demie c'était bâché, pour une consommation globale de quatre litres et demi... Je commence à me familiariser avec ma future option de pour quand je serai vieux… C'est demain ! Un cata à modestes moteurs et pas de mât, ni de voile. Je laisse l'idée mijoter encore un peu et j'en reparle plus tard. Et puis, Malou n'est pas prête. Elle souhaite toujours que je fasse de la voile… Alors, patience.

Alors j'ai pensé à un moyen astucieux pour financer les conséquences de ma "tropicalisation". Nous possédons encore à bord quelques cannettes de bière achetées un demi-euro pièce, à Panama. Sachant qu'ici un produit similaire se paie deux euros minimum, je gagne un euro et demi chaque fois que j'en consomme une ! D'où l'idée de proposer à Malou: "En arrivant, je n'aurais qu'à boire trois bières au lieu d'une, tant pis, je prendrais sur moi, et ainsi, avec l'économie réalisée, ça paiera le gas-oil...". Résultat: un regard noir sans commentaire. Pas compris... Je vais réfléchir à une variante à base de rhum… Justement, l'heure de l'apéro approche...

Les vagues déferlent sur la plage au fond de l'anse. Nous choisissons de débarquer dans les rochers, en amarrant le dinghy par l'arrière à une bouée inusitée et par là même vacante. Autant dire qu'elle ne sert à personne...

Promenade vers le village de Tai Paii Vaii, le long d'une route en terre qui surplombe quelques maisons entourées de manguiers et de bananiers. En bas, les eaux cristallines de la rivière dansent entre les pierres. Un pont donne accès au village, agréable, propret et trop calme. La très jolie église en pierres, galets et bois est enrichie de statues réalisées par le sculpteur du village. L'homme habite quelques maisons plus loin. Nous restons une heure à deviser avec lui en le regardant œuvrer. Peina travaille différents matériaux pour réaliser des bijoux en nacre, os de bœuf, bois, pierre fleurie. Il se rend parfois en France, à Junas, pour des rassemblements avec les compagnons du devoir et tire quelques subsides de sa production.

De majestueuses raies évoluent autour du bateau. La nuit tombée, attirées par les lueurs des hublots, elles dansent leur ballet aquatique, décrivant des arabesques, rendues phosphorescentes par la grande concentration de plancton. Ce sont d'impressionnantes raies Manta, qui atteignent trois mètres d'envergure. Elles se réfugient dans la baie pour échapper aux orques qui trainent dans le quartier, au large, et qui brulent de faire connaissance et même plus si affinités. Mais, hélas pour eux, la raie est méfiante (qui peut aussi s'écrire : "la raie émet fiente", mais je m'éloigne du sujet).

Nous les verrons de nouveau le lendemain, en plein jour, s'approchant à toucher nos coques, exhibant leur ventre blanc à tâches noires lors de séries de loopings genre patrouille de France au quatorze juillet, mais dans l'eau... Une parade amoureuse peut-être. Je ne sais pas. Je ne suis pas très compétent en méthodes de séduction de raies (Manta, je parle).

Nous franchissons la petite barre à marée haute, dans le dinghy de Nicolas, pour entrer dans la rivière et remonter s'amarrer à un quai. Palmeraie et bananeraie constituent le décor jusqu'au marae, en amont du village.

Aujourd'hui, le garde champêtre emmène les enfants collecter les immondices qui trainent un peu partout, dans le cadre de la journée écologique. Il y en a peu en définitive… C'est très propre par ici. Ce qui tendrait à laisser penser que l'initiative est judicieuse.

Un petit chemin de montagne boueux nous mène au site, but de notre excursion du jour. Le marae est ceinturé de grands tikis[26] en

---

[26] Statues

pierre. Dans ces lieux de culte, on faisait autrefois de belles fêtes. Il y avait deux camps très différents: ceux qui étaient autour de la marmite et ceux qui étaient dedans, après qu'on les eût "préparés" à grands coups de casse-têtes, ces grands maillets bien nommés et qui sont souvent de très beaux objets nonobstant leur funeste finalité. Cette époque de grand "fendage de gueule" est tombée en désuétude cependant que les clubs de pétanque n'ont jamais été aussi nombreux et prospères, yop la boum... Allez y comprendre quelque chose !

Au retour, l'infirmière du dispensaire nous dispense de s'abstenir de cueillir des pamplemousses dans le jardin et nous repartons chargés comme des bourricots, surtout les "Badinguet"... Quels morfalous ceux-là !

Grande première ce matin: petit déjeuner au champagne!!!! Dans le cockpit de Mariposa. Michaël et Birgit ont tenu à organiser une petite fête surprise pour l'anniversaire de Pascale. C'est un petit déjeuner d'ogre qui nous attend à 8h30... Les crêpes Suzette du dessert nous laissent repus... Aux alentours de onze heures!

Puis, c'est au terme d'une navigation de glandos[27], génois/moteur, que nous parvenons en baie de Taioa. Nouveau décor somptueux: montagnes abruptes et vertes, plage de sable blanc, et falaise noire. Par contre, la grève est infestée de moustiques.

Les pamplemousses des Marquises sont vraiment exceptionnels. Déjà, ils sont suffisamment sucrés pour être dégustés tels quels, sans rien ajouter…Genre, si vous mangez une barbe à papa, vous n'ajoutez pas du sucre... Ben là, pareil! Et puis, l'autre truc balaise, c'est leur effet "qui s'coule": vous êtes en train de creuser dedans avec la petite cuiller en vous appliquant bien pour aller gratter tout au fond, raclant consciencieusement les bords pour qu'il ne reste rien, en puisant plein de fois dans chaque alvéole pour capter tout le jus, qu'est bien sucré lui aussi, forcément. Avec le pamplemousse des Marquises, même le mangeur-gratteur-racleur le plus habile, quand il a fini un tour, il en reste encore pour un deuxième tour, c'est sûr! Quand aux maladroits, dénués de toute conscience professionnelle, qui en oublient un peu à

---

[27] Ramier

chaque tour, alors eux, ils peuvent se retrouver à faire des cinq ou six tours comme qui rigole. Faut être honnête: les pamplemousses des Marquises, *c'est* pas des pamplemousses comme tout le monde… Nettement au dessus du panier...

Au fond de la vallée qui aboutit à l'anse Akaui, au pied de vertigineuses falaises de quatre- cents mètres de haut, une piscine naturelle d'une majestueuse beauté offre sa fraicheur bienfaisante. Deux heures de marche sont nécessaires pour y parvenir. Le chemin pierreux serpente dans la luxuriante végétation, traverse plusieurs fois la rivière, ombragé presque tout du long. Un tiki de pierre sort la tête d'un buisson à la manière d'un être vivant. En fait, la végétation a envahi un marae en ruine et seul le sommet de ce tiki en émerge, créant l'étrange sensation d'être observé par ce bonhomme de pierre.

Nombreux vestiges archéologiques tout au long du chemin… Nous sommes ici dans l'antique "vallée royale" ou vivaient le monarque de l'île et sa famille. Après plusieurs dizaines d'années de désaffectation, cette vallée et sa voisine retrouvent vie depuis que leurs propriétaires ont décidé de quitter la ville pour revenir valoriser leurs terres. Ils ont construit leurs maisons près de l'estuaire de la rivière, élèvent chèvres, vaches, chevaux, cochons, poules, font pousser des fruitiers et pratiquent la pêche avec une petite embarcation à moteur hors-bord. Leur village sympathique et coquet abrite une quinzaine de personnes. Pour se rendre à Taiohaë, la ville distante de quinze kilomètres, ils ont le choix entre le bateau/taxi qui met un quart d'heure et coûte un peu d'argent, ou le cheval, plus économique, mais qui met trois heures (avec Catafjord, il faut une heure et trois litres de gas-oil).

De retour de cette saisissante cascade, nous connaissons le privilège de faire la rencontre de Pierre, arrivé cet après-midi dans la baie en compagnie de sa tribu. On palabre. Il viendra ce soir à bord de Catafjord avec famille, amis et apéro pour faire plus ample connaissance. À vingt heures, nous sommes huit autour de la table du carré, plus quelques mômes dans le cockpit... Et nous faisons, effectivement, connaissance. Le personnage mérite le détour, ainsi, d'ailleurs, que les autres membres de la famille, comme nous le verrons prochainement.

En mer

C'est toujours aussi beau la mer époussetée par l'alizé. Je n'écris pas "balayée" car le vent n'est pas assez fort pour mériter ce qualificatif. Quelques petits moutons blancs, ciel d'azur, parsemé ça et là de cumulus chétifs... L'allure est un peu lente, mais on est tellement bien.

Quatre-cent-cinquante milles devant nos étraves, l'archipel des Tuamotu ne nous attend pas. Nous avons quitté Ua Pou à six heures ce matin, après avoir ingurgité l'incontournable petit déjeuner sans lequel mon équipière ne saurait considérer la journée comme commencée. La ligne de traine est à l'eau, le rythme des quarts est adopté depuis huit heures. Nous sommes en configuration "long cours" pour quelques jours. Les Marquises viennent de nous fasciner presque deux mois durant. Les habitants de ces îles merveilleuses vivent dans une échelle de temps différente... Les aiguilles de leurs pendules font la sieste quotidiennement… On s'attarderait facilement.

Un grain

Vous allez voir qu'il ne va pas me laisser terminer mon p'tit déj tranquille. Obligé d'engloutir ma dernière bouchée comme un gros goéland et de monter à la timonerie le bol de café à la main. Je l'ai eu à l'œil dès six heures, avant d'aller dormir, lorsque Malou a pris son quart. Je me demandais s'il m'accorderait de récupérer ce déficit de sommeil caractéristique des premières nuits en mer. Malou l'a surveillé aussi et il m'a finalement laissé dormir deux heures. Mais maintenant c'est terminé, il est sur nous. La paresseuse vitesse de six nœuds s'est rapidement muée en un bon dix nœuds et le grain noir qui barrait l'horizon pousse à présent vers nous ses moutons nerveux et sa peau rêche. Je décide de le saluer en abattant largement sans réduire la toile. Ainsi Catafjord file bon train, voilure haute. Mon but est de maintenir le canote dans le surcroit de vent que le grain pousse devant lui le plus longtemps possible pour engranger des milles, car décidemment cette traversée est placée sous le signe du petit temps. Et c'est pourquoi j'ai à cœur de mettre à profit les providentiels vingt-cinq nœuds offerts par ce lugubre ciel noir pour tailler un peu de la route.

Les Tuamotus

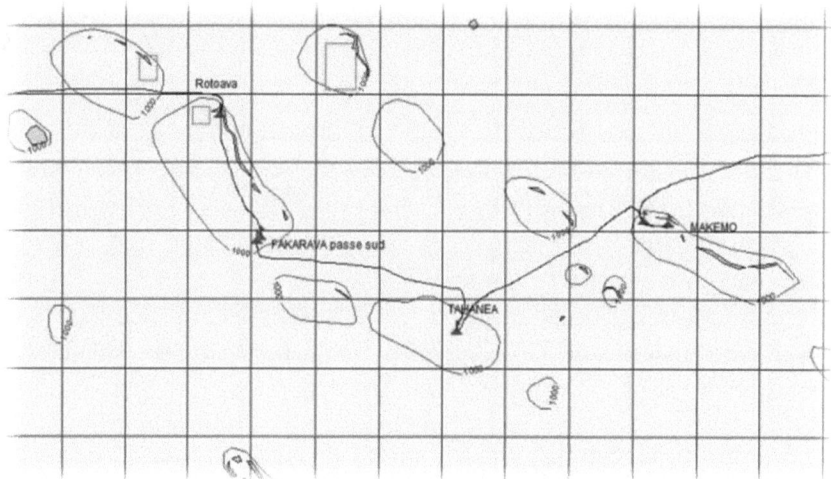

Makemo

La nuit a été bien tranquille. Le vent est si faible que nous naviguons au moteur depuis plusieurs heures. Malgré le ciel chargé en début de nuit, le vent n'est pas de la partie. Au petit jour, nous sommes encore à trente milles de Makemo et cependant on n'en voit rien. C'est seulement vers 8h30 que quelques minces filets gris sur la ligne d'horizon nous en signalent la présence. Les atolls sont comme des non-îles. Vus sur les cartes marines, on dirait des îles, mais avec un grand trou au milieu. Et ce trou est rempli d'eau et plein de pâtés de corail disséminés partout pour compliquer la vie du marin. Comme s'il avait besoin de ça, le pauvre. En tout cas, ces bandes de cocotiers posées sur le rebord de la mer, là-bas devant, là où commence ce ciel totalement exempt de nuage, c'est magique! Très "minimaliste" comme style: que du bleu. D'abord l'eau, ensuite une bande pâlichonne avec des barres grises dedans, puis l'air, le ciel. Nous flottons dans une immensité bleue où nulle limite n'est perceptible entre les différentes matières...

9h30: nous approchons. Les barres grises deviennent vertes pour se muer finalement en honnêtes cocotiers, posés sur le trait d'or des plages de sable blanc. On se croirait arrivés en vacances.

L'ancre descend dans dix-huit mètres d'eau, transparente comme du cristal. Nous sommes à l'intérieur de l'atoll de Makemo. Les trois nœuds de courant qui dévalaient la passe contre nous lors de notre entrée ne nous ont pas causé de souci… Un petit arrière goût de golfe du Morbihan, version tropicale. Mouillage enchanteur, calme impressionnant, aucun bruit, pas de vague, un lac ! L'eau est si limpide qu'on peut voir un crabe cligner de l'œil, ou déceler une érection d'huitre dans plus de vingt mètres de fond.

Première plongée: un aquarium ! Les poissons font des concours de couleurs avec les coraux. Un requin "pointes noires" rôde. Ils ne sont pas belliqueux, nous a-t-on dit… Faut juste pas s'en occuper. Loin de moi l'idée de m'en occuper, mais j'aimerais que ce soit réciproque... Et s'il n'est pas informé lui, le requin, qu'il n'a pas à s'occuper de moi ?

Au fond, les bénitiers baillent, bouches ouvertes vers le soleil. Leurs lèvres pulpeuses et colorées ressemblent à de petits serpents. Leur coquille, à demi encastrée dans le corail et littéralement soudée à lui, est impossible à déloger. Ils peuvent atteindre des tailles considérables, disons, entre un bol de petit-déjeuner et un lavabo, et ont une capacité musculaire de fermeture impressionnante et dangereuse, car capable de sectionner un doigt ou même une main. En même temps, on n'a pas à mettre ses doigts comme ça dans n'importe quel orifice inconnu… C'est la plus alimentaire des prudences.

Nous sommes seuls dans le lagon. Il est immense pourtant: trente-cinq kilomètres de long et dix-huit de large. N'empêche, depuis hier soir, après que nos voisins de mouillage, un couple d'Américains, aient filé au large à la faveur de l'étale de pleine mer, notre regard n'est plus accroché par aucun bateau, aucune habitation, aucun témoignage de présence humaine. Certes, nous savons qu'il y a un village sur un des gros motus, dans le nord, mais il est à plus de trente kilomètres d'ici, caché derrière un renfoncement de la barrière et donc totalement invisible depuis notre mouillage.

Débarquement en dinghy pour une visite pédestre du littoral. Peu de sable… C'est surtout du corail mort et des coquilles brisées qui forment la fameuse "bande jaune" au pied des cocotiers. L'ensemble est posé sur un socle de roche volcanique, noire, pleine de trous, comme une manière d'éponge minérale. Le lagon est infesté de requins qui viennent rôder autour de nos jambes quand nous débarquons dans trente centimètres d'eau. Tout à l'heure, il y en avait cinq en même temps!

C'est particulier de naviguer dans un lagon. Il n'existe pas de carte marine réellement "à jour". On doit simplement se contenter de repérer, visuellement, les patates de corail et de zigzaguer entre elles... Ce qui n'est possible que lorsque le soleil est haut dans le ciel, soit entre dix heures et quatorze heures. Pour mouiller l'ancre, c'est à peine plus commode. Si on ne repère pas une zone de sable suffisamment grande pour poser l'ancre et qu'elle s'y enfouisse, celle-ci peut aller se coincer sous un pâté de corail ou un gros rocher et la chaine de même. Bonjour la manœuvre d'appareillage, dans ce cas-là.

Par contre, quel ravissement !

J'ai ramassé quelques noix de coco pour faire des punch-coco comme Tintin m'a appris, avec le rhum directement dans la noix... Pas minable comme truc! Sinon, je vous suggèrerais bien une nouvelle boisson à base de coco, mais je ne l'ai pas encore essayée... j'ai juste eu l'idée. Bon, ok, je me lance quand même. Et si quelqu'un essaie avant moi, y m'envoie un mèle pour dire quoissé. Voilà: prendre une noix de coco, la percer et y verser un bon Bordeaux millésimé… Mélanger en secouant vigoureusement la noix de coco et boire à la paille... Alors? Ça s'appelle le "coco-vin". J'ai entendu dire que c'est bon, mais pas encore goûté.

Vagabondage sur l'estran tout l'après-midi, à contempler de près la vie marine littorale. La roche volcanique a le grain de surface d'un béton pris avant que le gars ait eu le temps de finir son boulot. Vachement antidérapant comme truc. Cette roche forme comme une espèce de terrasse tout le long du rivage. En contrebas, dans cinquante centimètres d'eau, les bestioles qui habitent là nous offrent généreusement le singulier spectacle de leur vie quotidienne. Les requins "pointes noires" sillonnent la place en tous sens. Un requin nourrice fauve se tient immobile, la tête à l'ombre d'un rocher, à l'affût. Il fait bien ses deux mètres de long. Les perroquets broutent le corail en équipe, accompagnés de poissons-chirurgiens (au cas où les autres se blessent, sans doute...). Un poulpe s'approche et vient faire son exhibition sous notre nez: il déploie ses tentacules, en cône, comme les baleines d'un parapluie (il déconne ou quoi ?) et se pose sur le fond avec la grâce d'une danseuse étoile (de mer bien sûr....), puis se fige quelques secondes, sa tête revêtant alors l'aspect d'un crâne humain. Soudain, avisant un couple de crabes qui se prélassent au soleil, il bondit vers eux, allant jusqu'à sortir entièrement de l'eau, juché sur ses tentacules, pour tenter de s'en offrir un… Mais c'est loupé ! Les "pointes noires" rôdent toujours. Et à leur approche, la danseuse remballe vite fait sa robe de tulle et endosse son habituel costume de céphalopode mou pour fuir se planquer sous un rocher, à tentacules rabattues, sans demander son reste et sans faire sa manif d'intermittent du spectacle frustré.

Six jours que nous sommes seuls ici, à faire les robinsons trois étoiles (de mer, encore), sans nous ennuyer une seule minute. Faut dire qu'hier je me suis colletiné un vilain petit boulot "d'entretien", avec ponçage de fibres de verre à la disqueuse, sciure de bois et résine époxy, juste comme j'aimais bien quand j'étais petit, mais, maintenant, ça me gonfle un peu. Heureusement, Malou m'a bien aidé pour le nettoyage.

Demain, nous avons prévu de bouger mais nous ne pourrons pas quitter le mouillage avant 9h, de manière à avoir le soleil suffisamment haut pour distinguer les obstacles sous-marins, toujours à l'affût d'une mortelle caresse.

Tahanéa

Drôle de journée. La sortie du lagon de Makemo s'est passée sans difficulté. Après la passe, un petit vent de nord-est aide les moteurs à emmener le canote aux sept nœuds nécessaires pour arriver à Tahanéa, notre prochaine escale, au moment de l'étale de basse mer.

Nous entrons dans un énorme grain sombre qui ne nous concédera une éclaircie que pour arriver et franchir à l'aise la profonde et large passe Teavatapu.

Dimanche 20 juin; Faites des pères, mais pas d'impairs... J'ai reçu un très mignon message de ma fille accompagné d'un poème. Ça m'a fait grand plaisir. Ce matin, le programme des réjouissances c'est "optimisation de l'installation électrique". Côté régulation de l'apport des panneaux solaires et de l'éolienne, enfin réunis dans un noble objectif de recharge gratuite des batteries. Il y a de ça quelques mois, je m'étais déjà penché dangereusement sur le sujet, et j'avais alors opéré une petite "modif" qui ne m'avait guère distrait plus d'une heure, ce que j'avais sans doute considéré alors comme amplement suffisant, tant le courage ne se trouvait pas en surabondance dans ma soute à courage. Or, depuis quelques jours, disons depuis que nous sommes aux Tuamotus, nos mouillages sont très exposés au vent car la plupart des atolls n'ont pas de relief. On s'installe derrière une barrière rocheuse ou corallienne qui brise bien la houle du large, mais question vent, les cocotiers clairsemés nous laissent aussi exposés à la vigueur de l'alizé et au courroux de ses grains qu'en pleine mer... Cependant, malgré tout ce vent et en dépit de l'efficacité de notre éolienne, les batteries sont rarement chargées à bloc...

Pourquoi? Me pensais-je en moi-même, tandis que Malou enfonçait le clou en disant un truc du genre "ça chargeait mieux que ça dans not' jeune temps... Tu ne crois pas?". J'ai bien pensé lui répondre un truc à propos de décharge et de notre jeune temps, mais ce n'était pas le sujet. Alors j'en ai plutôt profité pour affuter ma réflexion et aboutir ainsi à une solution assez rusée que je me suis hâté de mettre en œuvre au prix d'une demi-journée de labeur. Bref, je l'ai faite bien comme il faut cette fois la "modif" et le résultat est enthousiasmant! En fait, non seulement ma première intervention n'avait rien arrangé, mais même elle avait sensiblement dégradé les performances de l'ensemble d'une manière assez insidieuse. Malou me l'avait suggéré plusieurs fois, mais j'écartais toujours ses remarques en lui administrant quelques arguments chiffrés à l'énumération si ennuyeuse qu'elle préférait sagement reprendre ses distances d'un "C'est toi qui vois...". Bon ok, j'avais fait une boulette. Cependant, j'ai découvert un coté bien plaisant là-dedans. Il m'est venu une espèce de philosophie de la boulette que je me dois de vous livrer. Quand on a fait une bourde et que chacun a fini par s'y habituer, le jour où on la répare, au bout d'un assez long temps tout de même, alors, à ce moment-là, tout le monde ayant plus ou moins oublié le début de l'affaire, on a tout-à-coup l'air d'un cador. Et même si le résultat obtenu n'est que le retour à la situation originale, par contraste, la satisfaction est grande. Surtout si c'est la fête des pères. Et on en profite même pour boire un coup spécial… Pour bien positiver.

Fakarava

A bord du Newmatic, l'embase du Yam à demi-remontée, nous nous frayons un passage à petite vitesse entre les patates de corail. Deux types préparent leur filet pour la pêche. Ce sont Jean-Luc et Daniel, les tenanciers de la pension locale "Tetamanu sauvage". Accueil très polynésien[28]:
-"Amarrez votre dinghy au wharf et venez prendre un café avec un morceau de brioche". Cool !

Huit personnes vivent au village, tirant leurs ressources du coprah et du tourisme, l'activité touristique majeure étant la plongée sous-marine. Sous la conduite de moniteurs, les clients s'immergent dans la passe, à marée montante, et se laissent transporter par le courant au milieu de véritables murs de requins et de mérous.

Tout ça ouvre l'appétit. On peut alors aller déguster, pour le déjeuner, les poissons pêchés le matin même et préparés par Serge le cuistot. Le dépeçage de la chasse du jour donne lieu à un spectacle très prisé. Les requins qui rôdent à proximité se ruent avec voracité sur les viscères et têtes de perroquets que leur jette le chasseur. Il est prudent de ne pas s'en mêler à ce moment-là, car ils peuvent aussi bien vous

---

[28] Bien qu'aucun des deux ne soit originaire d'ici…

chiquer un mollet en faisant semblant de croire que c'est une tête de perroquet mort... Le squale est volontiers facétieux à l'heure du casse-croûte.

C'est précisément ce qui est arrivé à une petite fille la semaine dernière. Elle a été sauvée in extremis par la présence fortuite d'un aide-soignant qui a su prendre les bonnes initiatives. Elle se trouvait malencontreusement proche d'un endroit où des photographes nourrissaient un gros napoléon. Attirés par cet apport de barbaque facile, les requins se jetaient sauvagement sur tout ce qui bougeait et ont confondu le mollet de la petite avec des entrailles de perroquet[29]. Sans l'intervention de Daniel, l'hémorragie qui s'en est suivie aurait coûté sa vie à l'enfant.

Trois ans jour pour jour que nous avons quitté St Nazaire...

Nous entrons dans notre quatrième année de voyage. Pour fêter ça, nous nous offrons une petite bouffe chez Jean-Luc et Daniel (c'est lui l'aide-soignant). Bonne idée! Nous déjeunons en excellente compagnie avec Marie-Jo et Loïc, plongeurs émérites, en villégiature à la pension et sur le point de rentrer à Papeete où leurs boulots de biologiste marin les attendent dès demain au centre océanographique. Nous convenons de les y retrouver dans quelques semaines. Jean-Luc et Daniel mettent à profit un petit moment de détente avant l'arrivée des clients suivants pour venir visiter Catafjord et prendre l'apéro avec nous. L'occasion d'en connaître un peu plus sur la vie quotidienne des Pomotus.

Elle est plutôt rude, semble-t-il. Du fait de l'isolement, du caractère sauvage et maritime des lieux, la vie dans un petit atoll des Tuamotus ne saurait convenir à n'importe quel rêveur. Une solide condition physique, alliée à un moral d'huître perlière sont des qualités indispensables pour s'acclimater sur ces îles/radeaux, battues par les embruns et écrasées de soleil. Pour vivre ici, faut des gars comme Tama et William, deux vrais Pomotus, bâtis comme des cotres bretons, discrets, efficaces et opiniâtres, avec un tempérament en granit. Par

---

[29] C'est pas toujours très fute-fute un requin, et, en plus, ça aurait bien besoin de lunettes. Malheureusement, personne n'a encore inventé ça.

contre, pour le navigateur de passage, l'escale peut être belle. La faune et la flore qu'on rencontre couramment offrent des sujets de ravissements incomparables.

Le vent a soufflé fort toute la nuit et ça continue, l'anémomètre pointant souvent les trente nœuds et plus. Notre chaine d'ancre s'est coincée sous un rocher. Du coup, nous sommes tranquilles pour le moment question mouillage. Pour tenir, ça tient! Par contre, il faudra compter sur un peu de chance pour l'en extraire avant de pouvoir quitter les lieux.

Nous avons le plaisir de faire la connaissance de Sophie, l'unique cliente de la pension. Nous l'emmenons plonger avec nous car elle redoute beaucoup de côtoyer les requins. Ainsi, nous partons tous les trois pour l'incontournable expédition dans la passe sud, à marée montante, qui consiste à se laisser transporter par le courant en admirant le tombant et ses merveilles: corail varié, poissons multicolores, en bancs ou solitaires, le tout dans une eau si limpide que la visibilité atteint bien une quarantaine de mètres. Et surtout, frisson garanti, les requins, en très grand nombre ici, nous tournent autour. Ce n'est pas rien d'avoir plein de requins comme ça tout autour de nous! Y se rendent pas compte, on dirait.

Petit baptême de Catafjord pour la copine Sophie. Elle est embarquée en qualité de passagère pour un périple d'une demi-heure, à la voile, autour d'un massif corallien que nous contournons pour aller mouiller de l'autre coté, dans le sud-ouest, devant de délicieuses plages de sable rose, eau turquoise, cocotiers, etc... La routine, quoi...

Jean-Luc a confectionné un "tapia" à mon intention. C'est une sorte de sagaie faite d'une branche d'arbre, terminée par trois ou quatre pointes métalliques en fer à béton. Les Pomotus se servent de cet instrument pour aller chasser à pied, sur les platiers, dans cinquante centimètres d'eau. Serai-je assez habile pour attraper des bestioles avec cette arme?

C'est parti pour une excursion "pieds dans l'eau", sur le platier justement, que nous atteignons en dinghy. Je n'ai pas eu le temps d'affuter les pointes de mon "tapia", aussi je m'équipe de mon fusil sous-marin. Je sais, un fusil sous-marin pour chasser dans vingt centimètres d'eau, c'est zarbi. Mais le but, c'est d'expérimenter le concept de chasse sous-marine sans se mouiller. Et ça marche: m'approchant à pas de loup marin d'une zone où viennent brouter les perroquets, j'en transperce un avec ma flèche et le ramène promptement à bord, afin de lui faire visiter notre four d'abord, puis nos assiettes, moins d'une heure plus tard. Voilà un mode de chasse qui n'est pas pour me déplaire… Même pas mouillé !

Fin de l'épisode "Tetamanu"

Nous partons vers le nord, dès huit heures, traversant le lagon par l'intérieur en direction du village de Rotoava. Navigation pépère sous génois... Jusqu'à la rencontre malencontreuse avec une bouée appartenant à une exploitation perlière et dont le bout se coince entre le safran et la coque. Après trois quarts d'heure de manœuvres en tous genres, nous parvenons enfin à nous désolidariser du bazar, sans l'avoir bousillé. N'empêche, ça énerve toujours un peu... Fort heureusement le mouillage est calme et nous retrouvons Micha et Birgit pour un petit apéro, ce qui constitue une conclusion de journée honorable (que celui qui n'a jamais conclu honorablement une journée par un apéro avec des amis me jette le premier glaçon...).

Cette escale nous ramène en douceur vers la civilisation et sa trépidance urbaine, que nous retrouverons, à plus grande échelle, dans quelques jours à Papeete. Ici, c'est "ambiance village ", avec la queue à la poste, la wifi qui rame et pas grand-chose dans les rares boutiques. Mais les gens sont aimables et souriants et c'est l'essentiel. Ainsi Augustine, la patronne d'une modeste exploitation perlière familiale. En ce moment, elle n'a rien à faire sinon attendre le retour de ses greffeuses asiatiques qui vont venir fin juillet passer un mois chez elle à récolter les perles et à greffer de nouvelles huitres. Elle met à profit ces "pauses" en fabriquant des bijoux artisanalement, à base de ces coquillages rouges qui parasitent les coquilles d'huitre. Rien ne se perd dans l'huitre… C'est un peu comme le cochon… Jusqu'à la coquille, qui fournit une belle nacre.

La plupart des vrais Pomotus n'aspirent à rien d'autre que ce qu'ils ont déjà: vivre tranquillement ici, sur leur bout de calcaire, auprès des leurs... Ou alors avec des leurres, pour ceux qui pratiquent la pêche…

Eclipse

Relever l'ancre dans un atoll des Tuamotus s'avère souvent une opération laborieuse. C'est le cas ce matin. La chaine est passée sous les têtes de roches qui minent le fond et il nous faut décrire des circonvolutions en tous sens avec le canote pour la dégager. Parfois, quand ça ne veut vraiment pas venir, Malou se met à l'eau avec masque et tuba et me donne des indications sur la position de la chaine autour de la "patate". Ainsi j'oriente le canote de manière à la dégager progressivement par de petites sollicitations en marche arrière. Le danger, c'est que si une belle vahiné passe par là, juste quand ça se décroche, je risque d'être victime d'un léger déficit de concentration et, peut-être, de faire route vers la sortie en laissant ma pilotesse barboter. Ce qu'elle pourrait prendre pour une impolitesse…

Nous quittons Rotoava sous un ciel menaçant, chargé de grains rageurs, dans un alizé bien vigoureux. La passe Garue offre un accès facile vers le large. Le temps d'envoyer la grand-voile à deux ris et Fakarava s'évanouit déjà dans le sillage. Quelques milles plus loin, passé l'abri du reef, une mer chaotique et bien formée nous ramène à la rude réalité maritime. On n'est plus dans un lagon! Le côté plaisant c'est que naviguant à 110° du vent on va vite avec peu d'efforts. C'est juste un peu ambiance shaker, à ce détail près que le shaker, d'habitude, je le tiens à la main, mais je ne suis pas dedans... Bref, nous filons bon train toute la journée et le vent ne donne des signes de mollissement qu'un peu avant la tombée de la nuit. Nous nous décidons à envoyer l'artimon à trois heures du matin, au changement de quart, après donc très mûre réflexion.

Aujourd'hui 11 juillet, le soleil nous fait un clin d'œil appuyé aux alentours de 8h30, avec une éclipse totale ! Que nous saluons en larguant les deux ris de la grand-voile. Tahiti est devant nous et grossit rapidement, tapie sous son manteau de coton. C'est un grand moment, pour des vagabonds au long cours, que d'arriver à Tahiti!

Ebouriffante, l'arrivée sur Papeete. Quelques heures après avoir renvoyée toute la toile, le vent fraichit. Pas envie de prendre un ris si près de l'arrivée… Je réduis le génois de quelques tours et je barre à la main. Petites pointes de vitesse et la passe nord est là devant nous. A

15h30, la pioche est plantée à proximité de la marina Taïna, en compagnie de quelques centaines d'autres canotes qui ont fait ce même choix...

Tahiti

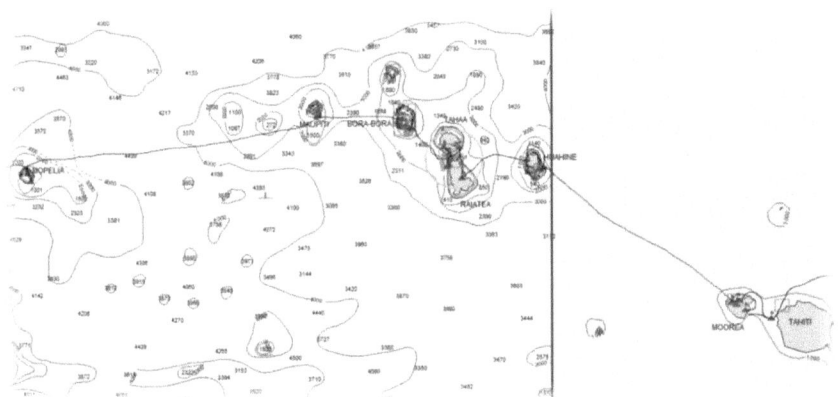

Papeete

Je suis curieux comme un gamin au milieu de tous ces canotes. Il y a ceux qu'on a déjà croisés plein de fois, mais dont on ne connait pas l'équipage…Alors on fait juste un petit signe amical en passant. Puis il y a les copains qu'on retrouve après quelques semaines, quelques mois, ou quelques années, comme Margot et Frank qui arrivent de leur escapade aux Gambier. Alors là, on s'attarde volontiers, prenant un café ou une bière ensemble, le temps de se raconter.

Après tout ce qu'on nous en a dit de négatif, la ville de Papeete nous offre plutôt une bonne surprise. De taille moyenne, ensoleillée, pas trop étouffante. En tout cas moins qu'une grande ville de métropole. Les formalités d'entrée sont rapidement expédiées. Ensuite, trainant dans les parages de la marina, comme qui dirait "pour voir des bateaux" (ça faisait longtemps...), nous faisons la connaissance de

Jean-Jacques qui fait du day-charter vers l'atoll de Tetiaroa. Il a deux bateaux: un "Crowther" [30] récemment démâté et l'ancien « Jean Stalaven » de Dominique Marsaudon... Nous baratinons un moment ensemble. Histoires de bateaux…

Mardi, c'est "Jumbo", le cata à moteurs de Laurent Bourgnon qui arrive ici pour une escale/appro rapide. Nous trouvons juste le temps de prendre un café à son bord. C'est trop bref en regard de tout ce que nous avons à nous raconter, depuis plus de quinze ans qu'on ne s'est vu.

Double huit

Nous quittons Taïna en direction du port de Papeete, à bord de notre dinghy, en vue d'assister aux traditionnelles courses de double huit.

Les pirogues polynésiennes sont traditionnellement très étroites. La stabilité dérisoire de ces coques est compensée par un petit flotteur maintenu, sur un des côtés, par deux traverses en bois. L'embarcation est propulsée par huit pagaies, actionnées alternativement à droite et à gauche.

Pour les courses de double huit, c'est un peu différent. On réunit deux pirogues de huit bipèdes, constituant ainsi un catamaran à seize pagayeurs. C'est magnifique! En tout cas, c'est ce qu'on nous a dit. Parce que nous, on n'a encore rien vu... On s'est simplement gaufrés sur les horaires. C'est ballot !

Sur le chemin du retour, deux sympathiques fêtards déguisés en costumes bleus, avec les képis traditionnels, nous font signe de venir faire connaissance en dehors du chenal, comme qui dirait "sur le bas-côté". Très curieux, ils veulent tout savoir de nous… Voir les papiers du bateau, les brassières, mon permis, combien de chevaux le moteur?, et toute cette sorte de choses. Je crains que nous ne les ayons beaucoup déçus, car rien de tout ce qu'ils demandent n'est à bord du Newmatic.

---

[30] Le même architecte que Catafjord

Finalement, on continue notre balade chacun de son côté sans s'être dit des trucs pas courtois. Sympas les gars! Par contre, je trouve qu'ils ne se sont pas foulé le cortex avec le nom de leur bateau: "Gendarmerie Nationale"... Pas très original… Et pis, pas festif, non plus.

De retour à bord, en fin de matinée, cependant que nous sirotons benoitement notre petit thé de réconfort, quisséty qui passe à côté, accompagné de sa charmante hôtesse ? Mon ami Laurent. On les invite, et c'est parti la causette; une discussion intéressante en amenant une passionnante, on se quitte au milieu de l'après-midi, car ils repartent pour Raiatea embarquer de nouveaux clients. Et alors, toutes les courses de double huit sont finies ! Quel empêcheur de courser en rond ce Laurent. Si c'est pas lui qui gagne, on dirait qu'y s'en fout des courses des autres [31] !

Juillet c'est le mois du "Heiva"

Un mois de festivités à caractère culturel et sportif, l'occasion de rencontres inter-îles pour entretenir et développer les activités traditionnelles: chants, danses, courses de pirogues, concours de grimper de cocotier avec les gars de sup-de-Co (Ecole supérieure de cocotier, section grimpage), courses de porteurs de fruits, concours de vitesse à fendre et décortiquer les noix de coco avec d'autres mecs de sup de Co (ceux de la section fendage de noix), etc… etc...

Laurent (celui de Mandragore et d'Hélène…) nous invite à une petite plongée sur l'épave d'un hydravion abimé dans le lagon. Bientôt suivie de la dégustation du thon acquis le matin même auprès d'un péchou, et préparé à la tahitienne, avec riz et lait de coco. Ce serait malpoli de refuser. On continuera le taf demain. Y'a pas le feu au lagon...

Rantanplan, le retour

---

[31] Je fais mon malin, mais je l'adorais Laurent… Maintenant, il n'est plus là. Et ça, c'est pas poilant du tout.

Affairés à préparer les toasts, nous vivons un volet mondain de notre séjour tahitien.

La nuit drape le lagon de son paréo ténébreux lorsque retentit la petite musique naze du téléphone annonçant les premiers invités. Je file les chercher au ponton à dinghies. Prudent, Marc a prévenu au téléphone "au cas où tu ne me reconnaitrais pas, je suis habillé avec un T-shirt noir". Lorsqu'il se pointe sur le quai en compagnie de Laurence, je les reconnais tout de suite, nonobstant les vingt-deux années écoulées depuis notre dernière entrevue, à Fort-de-France, quand nous visitions les Grenadines avec le "Ville de saint Nazaire". Ils vivent depuis dix-sept ans à Tahiti, à bord de leur fidèle "Rantanplan", sloop en acier construit de leurs mains à Nantes.

Retour sur Catafjord pour accueillir Margot et Frank qui se sont délestés de leurs deux garçons chez la grand-mère qui vit à Tahiti. La compagnie de leur cousin français devrait logiquement les faire progresser dans la maitrise de notre belle langue, qu'ils ignorent superbement, en bons petits Américains élevés à Los Angeles. Encore un petit aller-retour en dinghy pour aller cueillir Marie-Jo et Loïc, les biologistes rencontrés à Fakarava, et l'équipe est au complet pour assécher la bassine de punch qui se les gèle dans le freezer depuis ce matin. Dommage que Laurent et Hélène aient été contraints de décliner l'invitation pour cause de baby-sitting chez des amis. Mais Laurent a tout de même tenu à venir embrasser Malou pour ses cinquante-sept ans… Et puis, ça lui permet de s'envoyer un gobelet de mon élixir magique avant de retourner aux jérémiades des gamins de son copain. Sacré Laurent! Son job, c'est "Responsable des opérations portuaires" à la Compagnie Générale Maritime. L'autre jour, un doigt pointé vers le port de commerce, il me balance tout fier: "Tu vois la grande grue jaune là-bas… C'est avec celle-là que je bosse". Après quelques secondes de réflexion, j'ai senti de mon devoir de lui communiquer mon point de vue: "Un type qui exploite des grues sur le port de commerce, j'appelle ça un maquereau...".

La bassine de punch est sèche depuis longtemps et cependant, aucun pic-vert malicieux dans le crâne ce matin… Grâce probablement au père Labat, le saint homme! Il nous restait suffisamment de son fantastique rhum à 59° pour le punch d'hier soir. Le rhum de Marie-

Galante, c'est un produit qui mériterait d'être remboursé par la sécurité sociale, ou par la Caf, ou par le Vatican, j'en sais rien moi. En tout cas, je trouve que c'est un scandale que ça soit plus cher que l'eau ferrugineuse ou toutes ces boissons chimiques qui font jamais rien qu'à obésifier les gens. Je tiens à être clair sur ce point.

La "soirée des lauréats"

C'est l'évènement majeur qui clôture les fêtes du "Heiva". Réunissant jusqu'à cent-quatre-vingt exécutants sur la scène, c'est assurément un spectacle exceptionnel. Les gracieuses vahinés virevoltent et illuminent la nuit de leurs éclatants sourires, au milieu d'une cour de jeunes hommes aux muscles luisants comme des statues de bronze qu'auraient été passées au Mirror et polies vachement longtemps. Tous arborent des costumes splendides, souvent à base de végétaux (peut-être qu'ils les fument ensuite lors d'un prodigieux strip-tarpé... Je ne sais pas). La musique qui les accompagne et rythme leurs ballets jaillit d'instruments traditionnels: ukulélés, flûtes en roseaux, tambours, nombreuses percussions à base de bambous et voix humaines. Certains chants sont peu mélodieux, faut bien reconnaitre… Mais comme c'est des trucs traditionnels, on applaudit quand même, et pis c'est tout. Détail amusant, la société qui organise ces festivités porte le nom évocateur d'"'Heivanui"... Renversant, non?

Quelques bricoles, encore

La belle table de cockpit turquoise se planque de nouveau sous des films plastiques et une vieille nappe de façon à assumer, une fois encore, sa fonction d'établi. Au programme des réjouissances, c'est l'agrandissement du toit de cockpit et de l'abri de timonerie. On va dérouiller un peu les outils... La visite impromptue de Marie-Jo et Loïc, venus en Zodiac plonger au milieu des dauphins, sous le vent de Tahiti, donne l'occasion d'une agréable récréation en milieu de matinée. Décidément, faire de la recherche en biologie marine, c'est pas vraiment pourri comme job. Je dirais même que ça ressemble comme deux mètres-cubes d'eau de mer à ce que des tas de gens font pendant leurs vacances.

Reprise du boulot. Quand le soleil se fait trop brûlant, on pique une petite tête dans l'eau, cinq minutes, et hop, c'est reparti pour une heure ou deux. C'est du boulot tout ça, mais ce n'est tout de même pas la mine (sauf quand j'écris, mine de crayon...).

Tout est prêt pour le collage. La résine époxy est sur le point d'être dosée et mélangée quand un coup de fil interrompt notre élan laborieux: c'est Hélène qui propose d'aller assister à une représentation historique au Marae de Paéa. Nous ne le regretterons pas. La scène relate la visite d'une confrérie de Raïatea venue en pirogue pour honorer le grand chef de Tahiti par des présents, des chants et des danses. La cérémonie débute par l'entrée solennelle du "Arii nui" (vachement beau avec des plumes rouges et tout), accompagné de sa cour. S'ensuit la dépose des offrandes de nourriture, à laquelle succèdent des démonstrations scéniques mettant en valeur l'habileté et la force des Arioi de Raïatea. Une heure et demie d'un spectacle magnifique, en pleine nature, sur les lieux même où se déroulaient ce genre de scènes il y a quelques siècles.

Petit "tuyau"

A l'usage des voileux. Nombre de leurs bateaux sont équipés d'un grand tube vertical qu'on appelle communément le "mât". Il n'est pas rare qu'une grand-voile en soit solidaire, par l'intermédiaire de coulisseaux qui doivent monter et descendre dans une gorge pour envoyer la voile ou pour l'affaler, suivant les circonstances. Hélas, parfois ça ne coulisse pas bien (comme disait la jeune mariée...) et ça pourrit la vie du marin. A cela, une solution: il existe un ingrédient aux facultés quasi magiques, dont on peut, que dis-je on "peut", on "doit", badigeonner la gorge (du mât, bien sûr, pas celle du capitaine...) pour favoriser le glissement en toutes circonstances, c'est la vaseline. Juste une petite difficulté: il faut aller l'acquérir en pharmacie et c'est un type de requête qui attire toujours des sourires goguenards et entendus, comme si cette substance visqueuse ne pouvait servir qu'à faciliter des amusements solitaires (et salutaires).

Comment aborder la pharmacienne avec ça ? Nous décidons, avec Malou, de nous lancer tous les deux. Ça ne loupe pas… sitôt prononcé le mot magique, une belle banane barre le visage rayonnant de notre pharmacienne d'une oreille à l'autre. "J'en voudrais un grand pot, un kilo si vous avez...", que j'y fais. La banane affecte maintenant la voisine de droite. Alors, quand j'ajoute "Ce n'est pas du tout ce que vous croyez, c'est pour mon mât..." Bon, ben voilà, on y est, ils sont tous hilares maintenant. En tout cas, nous, on l'a notre pot de vaseline… Et si personne n'abuse, un kilo, ça devrait durer un moment.

Balade en montagne

Loïc et Marie-Jo nous attendent au ponton des annexes. Après quelques minutes de bagnole, nous voici au lieu-dit "le Belvédère", dans la montagne, derrière Papeete. La route s'évanouit et nous continuons à pied, traversant d'abord un espace militaire d'entrainement au franchissement (de ligne Maginot ou de ligne imaginaire, je ne sais pas...), ambiance Indiana Jones, colle en tas et toute cette sorte de choses.

Le chemin de randonnée serpente à flanc de montagne et c'est un ravissement de ravins, avec vue somptueuse sur les lagons. Il fait un temps magnifique. Nous montons jusqu'à presque mille mètres (de haut, pas de long) avant de faire demi-tour, happés par l'appel de l'apéro. La très agréable maison de nos amis surplombe le mouillage d'Arué, sur la côte nord de Tahiti. Marie-Jo nous a préparé un délicieux repas et nous passons d'agréables moments en leur compagnie. Loïc est un maitre dans la discipline "pince-sans-rire ». J'apprécie beaucoup.

Echange de bons procédés

Notre pote Michaël, ayant délaissé depuis plusieurs années son cabinet dentaire allemand, se consacre actuellement à sillonner le monde à bord de son catamaran Mariposa, lequel recèle quelques petites malfaçons, certes mineures, mais qui agacent toujours et qu'il aimerait bien voir disparaitre. En un sens, présentement, ça m'arrange, car un des chicots de mon dentier (celui que j'ai dans la bouche, pas celui que nous parcourons... monde entier) s'est lâchement désolidarisé de son groupe lors d'un affrontement sans merci avec un morceau de pain un poil compact...Vous savez ce que c'est, on s'attache. Et là, justement, il me manque cruellement à présent. Ainsi négocions-nous un échange de services avec Miche.

-"Tu me rafistoles le dentier, et moi je renforce ton bourrier".

Marché conclu! L'agrandissement du toit de cockpit, qui nous a utilement occupés trois semaines durant, est enfin terminé et c'est donc le bon moment pour les réparations de ratiches et autres joyeusetés. Chacun de nous prend à cœur de montrer à l'autre qu'il n'est pas un trouduc, et même, on fait du zèle (un dentier avec des zèles...c'est dingue). J'invoque les dieux du composite, le grand maitre "Râ Zin", et son prophète "Pau Xi", qui, tels la résine et le durcisseur forment le célèbre duo un peu collant Râ Zin et Pau Xi..., afin qu'ils m'assistent efficacement dans ma tâche. En trois quarts d'heure, c'est fait. Quelques tours de roulette contre quelques mouillettes de résine et, en fin de matinée, chacun a résolu son problème. Micha est un peu dépité car il a mis trois fois plus de temps que moi pour accompli sa mission… Mais bon… Par ici, il faut reconnaitre qu'il est moins difficile de trouver un dentiste qu'un "composite-man" compétent.

Casting dans la salle Gauguin de l'hôtel Sofitel

On recrute des figurants blancs, mais bronzés, pour tenir des rôles de militaires dans le prochain film de Mathieu Cassetoivite. Je me présente.... Bon, j'ai un peu dépassé la limite de fraicheur, à moins que je n'aie pas le faciès assez militaire… Bref, Mathieu va devoir se passer de moi, car son recruteur me boude. Tant pis pour lui. Faut dire, y cherchait des mecs de quarante ans… Ouais, je sais, mais avec le maquillage y font des trucs dingues, des fois…

Visite du musée "Tahiti et ses îles"

Tout à fait passionnant. On y apprend comment un volcan se transforme en atoll en quarante millions d'années, s'affaissant sur lui-même, cependant que sa couronne corallienne se reforme au fur et à mesure de l'engloutissement. L'histoire de l'humanité est décrite de manière très parlante par la présentation d'objets anciens retrouvés lors de fouilles (attention aux contrepèteries lors de la mise en colis des fouilles...), et mis en situation dans des reproductions de scènes de vie. La visite s'achève sur une belle collection de pirogues en bois d'arbre, dont certaines sont à bordés cousus. On traverse ensuite un jardin niquetabotte (verlan...) fort instructif, avant d'aller achever l'après-midi au bord des grèves arrosées par les embruns, à contempler les rouleaux d'écume et les apprentis surfeurs qui y pataugent.

Balade autour de Tahiti

En compagnie de Marc et Laurence. Nous commençons par le nord, avec la pointe Vénus et son phare Stevenson, avant de nous offrir une marche à pied aux trois cascades, dont le nom vient du fait que les cascades en question sont au nombre de trois... Eh, oui ! Après un intermède snack-bord-de-la-route aux sandwichs rapidement oubliables, la montée au lieu-dit "le Plateau" offre un panorama magnifique sur tout le sud de Tahiti et, accessoirement, un peu de fraîcheur bienvenue. L'isthme sud possède un paradis pour surfeurs très prisé, rehaussé d'une ambiance de "fête foraine du bout du monde". Grosses vagues, populace et flonflons. Faut dire, cette atmosphère de kermesse, c'est tout à fait indiqué pour des gars qui "marchent sur l'eau". Retour à Taïna dans un festival de rouges et d'oranges donné par le soleil qui s'esquive pour la nuit derrière la voisine Moorea.

Une perceuse sans fil, par définition, ça n'a pas de fil. Mais, par contre, ça se doit d'avoir une batterie, et en bon état, de préférence. Avec environ trois mille six cents vissages/dévissages occasionnés par notre chantier de lattage du cockpit, la visseuse/dévisseuse qui figure à l'inventaire du bord, et dont l'accu est à la fois ruiné depuis longtemps et introuvable car d'un modèle trop désuet, cette machine, disais-je donc, me semble mal boutiquée pour accomplir sa mission. Comment transformer cette bécane inutile à cause de sa pénurie de batterie en un outil efficace, que tous les navigateurs alentours nous jalouseront ? Tout simplement en lui adjoignant un câble électrique! L'engin fonctionnait sous une tension de 9,6 volts, donc pas si éloignée que ça des 12 volts du bord. Compte tenu de la chute de tension occasionnée par n'importe quel conducteur sous-dimensionné véhiculant une très basse tension, cette solution simple m'a semblée envisageable. Et paf! C'est ainsi que je procède pour solutionner le problème. Suivez-moi bien: je décortique la saloperie de sa race de batterie hors d'usage et je m'en sers de connecteur pour raccorder la machine récalcitrante aux batteries du bord par l'intermédiaire d'un fil pas très gros et un peu long, relié à une prise d'allume-cigare. Ça marche très bien, merci, et vous? Je mets cependant en garde les incultes et les bricoleurs qui osent tout: n'allez pas essayer de faire pareil chez vous avec un prise 220 volts... Ou alors, pensez à inviter votre belle-mère pour les essais. Elle pourrait en profiter pour se fendre la pipe...

    Rentrant à vélo de Papeete, le sac à dos plein de ces adorables disques abrasifs grain 36, générateurs d'une montagne de poussière et destinés au ponçage du nouveau parquet de cockpit, je m'avise que la petite reine, si utile pour se déplacer, ne mobilise pas, pour sa conduite, tous les neurones disponibles à l'intérieur de ma boite crâneuse. Et alors, pourquoi ne pas en profiter pour réfléchir un peu pendant la route, les occasions ne sont pas si... Bref... Je cogite... Ce faisant, il me vient à l'esprit un genre de révélation historique à laquelle personne n'a encore pensé et dont l'importance me parait capitale. Souvenons-nous que la Polynésie a été le théâtre d'une activité culinaire aujourd'hui tombée en désuétude tout autant que controversée, pour des raisons plus ou moins défendables: l'anthropophagie. Au cours de certains festins, après que le personnage central du menu eût été dûment choisi, pas forcément pour ses qualités gustatives d'ailleurs..., on lui assénait un vigoureux coup de casse-tête sur la calbombe et la cuisson suivait tout de suite derrière. Hors, il est un détail majeur qu'on passe habituellement sous silence et que je me dois de vous livrer présentement dans un souci d'honnêteté historique… Et donc le voici: avant de faire mijoter à feu doux notre heureux élu, la coutume voulait qu'on lui détacha précautionneusement les testicules, à dessein de les incorporer dans une certaine préparation culinaire particulière. Celles-ci, à l'instar des foies de morues sur les bancs de Terre-Neuve, étaient recueillies et conservées à part, afin d'entrer ensuite dans la composition d'une gourmandise fort appréciée, et dont au sujet de laquelle il m'apparait évident que la recette venait du Finistère (vous savez, cette partie de la Bretagne qui empêche de tomber à l'eau si on continue vers l'ouest après Lorient ou Saint Brieuc…). Comment un tel échange culturel a-t-il pu se produire? Sont-ce de hardis pêcheurs bretons qui rallièrent la Polynésie à la godille ou de téméraires Pomotus qui atteignirent le pays Bigouden à coup de pagaies frénétiques à bord de leur pirogue à balancier ? Je ne possède pas d'information objective sur ce sujet. Ce qui me parait certain, en revanche, et au vu de la ressemblance phonétique, c'est l'incontestable parenté qu'il existe entre la friandise exotique, qui se nommait sans aucun doute "couille à man", et le fameux "Kouign amann" finistérien. Je dois reconnaitre que je suis heureux, et fier, d'être parvenu, par la seule concentration de ma pensée, à lever une partie du voile qui assombrissait auparavant ce mystère culturel.

L'opération "lattage cockpit" tire à sa fin et ce n'est pas dommage, car depuis un mois et demi que nous travaillons comme des gens qu'ont un vrai boulot, on fatigue! Cet après-midi, ça a été l'apothéose: le ponçage des dix-sept mètres carrés avec une machine de deux mille watts. Environ quinze kilos de fine poussière de bois disséminée en nuage de Tchernobyl dans toute la partie arrière du canote par l'action de cette machine diabolique, et ce depuis après le café de midi jusqu'à la tombée de la nuit… Epuisant! Plus une heure de nettoyage dans la pénombre avant de goûter un apéro bien mérité (je ne vois d'ailleurs pas la différence avec les apéros "pas mérités" qui sont en général tout aussi gouleyants). On f'rait pas ça tous les jours!

Reprise du programme "Je visite la Polynésie", avec une croisière de quelques jours en compagnie de Marie-Jo et Loïc, nos invités, direction Moorea. La vingtaine de milles qui nous sépare de la baie d'Opunohu, sur la côte nord, est parcourue en une poignée d'heures, en grande partie au moteur pour s'extraire du dévent de Tahiti. Nous sommes jeudi, ce n'est pas le week-end, et donc, la baleine "à bosses"... Nous approchons, à une centaine de mètres d'une dame cétacé qui bat les vagues avec sa queue de plus de trois mètres de large, cependant que son turbulent rejeton se propulse hors de l'eau pour retomber sur le dos en une somptueuse gerbe d'écume. De temps en temps, un petit nuage de brume fait "pchout": c'est maman baleine qui soupire. Nous terminons le trajet en faisant nos gros fainéants et en n'envoyant que le génois, alors qu'il n'y a même pas quinze nœuds de vent. Résultat, on se fait dépasser par un pauvre monocoque de quarante-deux pieds battant pavillon anglais... Je sais, y'a pas de honte, mais tout de même, un anglais... Après tout, on s'en fout, car le mouillage d'Opunohu est superbe et Loïc a apporté du bon vin.

Nous commençons à profiter de l'augmentation de convivialité de notre cockpit nouvellement latté en y prenant le petit déjeuner. Quelques minutes de "bricole" pour rafistoler le groupe d'eau tribord qui agonise dans des gémissements déchirants et nous partons en dinghy pour une plongée mémorable. Un peu de slalom entre les patates de corail, facilité par le balisage à usage touristique, et nous arrivons sur le site choisi, heureusement peu fréquenté à ce moment précis. Immersion… Brrr, elle est plutôt froide, environ 24°. Nous sommes accueillis par un festival de raies (comme on dit chez Madame Claude...). Habituées à être nourries par les guides qui amènent ici leurs flots de clients, des dizaines de raies pastenagues évoluent autour de nous et se laissent caresser le dos. Avec le reste de la population locale composée de rémoras, requins pointes noires, divers chirurgiens et autres carangues, le spectacle est fascinant. Hélas, voici bientôt les premiers "promène-couillons" qui arrivent, chargés d'une centaine de bipèdes armés d'objectifs "Auto faux-culs" et annonçant donc que le moment est venu de laisser la place pour rejoindre notre bord.

Randonnée à pied dans la montagne, au fond de la baie d'Opunohu. Paysage de style "marquisien", verdoyant et vertical. L'approche du fond de la baie, très profonde et peu habitée, s'apparente à un canotage du dimanche sur le lac d'Annecy. Petite visite au lycée agricole pour goûter les produits locaux: confitures d'ananas, sorbet corossol, jus de goyave et toute cette sorte de choses...

En soirée, tout l'équipage revêt ses tenues d'apparat pour descendre à terre. Nous sommes invités au « vin d'honneur » pour le mariage de Maria et Franco, jeune couple argentin magnifique. Ils sont embarqués en qualité d'équipiers sur le sublime yawl en bois classique "Nordwind", mouillé juste à côté de Catafjord. Le propriétaire allemand est absent du bord et les trois membres d'équipage disposent du canote presque à leur guise. Franco en a profité pour inviter son amoureuse… Et la demander en mariage! Elle a dit "oui"! C'est aujourd'hui. Ils ont convié tous les équipages présents dans la baie (quatre bateaux), à vider ensemble quelques cannettes pour saluer dignement cet évènement en trinquant à leur éventuel bonheur. Ça parle espagnol, anglais, français et un peu tahitien. C'est spontané et multiculturel… Un très bon moment!

Ras le bol de cette météo merdique! Ça fait maintenant trois jours que nous avons de la pluie, ou du vent fort, ou les deux ensembles. Loïc et Marie-Jo sont rentrés en ferry dimanche. Bien nous a pris de rester à Opunohu, car les nouvelles des copains restés à Taïna sont un peu moroses. Plusieurs bateaux ont subi des désagréments du fait du mauvais temps et l'un deux a même coulé après avoir cassé son mouillage et dérivé jusqu'à se vautrer sur le platier corallien. Nous en profitons pour mettre à jour quelques détails bricolatoires à l'intérieur du canote. Ce matin, j'ai travaillé une heure et demie (on ne sourit pas, merci) en plongée pour remplacer les anodes d'hélices et de lignes d'arbre. Un gros tétrodon curieux me tournait autour, cependant qu'un rémora ventousait tranquilou derrière l'aileron de dérive semblant lui dire: "Toi, le porc-épique, t'es trop con"... Puis, il s'est décollé trente secondes pour venir me reluquer sous le nez avant de s'en retourner prendre la pose, vissé sous le fond de coque, avec son allure de modèle réduit de requin en silicone (car né...). La pluie a, pour nous, un avantage appréciable: elle permet de remplir nos réservoirs par l'entremise des récupérateurs d'eau que j'ai installés sur les nouveaux toits de cockpit, préservant ainsi le dessalinisateur dont les membranes, au remplacement très onéreux, ont une durée de vie limitée.

L'escale de Papeete est propice aux rencontres et retrouvailles. Ainsi cette soirée à bord de "La Mandragore", avec le récit captivant de Jullien, pilotant l'hélico en carton de son pote Mathieu Kassov[32], pendant que nous savourons la bonne cuisine d'Agnès. Ils ont quitté la France à la même période que nous, et nous aurions pu nous rencontrer bien avant, mais voilà, c'est pas comme ça, pis c'est tout! C'est la vie.

Question boulot, après des tas de tergiversations et interventions bâtardes, je me suis enfin décidé à remplacer la tuyauterie d'eau chaude qui nous a empoisonné la vie des mois durant. J'avais pourtant opté, dès le début, pour un produit "spécial eau chaude" acquis à grands frais auprès d'un fournisseur nantais. Hélas, je me suis fait refiler une grosse merdasse qui se désintègre de partout. Cette fois, j'ai opté pour du tuyau d'air comprimé ! Il n'est pas estampillé "Spécial eau chaude", mais il a l'air bien costaud. Espérons qu'on n'y revienne pas avant longtemps. Je suis toujours impressionné, et aussi un peu dépité, par l'importance que revêtent les problèmes de tuyaux dans une vie humaine... Et conjugale, d'ailleurs.

Henri et la bricole

Nous recevons à l'instant un mail de notre ami Henri ainsi intitulé: "Salut les amateurs de travaux jamais finis"... Je suis interloqué! Je m'insurge avec vigourosité et déterminationnement [33] contre cette appellation aussi incongrue qu'inexacte ainsi que parfaitement fausse et inadaptée. Là, je dis,"Y'a erreur!".

S'il est manifeste que nous passons précisément "un certain temps" à occuper nos doigts plus deux ou trois neurones à quelques tâches diverses et variées, il ne s'agit en aucun cas de "travaux jamais finis". Au contraire, bien au contraire, et inversement.

---

[32] Dans le cadre d'une figuration dans le film « L'ordre et la morale »

[33] Quand ça me prends, j'invente des mots. Y a pas de mal à ça.

Parmi différents cas, j'en distingue un qui confine, par essence (du super uniquement), à la définition de notre "Riton", mais ça, c'est le lot du marin: ce sont les travaux d'entretien du barlu. C'est certain, ceusses-là ne sont jamais terminés. (Ça m'inspire un nouveau proverbe: "Le marin qui se réveille un matin avec aucun travail à faire sur son canote, c'est qu'il est mort"). Je n'en suis pas un fan inconditionnel, mais nos revenus ne nous permettent pas de sous-traiter ces aimables occupations et les divers nettoyages de filtres, remplacements de courroies et autres vérifications de niveaux me reviennent de plein droit. Je ne laisserais jamais un copain faire ça à ma place, ou alors il faudrait qu'il me le demande très gentiment (en offrant l'apéro en même temps par exemple... Mais ça...). Et puis, comme dirait une ministre des finances de mes amies: "Pendant que tu fais ça, t'es pas au bistrot"...

Sinon, les autres travaux ne sont absolument pas "jamais finis". La preuve, un jour arrive où ils sont rayés de la "liste des travaux à faire" et ça, ça se mérite. Je m'interdis en effet formellement de rayer une ligne si le boulot correspondant n'est pas intégralement terminé. Non, vraiment, à bord de Catafjord, les travaux ne sont certainement pas "jamais finis". Au pire, je pourrais accepter, éventuellement, si la demande en était habilement introduite, qu'on les qualifie de "toujours renouvelés"... Ce qui est très différent. J'entends par là que, dans notre quête permanente du canote d'exception, celui à bord duquel on est mieux que bien, et dont au sujet duquel les copains sont pantois, et leurs épouses muettes d'admiration (muette:qualité oh ! combien appréciable chez une dame...), sitôt une page de travaux complètement biffée, mon imagination m'en susurre une autre (c'est sympa comme mot "susurrer"...), composée de "suggestion de travaux", laquelle, une fois soumise à la raisonnabilité et au bon sens de Malou, ainsi qu'à une légère autocensure, se transforme souvent en "travaux à faire"… Mais pas toujours. Tout ceci pourrait laisser à penser que nous soyons des amateurs de travaux, alors qu'en réalité, ce que nous sommes, c'est des amateurs de "résultats des travaux", ce qui est éminemment différent vous en conviendrez, du moins l'espère-je.

Quand à mon ami Nazairien

"Dédé mon pote riz", qui évoque, dans une récente missive, la notion d'"apéro plus ou moins justifié", je préciserais simplement que, pour un amateur d'apéro, un vrai, dans le sens noble du terme, un apéro, quel qu'il soit n'appelle aucune justification particulière. Ayant sa propre raison d'exister, il est, par le fait, automatiquement et systématiquement auto justifié. Et c'est un peu pour ça que nous lui portons affection. Le terme d'apéro plus ou moins justifié constitue ainsi un genre de pléonasme doublé d'un coupable illogisme qui pourrait bien avoir puisé son origine au tréfonds d'une boite crânienne en déficit d'irrigation apéritive... Justement... Suivez mon regard!

Le guindeau félon

Que je vous relate à présent un nouvel épisode de notre feuilleton "Mon guindeau, sa vie, son œuvre". On se souviendra que nous avons remplacé notre guindeau d'origine par un modèle beaucoup plus couillu, en mai 2009, à Saint-Martin FWI[34]. Cette imposante machine est ensuite devenue pour nous une grande source de satisfaction, pendant environ le temps nécessaire à un individu femelle de race humaine pour transformer quelques gouttes de liquide séminal en un parfait crétin capable d'emmerder son monde pendant presque un siècle, pour les plus opiniâtres... Disons neuf mois, pas un de plus. Au bout de ce laps de temps, la mécanique rutilante rutilait vachement moins et poussait même des couinements de marcassin en train de se faire sodomiser par un gros verrat, si ce n'est pas malheureux d'être comme ça. Mais bon, c'est chacun son goût. Bref, je me suis senti obligé, il y a de ça cinq mois, c'est fou comme le temps file..., de démonter le barbotin de ce fabuleux guindeau. Ouah! Le spectacle hideux qui s'était offert à mes yeux ébahis était de nature à rendre morose n'importe quel boute-en-train possédant quelques rudiments de mécanique. La corrosion avait transformé toute l'embase de la chose en un magma bien glauque, à base de charbon blanc, de graisse rance, de rouille, de sel et très peu de foutre d'huître...

---

[34] French West Indies

Afin de récupérer un minimum d'efficacité, j'avais alors confectionné avec des couvercles de boites en plastiques une cage de roulement et un chapeau rempli de graisse, de manière à donner une réelle petite chance de survie au bazar. Puis, sur les conseils de Malou, je rédigeais, avec ce tact dont j'ai encore quelques échantillons en magasin, une belle lettre, qu'elle transmettait immédiatement au fournisseur, pour lui narrer la mésaventure, et, accessoirement, lui quémander quelque dédommagement, on ne sait jamais, ce n'est pas interdit d'être optimiste. Bien nous en prit, car nous venons de recevoir hier un guindeau tout neuf, en remplacement de l'autre au vieillissement prématuré.[35]

Le croustillant de l'affaire, c'est qu'à peine réceptionnée la nouvelle pièce je me suis rué dessus pour l'expertiser, et tenter d'identifier clairement l'origine du trouble. J'y suis parvenu. Hélas... j'ai aussi constaté, balançant entre déception et jubilation, que le défaut subsistait. Que dis-je "il subsistait", il faisait mieux: il perdurait, il exultait, il faisait carrière! Il allait s'épanouir! Bref, si d'aventure j'étais assez sot pour monter ce guindeau neuf tel quel, le problème réapparaitrait sans aucun doute aussi rapidement que la première fois (soit le temps de gestation normal d'un clampin ordinaire, etc... Mais attention, ne soyons pas pessimistes, c'est aussi le temps normal de gestation d'un Mozart ou des Beatles... Sans oublier Chantal Goya).

La Reprise

Il est six heures du matin et nous sommes tous les deux réveillés, avec l'envie d'y aller. Alors, on dérape! Et le café est avalé debout, à la timonerie, en franchissant la passe.

Une baleine, entrée récemment à l'intérieur du lagon, exhibe son gros dos noir à côté du canote, en un salut goguenard. J'ai trouvé ça sympa de croiser, au petit matin, cet animal qui suivait parfaitement le chenal et respectait les classiques "règles de barre et de route", que

---

[35] Le fournisseur au SAV si performant est KENT marine ; qu'il en soit ici remercié.

nombre de bipèdes humanoïdes en voie de marinisation se permettent d'ignorer superbement.

C'est calme sous le vent de l'île, mais la houle laisse entrevoir que ça va brasser dans pas longtemps. La grand-voile est établie à deux ris. Sitôt la drisse lovée, le vent siffle déjà dans le gréement. Vingt-cinq nœuds établis qui en deviennent rapidement trente! Ça, c'est entre les grains... Lesquels ébouriffent à plus de quarante nœuds. La mer est celle qui va avec... Pacifique, mais sans plus... Reprise un peu tonique donc. Comme toujours en conditions râpeuses, la boite de raviolis du midi, mangée sur les genoux, dans la timonerie, constitue un festin de roi. Il fait plutôt tiède... Polaires et cirés sont de sortie. Catafjord cavale, bon train.

Petite frayeur lorsque l'enrouleur de génois se bloque dans un grain hargneux. Surtout ne pas forcer avec le winch électrique. Il est si puissant qu'il risquerait d'endommager l'enrouleur. En fait, ce n'est rien de grave. La drisse de spi, imprudemment frappée sur la martingale, et insuffisamment étarquée[36], s'est prise dans la toile du gégène[37] lors de l'enroulement et, avec mes lunettes envahies de gouttes de pluie, je n'ai rien vu. Il aura suffi de faire la manœuvre en sens inverse, sitôt la bourrasque passée, pour que tout rentre dans l'ordre. Il n'empêche, avec ce grand canote, il faut tout anticiper car les conneries peuvent coûter cher et se paient comptant (mais pas très content...). Le sale temps ne nous lâchera pas de la journée et nous ne pourrons nous relâcher qu'à la tombée de la nuit, après avoir mouillé soixante mètres de chaine devant le village de Faré, dans le lagon ouest de Huahine. Par contre, savourer une petite soirée peinarde tous les deux, dans la quiétude du carré, pendant que dehors, ça siffle dans les haubans et que le vent donne à l'eau du ciel la délicatesse d'un jet de Karcher, ça ce n'est pas dégueu!

---

[36] Tendue

[37] Nom familier que l'on donne au génois... je ne vois pas très bien pourquoi ; lui, y s'en fout complètement de la familiarité

Le vent est encore soutenu et le ciel lourd de menaces, mais c'est praticable pour une balade en vélo, à la découverte de la partie nord de l'ile. Pour commencer, un petit expresso "chez Guinette", en compagnie des sympathiques tenanciers, Olivier et Laurence, pour recevoir quelques conseils de destinations et une carte.

Pédalage agréable sur une route peu fréquentée qui suit la côte, bordée de la toujours luxuriante végétation polynésienne : bougainvillées, hibiscus, oiseaux de paradis, fleurs de tiare et des tas d'autres trucs qui poussent et qui sont très jolis, mais dont j'ignore tout et le nom…

Plusieurs grands maraes occasionnent des haltes instructivo-reposantes, comme celui de Maeva, dont le panneau est particulièrement captivant. Quelques kilomètres plus loin, au bord de la route, la modeste galerie de peinture de Mélanie appelle à la visite. Nous y bavardons longuement avec cette artiste, américaine d'origine, qui vit ici depuis onze années en compagnie d'un gars du terroir, lequel lui sert assez souvent de modèle. Nous aimons bien ce qu'elle fait. Vers 13 heures, c'est reparti, direction la côte Est, avec pour objectif de rendre visite aux "anguilles sacrées" habitant la rivière qui traverse le village de Faie. Des bestioles qui dépassent les deux mètres de long, précise le guide. En fait, partis au mauvais endroit, nous n'en verrons que deux, et encore n'ont-elles pas l'air si "sacrées" que ça. En tout cas, nous, on n'a rien remarqué. En plus, il pleut et le vent redouble de vigueur, alors, on s'casse! Surtout que celui qui voudrait en cueillir une et faire une fricassée avec, tout ce qu'il récolterait c'est des "sacrés emmerdes". Interdiction absolue d'y toucher.

De retour sur Catafjord, bien trempés par un nième grain, avec juste une tartine de pain dans le bide depuis ce matin, le goûter est bien apprécié.

J'ai remarqué un truc assez particulier dans cette île. Il ne semble pas y avoir de cimetière "commun". Autrement dit, nous n'avons pas observé ces par ici ces typiques alignements de « boites » dont sont friands les morts et les fossoyeurs. Les gens enterrent leurs défunts juste à côté de leur baraque, ou devant, ou sur le terrain en face, de l'autre coté de la route, ou au pied de la montagne. Il y a souvent un petit enclos, quelquefois même couvert par un toit, abritant une ou deux tombes. Certaines sont carrelées... On dirait un peu des pédiluves à l'envers... Mais de cimetière, point !

Lever à cinq heures ce matin

Pour profiter d'une fenêtre météo qui va nous permettre de faire le trajet Huahine/Moorea sur un seul bord avec un vent maniable. Alors on y va![38] La mer est encore assez formée et ça remue pas mal, mais le trajet est bouclé à plus de huit nœuds et, avant la nuit, nous sommes tranquillement mouillés à l'abri dans la belle baie de Cook, au nord de Moorea. Pour couronner le tout, la ligne de pêche que j'ai gréée hier donne un beau thon d'une dizaine de kilos une heure avant d'arriver. Un bel exemple de "savoir-vivre"! Par contre, après une giclée de rhum entre les ouïes, fini le savoir-vivre, bonjour le savoir-mourir.

Un des plus réjouissants spectacles

Qui nous soit donné d'admirer dans les lagons polynésiens est constitué par le passage des pirogues à balancier. Qu'elles soient mues par six rameurs ou par une personne seule, ces embarcations ont une grâce, une élégance, une finesse qu'on ne se lasse pas d'admirer. Leur nage est rythmée par le mouvement synchronisé des bustes qui piochent l'eau en cadence, imprimant à l'embarcation une accélération perceptible à chaque coup de pagaie. Parfois, le barreur se désolidarise du mouvement général pour œuvrer au maintien du cap, utilisant sa pelle comme gouvernail, cependant qu'il conserve quand même le rythme général par le seul balancement du buste. Des cygnes!

Les Polynésiens sont durs au mal. Ils ont un coté "bourrin" qui se manifeste de façon frappante lors de leurs navigations en pirogue, lorsque leur instinct guerrier reprend le dessus et les conduit à pousser l'effort jusqu'à la limite de l'épuisement. Et puis, leur caractère "ouvert" se manifeste également par la constitution d'équipages

---

[38] Ce trajet se fait, en général, « contre le vent », et c'est moyennement festif

parfaitement disparates, comprenant, par exemple pour une "6", deux athlètes, un gringalet, une ou deux matrones de quatre-vingts kilos et une ou deux élégantes jeunes sportives... Quant aux "va' a" solitaires, ils remportent à mes yeux la palme de l'esthétique. Fins comme des flèches, leur côté gracile est contrebalancé par la force et l'énergie émanant du rameur (ou de la rameuse) qui les propulse à belle vitesse et sans sillage, faisant corps avec le canote, concentré et efficace, comme un improbable animal mi-poisson mi-oiseau, mirobolant...

Quelle infirmière?

"Domi, tu vas faire l'infirmière ». Ainsi s'exprime l'ami Pierre, médecin urgentiste de son état, voyageant en famille à bord de leur robuste sloop en acier. Le carré de Catafjord s'est déguisé en salle d'opération. Malou, allongée sur la banquette, a le bras droit posé sur une chaise garnie d'une serviette de toilette. La table a été approchée et enrichie de divers instruments et ingrédients chirurgicaux : Bétadine, gants stériles, bandes de gaze, ciseaux, scalpel, seringue, chapeau de brousse, lunettes de sable, marteau-piqueur [39]... Pierre s'apprête à opérer Malou. Une écharde de bois fichée dans son doigt depuis deux semaines a patiemment construit un vilain panaris qu'il est temps d'inciser sous anesthésie locale. La petite visite de la nuit dernière au service des urgences de l'hôpital de Papeete nous a mis face à face avec Pierre, déjà rencontré aux Marquises, et qui y faisait un remplacement. L'opération n'étant pas envisageable sur place avant de nombreuses heures. Aussi, le Pierrot des familles s'est gentiment proposé pour intervenir à domicile. Et c'est maintenant. Je fais un piètre infirmier, mais il semble s'en contenter. L'intervention se déroule "on ne peut mieux". A présent, la patiente est pourvue d'une belle poupée blanche qu'elle pointe au ciel comme un trophée pour limiter l'afflux sanguin (et sans gain pour Pierre puisqu'il fait ça pour la beauté du geste). Merci Pierre, et maintenant, convalescence! À moi toutes les vaisselles... Super!

---

[39] Rayer les termes inutiles…

La boutique du "collectionneur et de la perle"

Est un endroit captivant. Au fond de la petite cour, derrière les deux Mercedes garées bien parallèles, deux personnes, affairées devant des tables de jardin, trient les centaines de perles entreposées dans des bacs plastiques comme de quelconques billes d'enfants. Une fois franchie la porte de la petite boutique, c'est le paradis du bijou. Les présentoirs de verre recèlent de nombreux et très disparates bijoux fabriqués ici même. Beaucoup sont à base de perles, mais on trouve aussi des dents de requin, de l'argent, de l'or. Une dizaine de bacs plastiques sont remplis de milliers de ces petites sphères de nacre offertes au choix des acheteurs, en général professionnels, qui en acquièrent des quantités. Nous sommes ici en apprentis bijoutiers, pour faire quelques emplettes. Malou est assistée par Hinanui, la charmante fille du taulier, qui met à son service ses doigts agiles et son œil exercé pour l'aider à faire ses choix. Puis ces gens nous font la gentillesse de partager un petit café à la table des experts, avant que nous ne repartions rejoindre Laurent pour déjeuner ensemble en centre ville. Alors, ce n'est pas encore des beaux moments de voyage, ça?

Le second casting du film "l'ordre et la morale"

De Mathieu Kassovitz, a lieu dans les locaux de la présidence de Polynésie. Un immense chapiteau est monté sur une aire carrelée et sert de base opérationnelle aux cinéastes. Quelques planches, supportées par des tréteaux, sont garnies de bacs en inox, remplis de nourriture. À proximité, une douzaine de tables de jardin, cernées de chaises plastiques blanches. C'est la cantine. Une des tables est jonchée d'un fatras composé d'ordinateurs portables, imprimantes, dossiers épars, feuilles de papier, une tasse de café à moitié vide, un coca bientôt fini… C'est le bureau de David, le directeur du casting et de son assistante Miti. De l'autre coté, dans un style "surplus américain", plusieurs portiques supportent des dizaines de cintres vêtus de frusques militaires. C'est le coin des habilleuses/couturières. Derrière une haie d'arbustes en pots, le matériel "vidéo" entreposé là laisse deviner la raison d'être de tout ce bazar. Le soupçon se confirme avec la table qui porte un grand miroir ainsi qu'un assortiment varié de sacs, brosses, peignes, ciseaux, pots, sacoches, etc... Un gus est assis devant sur une chaise, une serviette sur les épaules, entrain de se faire coiffer par un grand échalas décontract, short-baskets. C'est l'espace coiffure-maquillage. Convoqué pour figurer dans un rôle de militaire, j'attends mon tour. Un coq et une poule évoluent entre les tables, à la recherche des miettes du dernier déjeuner. Ça marche pas mal pour eux. C'est à ce genre de détail qu'on peut se rendre compte qu'on n'est pas à Hollywood…

Le cinéma, côté interne, c'est une école de patience. Les bureaux de RSI, à côté de ça, font figure de ruche pleine d'excités. Deux heures s'écoulent avant que n'arrive mon tour d'essayer un costume. En fait, mon rôle dépendra un peu des fringues dans lesquelles je rentre le mieux. Palabres, essais, supputations... ça y est, c'est décidé: je serai un "p'tit blanc", c'est-à-dire un officier tout de blanc vêtu, y compris les godasses! Un genre de militaire immaculé! Presque normal pour un gars qui n'a pas passé une seule minute de sa vie sous les drapeaux. Jean, le conseiller, ancien militaire en retraite, choisit mes décorations et les joint à mon costume dans un petit sac pour demain. Le truc que je suis, ça s'appelle "major". Ce n'est pas très élevé comme grade, mais il y en a plein qui ne l'atteignent qu'en fin de carrière et d'autres, encore plus nombreux, qui ne l'atteignent jamais et n'en rêvent même pas. Un "vieux major"… Voilà ce que je dois être d'ici demain matin…

Embauché au service de Monsieur Kassovitz, c'est mon premier jour de travail salarié depuis plus de quatre ans. Grosse journée! Levé à 5h45 pour être sur place à 8 heures, ça démarre mollement… Disons vers 8h30. Première chose, attendre. Vers 10 heures, Jean me pousse vers le coiffeur pour la coupe réglementaire. Puis, vers 11h30 arrive mon tour de costumage. On me présente un pantalon beaucoup trop grand pour moi ; ce n'est pas celui de la veille. Quelqu'un a dû me le piquer. Faut recommencer donc. Après une petite demi-heure, je suis presque prêt. Mais là… Pas de chaussures blanches dans ma pointure ! J'en aurai donc des noires… Ce n'est pas très grave. Il ne manque plus que l'ourlet en bas du nouveau froc. Sauf que là, c'est midi, l'heure du déjeuner. L'opération "ourlet" est différée. A présent, l'exercice consiste à aller se servir à la cafète improvisée et à ingurgiter repas et café tout de blanc vêtu sans saloper le costar... C'est un métier!

 Le café avalé, j'imagine naïvement être pas loin de "fin prêt", l'ourlet ne représentant pas, à mes yeux de béotien, une tâche très gourmande en main d'œuvre. Erreur... lourde erreur... On n'est pas dans l'industrie ici. Et il faudra compter deux heures passées à poireauter, en caleçon,[40] dans la zone "habillage", pour que je me retrouve enfin dans la peau d'un "vieux major qu'a bourlingué" comme dit mon copain Jean. Il est plus de seize heures. Encore une petite heure d'attente et notre lieutenant recruteur, David, nous convoque pour des photos de groupe, tous alignés comme à la parade. La séance dure dix minutes, puis la journée est déclarée "terminée". Nous n'avons pas mis un orteil sur le plateau! Rendez-vous jeudi matin 5h30.... La nuit tombe et il pleut des cordes. Retour au Catafjord sous des trombes d'eau, mais en voiture, grâce à la gentillesse de Tiphaine qui habite non loin de Taïna[41]. Ainsi s'achève ma première journée de travail pour le cinéma. Coupez!

 Dans l'univers de Mr Kassov, les jours se suivent mais ne se ressemblent pas forcément. Témoin l'heure d'embauche déjà. Les gens du cinéma doivent être plutôt "du matin", car l'habillage est aujourd'hui rondement mené et l'organisation générale semble plus fluide. Par contre, ce qui se confirme, c'est que nous sommes bien dans un métier de patience. Il est urgent d'attendre! Vers onze heures, la régie nous appelle pour une série de répétitions. "Nous sommes attendus sur le plateau" (comme disent les fruits de mer au moment de l'apéro). Placement, mise au point de la scène, nous sommes prêts à tourner..., et c'est... encore l'heure du déjeuner ! Que nous prenons légèrement crispés par la peur de dégueulasser la blancheur militaire dont nous sommes parés. A peine le temps d'avaler le café et on y retourne. Cette fois, c'est "moteur... action" tout de suite. La scène, d'environ deux minutes, met en jeu une quarantaine d'acteurs et ne

---

[40] Faites moi penser, un jour, à vous parler de mes caleçons....

[41] La baie où est mouillé Catafjord

saurait donc être "exploitable" en une seule prise. Aussi, dès l'envoi du sempiternel "Coupez", tout le monde se remet en place pour la prise suivante. L'opération se répète dix-sept fois avant qu'on passe à la suite. Le tout dans une ambiance tout à fait agréable et bon-enfant, car, aujourd'hui, maitre Mathieu est de bon poil. Il motive ses troupes par quelques bons mots et réflexions positives égrenés tout au long de l'après-midi.

Faire un film, c'est compliqué. Maintenant que les dix-sept prises sont dans la boite, nous allons rejouer certains morceaux de la scène, que les cameramen filmeront différemment… Disons une trentaine de fois. Mais là, c'est chacun son tour, avec la caméra déplacée à chaque prise de vue. Tout le monde ne jouant pas dans chaque prise de vue, c'est un véritable ballet d'entrée/sortie, renouvelé tous les quarts d'heure. Il est plus de dix-huit heures lorsque la journée de travail est déclarée achevée. "C'est dans la boite".

Durant le déshabillage, bien orchestré par les costumières et leurs assistants, David donne ses instructions pour demain. Super! Je ne commence qu'à dix heures. Malou va pouvoir m'accompagner.

Le bus nous dépose à deux cents mètres du palais présidentiel, dont nous franchissons l'imposante grille après quelques mots échangés avec les deux vigiles. Habillage, attente, midi, déjeuner! La routine quoi. Agnès, la chef costumière, décide que je dois absolument porter des godasses blanches aujourd'hui. Hélas, elle n'a toujours pas ma pointure ! C'est ballot ça! Tant pis, je m'agonise les pieds pour les forcer à rentrer dans du quarante-deux… Mais plus coincé tu meurs. Nous commençons à répéter à 13h30, puis, rapidement, ça tourne. Mes croquenots de nain me mettent au supplice. Je gère la situation en m'asseyant systématiquement et en les ôtant pendant tous les temps morts. Eh puis, bon, je n'ai qu'une vingtaine de mètres à parcourir devant l'objectif de la caméra, alors ça se maintient. Vers seize heures, maitre Kassov, que mon rôle m'amène à côtoyer tout l'après-midi, décide qu'on peut passer à la suite… Soit raccorder avec la suite de la même scène, filmée depuis l'autre extrémité du plateau. Les techniciens s'affairent. Et on reprend. Horreur ! À présent, je dois parcourir environ quatre-vingt mètres avant de disparaitre du champ dans un corridor à l'arrière-plan. Evidemment, après chaque prise de vue, Mathieu gueule "en place", pour la suivante, et là, il faut opérer un retour rapide dans l'autre sens sous peine d'énerver le boss. Un supplice! Tandis que le boss, tranquilou dans ses "Docksides" à la bonne taille, braille agacé: "Plus vite, plus vite, courez un peu là". Je suis à la peine et ça doit se voir, car les collègues m'encouragent à chaque retour. J'entends même un furtif "Je ne sais pas si Domi tiendra jusqu'au bout....". Pour couronner le tout, l'action se déroule dans une allée de la présidence au sol de marbre. Le cuir des chaussures sur ce marbre lisse est une véritable patinoire. Les glissades sont nombreuses et dérisoirement cocasses. Une idée me traverse l'esprit: mouiller le cuir des semelles pour en augmenter le coefficient de frottement. Ca marche! J'improvise immédiatement un paillasson antiroulis en aspergeant d'eau un bout de moquette que je place hors du champ des caméras.. Les acteurs viennent s'y humecter les grolles avant chaque "action" et les glissades disparaissent du programme. Ce qui tombe très bien, car Mathieu est sensiblement moins rigolard qu'hier et manifeste son énervement par des coups de gueule retentissants. Dix-sept heures trente: dans un tonnerre d'applaudissements la dernière prise est validée par le boss qui déclare la journée "off". Je suis autorisé à déposer les pompes sur le champ et rentrer au vestiaire pieds-nus. Fin de mon rôle. La page "cinéma" est tournée.

Inapo

Une bien jolie famille. Pierre, le papa, sauveur du doigt de Malou, semble apprécier mon punch-planteur dont j'ai exceptionnellement modifié la composition en remplaçant le sirop de sucre par un trait de sirop de menthe. Maman Véronique, médecin radiologue de son état, affirme se régaler également de mon breuvage bien qu'elle s'en autolimite la consommation sous le fallacieux prétesque[42] qu'elle bosse demain... La pôvre! Ils ont patiemment constitué à eux deux une petite collection de trois rejetons que je qualifierais volontiers de "plus

---

[42] C'est pas de l'humour qui déchire, c'est de l'humour « à la Deschiens »

mignons que la moyenne", et je pèse mes mots. Félix, le petit dernier (pour le moment ... Les rechutes sont si inattendues...), disons un peu moins de dix ans, a ramené de l'école une cochonnerie maladive et essaie d'extraire de son pif les trois litres de morve qui s'y sont collés... Maia, jolie fillette d'une douzaine d'années, enjouée et curieuse de tout, se prepare doucement à devenir un beau spécimen de chavireuse de cœurs et Léo, le grand frère, finira les miettes de la bonne quiche préparée par Malou, car, arrivant de son club de karaté longtemps après le démarrage de nos agapes, l'essentiel des sujets a déjà été abordé et il ne lui reste que quelques reliefs à grignoter... Bah, si ça se trouve, il n'a même pas faim... Nos amis ont récemment vendu leur sloop en acier pour émigrer vers le monde de ceux qui naviguent sans marcher sur les cloisons... Ils ont pour projet de faire l'acquisition d'un catamaran et semblent particulièrement intéressés par la gamme des unités sorties des ateliers de Jean-François Fountaine. Délicat moment que celui où se combinent la tristesse de la séparation d'avec un canote aimé et l'excitation mêlée de stress liés au choix de la prochaine embarcation qui sera surtout le nid familial pour plusieurs années...

Le café du petit déj.

"Nous voulons du café... nous voulons du café..." Le slogan monte de la cabine tribord. De la couchette plus précisément. C'est Malou qui manifeste son impatience vis-à-vis du petit déjeuner que je m'apprête à mettre en œuvre. En ma qualité de capitaine de ce navire, j'ai pourtant formellement interdit depuis longtemps les mouvements sociaux de toutes natures et sous quelque forme que ce soit... Mais, ma seule administrée n'en tient aucun compte. C'est à se demander si je n'aurais pas mieux fait de m'éclater un testicule le jour où j'ai pondu ce règlement jamais appliqué. Bref, entre le moment où je me lève et celui où je commence effectivement à mettre le café en chauffe, j'apprécie de "découvrir" tranquillement notre proche environnement : les couleurs du ciel et celles de l'eau, la position du bateau, celle des voisins, l'ambiance générale du lieu, peut-être surprendre une tortue qui fait sa curieuse à dix mètres du bateau... Que sais-je moi...? Cette non-activité contemplative de début de journée nécessite une poignée de minutes, qui laissent à Malou le temps de sortir de sa torpeur et de rassembler ses esprits pour me signifier malicieusement sa requête, dont le sens pas tellement caché pourrait se traduire par: "Si tu voulais arrêter de glandouiller pour t'occuper enfin de préparer le p'tit déj, ça m'arrangerait car j'ai les crocs...". Le petit personnel... Y'a des fois, on s'demande...

Prépa Gwada

Il est neuf heures quinze. Le compte à rebours est bien entamé. Malou a commencé à garnir sa valoche depuis le début de la semaine. L'objet de toute cette agitation, c'est la préparation de notre prochain voyage en Guadeloupe. Ranger les outils et les pots de résine, rédiger des instructions à l'usage de l'ami Laurent qui va garder un œil sur Catafjord pendant notre absence. Bref, préparer le canote, le bichonner pour qu'il soit bien sage pendant que nous nous ferons cajoler par nos Guadeloupéens familiaux, le temps de notre parenthèse annuelle dans le grand voyage. Demain soir, nous monterons dans le gros oiseau de fer, en compagnie d'Annie et Patrick, direction Los Angeles, première étape d'un long périple vers Pointe-à-Pitre.

Retour à Papeete

Mon ami Jean-Marc est un fieffé navigateur. Hier soir, lors de la petite sauterie que nous donnions à bord de Catafjord pour nos 36 ans de mariage, il nous annonce placidement avoir navigué, le jour même, avec l'illustre pourfendeur de records océaniques Olivier de Kèrquechoz[43]... Silence respectueux dans le carré... Puis, juste avant de laisser un peu trop choir l'ambiance, il ajoute, l'œil pétillant de malice: "Eh oui, nous étions dans le même ferry pour rejoindre Moorea... On a donc navigué ensemble, c'est ce que je viens de dire!"

---

[43] Je mets pas son vrai nom, car il pourrait être tenté de m'en coller une s'il n'a pas aimé....

Quel déconneur ce Jean-Marc! Et pourtant, ce ne sont sûrement pas les quelques gobelets de punch planteur arhumatisés à l'élixir du Père Labat qui l'auraient émoustillé… C'était seulement le début de la soirée. D'ailleurs, JM s'est récemment équipé d'une petite machine magique dont il nous a fait la démonstration et qui lui indique, grâce à des leds de différentes couleurs, et après avoir soufflé dans l'orifice prévu à cet effet (et c'est vrai que certains orifices peuvent faire de l'effet... mais je m'éloigne du sujet), s'il est pété, un peu, beaucoup, ou pas tellement. Vert, c'est "à jeun", orange, c'est « doucement les basses... tu commences à confondre le rhum du Père Labat et la pomme du père Hubert ici ». Quand à rouge, c'est clairement "râpé", genre "au point où on en est autant finir la boutanche, ça sera pas plus pire".

J'y reviens, mais ce Père Labat, comme bienfaiteur de l'humanité, y se pose là...Je continue à persévérer de persister dans l'idée qu'une petite canonisation lui siérait bien au teint couperosé. Peut-être devrais-je lancer une pétition dans ce sens en direction de sa sainteté "Jeannot 23" ou "Pis douce" ou je sais plus lequel, mais bref, un qui va pas tarder à aller lui causer de l'autre coté des nuages. Si vous z'êtes de cet avis, envoyez-moi des zimèles accompagnés d'un timbre à dix euros pour la réponse et dès que j'en ai cinq milles environ…, je lance le truc…

La bonne surprise, ce matin, c'est l'apparition de l'équipage de Lares qui vient nous rendre visite, juste après la vaisselle du p'tit déj. Ils arrivent des Tuamotus et se sont un peu pressés pour être à notre fête. Hélas, je leur avais imprudemment annoncé samedi et on l'a faite vendredi. C'est ballot! Un an qu'on ne s'est vu. C'était au Kuna Yala[44].La petite Dune a bien grandi et gambade partout. Oscar est toujours aussi "speed" et ses parents toujours aussi "pétillants". C'est drôle, leur bateau m'avait attiré l'œil dès mon lever, au loin, dans le mouillage, mais je ne l'avais pas vraiment identifié. Ils sont arrivés cette nuit (environ à l'heure où nous nous sommes couchés...). On en a des trucs à se raconter depuis un an (bien que nous soyons restés en

---

[44] Communément appelé, Iles San Blas

contact par mail). Nous passons la matinée ensemble, mais, hélas, je suis obligé de m'absenter après le déjeuner car je dois terminer de souder le safran de "Mandragore" qui avait commencé à mettre fin à ses jours par électrolyse. La dizaine d'heures de travail de chaudronnerie nécessaire à la réfection de cet appendice m'a ramené trente années en arrière: tronçonner, disquer, marteler, souder... Dur métier! Le travail du bois et de la résine pour fabriquer un bateau est tout de même moins harassant.

La saison des alizés est terminée. L'été tropical s'installe, place à la saison "des pluies". Pas de vent ce soir. Le ciel est tout de gris sophistiqués, cependant que quelques trouées laissent à penser qu'il existe un soleil, mais, malicieux, il se cache. D'ailleurs, à cette heure-ci, il est sans doute derrière l'horizon... Sauf que, sans ces grandes zones bleu plomb qui envahissent le ciel, on aurait encore un peu de lumière et je verrais encore assez pour écrire... Alors que là, je vais devoir rentrer pour me réfugier sous la chaude lumière du carré, en abandonnant ce tableau à la fois apaisant et un peu inquiétant. Ainsi est la saison d'été, qui donne aux paysages tropicaux une espèce de langueur mélancolique et envoûtante.

Avec la petite bande Lares/Mandragore et un couple d'amis, nous dinons "aux roulottes". C'est le nom de ces boutiques de bouffe en plein air, réunies sur une place, près du port de Papeete, où l'on peut se restaurer pour des prix un peu moins prohibitifs que dans de vrais restaurants et ce dans une ambiance très "familiale". La soirée est agréable et la météo nous gâte avec une averse avant et une autre après, mais rien pendant! Demain, avec ma douce, nous reprendrons nos bonnets de marins et voguerons vers l'ouest.

Moorea

Tranquillement installés dans le carré du Cataf avec les tasses de tisane et la barre de chocolat, nous regardons le film que Malou a choisi de projeter ce soir. Dehors, le ciel est en furie, mais nous ne sommes pas inquiets... Nous avons déjà eu, dans la journée, ces trombes d'eau accompagnées de trente nœuds de vent et ça ne nous empêche pas de savourer notre soirée ciné. Surtout que la petite traversée depuis Tahiti s'est déroulée par beau temps. Ce matin, nous avons quitté notre mouillage de Taïna pour retrouver la paix et la sérénité des lagons de Moorea. Arrivés à Opunohu sous un soleil radieux, le gris a rapidement envahi le ciel, qui nous a déversé ses cataractes de flotte. Attention, ici, quand on entend "saison des pluies", faudrait pas raisonner "crachin breton". Déjà au niveau de la température, on n'est pas dans la même décennie, mais alors, question débit de la flotte, les cieux ne plaisantent pas : ça tombe dru. Bon! On en profite pour remplir les réservoirs d'eau et, accessoirement, se laver même si on n'est pas sale…

Claire nous a prêté un bouquin qui traite du "Feng shui". Cet ensemble de techniques et de principes venus des pays du soleil levant sont censés nous aider à transformer notre habitation en havre de paix (contrairement à la "mojette" qui provoquerait plutôt des havres de pets.....), et d'harmonie. J'ai commencé le bouquin cet après-midi, au retour de notre petite randonnée pédestre. Eh bien, j'ai déjà les premiers résultats!!! C'est vous dire l'efficacité. Ces chinetoques, y sont vraiment trop forts! Jugez plutôt: je sirotais tranquilou une petite mousse de fin de journée tout en m'imprégnant de Feng shui, lorsque ma moque s'est trouvée tout-à-coup être ce qu'il est convenu d'appeler "vide", alors même qu'il restait un bon petit moment à devoir s'écouler avant que ne sonne l'heure de l'apéro… Situation stressante s'il en est. Eh bien, grâce au Feng shui, au lieu de m'angoisser bêtement, je me suis carrément assoupi sur le bouquin! C'est vous dire à quel point c'est apaisant, le Feng shui! Bon, en même temps, faut reconnaitre que le lieu est particulièrement propice au bien-être et à la quiétude: lagon aux eaux turquoises et poissonneuses, petite plage de sable blanc avec ses cocotiers, la montagne verte en arrière plan, l'école de voile de Moorea un peu plus loin, avec les mômes qui font virevolter dans tous les sens leurs voiles d'optimistes multicolores dans des concerts de piaillements...

Cet aprèm, on ressort les biclous de leur placard, direction l'usine de jus de fruits "Rotui". En quelques coups de pédale, nous y sommes. Par contre, pour la visite, il faudra attendre quelques mois encore… Disons jusqu'à ce que les nouveaux bâtiments soient terminés. Pour cause d'ISO 9001, on ne visite plus... C'est magique ces normes. Du jour au lendemain, grâce à cette nouvelle disposition, on est certain de ne plus avoir de morve de touriste dans son jus de fruit... Alors qu'avant, y en avait pas non plus, mais y avait le risque... C'est la différence! Nous nous rabattons sur la boutique de l'usine; un véritable paradis du souvenir "made in Moorea-vu à Tahiti". Moins une, on repartait rapidement... Mais c'était sans compter sur la gouaille de Solange, qui nous lance: "Venez par ici, je vous fais déguster mon punch"... Pile poil le genre d'invitation qui interpelle... La voilà partie à nous raconter que les jus de fruits, c'est bien gentil, mais ici, nous disposons également d'un alambic et on distille comme des Savoyards... Et vas-y à goûter la liqueur d'ananas, de coco, de canne et de toute cette sorte de choses. Bon, à raison d'un demi-centimètre cube à chaque fois, notre sens de l'orientation ne s'en trouve nullement émoussé, cependant que Solange nous fait passer un agréable moment, à la fois convivial et instructif. Rendez-vous est pris pour dans deux jours. A notre tour de lui rapporter un peu de planteur au rhum du père Labat afin qu'elle comparât...

Grosses averses ce matin. Nous n'enfourchons les vélos qu'en fin de matinée pour livrer les échantillons de nectar à Solange. Elle nous accueille à bras ouverts et est enthousiasmée par notre punch planteur! Mais elle a un vrai boulot... Aussi nous ne nous attardons pas.

L'après-midi est consacrée à nettoyer les coques et gratter les hélices. Alimenté en air frais par le compresseur de mon narguilé, ça se fait bien, tout en restant cependant un exercice fatigant. L'antifouling de Panama commence à perdre un peu de son efficacité et ça fait deux mois que je ne me suis pas acquitté de cette corvée, alors, forcément, y a du monde qui s'est installé...

Guindeau

Nous alternons les tâches "nécessaires" et les balades, à pied ou en vélo. Au chapitre "boulot impératif", je prépare le changement de guindeau. Déjà plus d'un mois que nous avons reçu le nouveau. Mais, avant de me lancer dans la permutation, je dois d'abord modifier la machine neuve, car les défauts de conception qui ont pourri l'autre en à peine six mois sont toujours bien présents!!!! Il n'y a donc aucune chance que l'issue soit différente si je ne fais rien. Alors je démonte, supprimant certaines pièces et remontant les autres différemment, à la lumière de l'expérience passée. Je ne sais pas si le résultat sera merveilleux, mais je suis certain que ça sera mieux que le montage d'usine. Demain, on permute.

Ça y est! C'est fait! Le nouveau guindeau est en place. La plaisanterie a duré presque toute la journée, m'amenant à méditer sur ceci: il y a des gens qui changent fréquemment de logement, ou de boulot… d'autres, c'est leur bagnole. Il y a aussi ceux qui changent de conjoint de temps en temps... Par contre, je ne connais personne qui affectionne de changer de guindeau. Etonnant non? J'ai retourné dans ma tête, une bonne partie de la journée, cette interrogation sournoise : "Pourquoi qu'on change presque jamais de guindeau ?" Et j'ai fini par trouver l'explication…On ne change pas facilement de guindeau parce que c'est EFFROYABLEMENT CHIANT A FAIRE! Voilà, et j'espère bien ne pas avoir à y revenir de sitôt.

Painapo

L'excursion du jour a pour but "Painapo Beach Paradise"... Matez un peu le programme! C'est à vingt-deux kilomètres d'ici… Autant dire une formalité. L'annexe est promptement affalée de ses bossoirs et les biclous sont à roue d'œuvre. Il est juste neuf heures… Tout est possible. En fait, notre premier objectif est le marché artisanal de Tematete, qui se tient théoriquement tous les premiers dimanches du mois, en face de l'hôtel Hibiscus. Quelques tours de pédale et nous y voilà!

Désertique! Question tourisme, l'endroit est plutôt sinistré. Et question marché, on n'en voit pas la queue d'un! Qu'importe, l'île est magnifique et la route côtière offre un spectacle féerique. Poursuivons… Bientôt, le restaurant dit "Painapo" est à portée de papilles. Nous sommes arrivés. Et il est à peine onze heures. Ronald, le tenancier et créateur de l'établissement a tôt fait de nous charmer et nous prenons engagement pour le déjeuner. Bonne décision ! Nous passons ici quelques moments sympas, limites irréels… Déjà avec les raies pastenagues, quasi-apprivoisées à force d'être nourries, qui viennent chercher des caresses en se frottant à nos jambes (ça, ce n'est pas dans l'établissement lui-même, c'est à la plage qui est juste en bas... évidemment).Autre attraction: Ronald fait son numéro "Approchez, approchez, que je vous présente le "uru" (prononcez "ourou" en roulant le "r"). C'est le nom polynésien du fruit de l'arbre à pain, légume de base des Polynésiens, genre comme la patate pour le Breton, ou la mojette pour le Vendéen. La convivialité du lieu nous donne à sympathiser avec nos voisins de table, un jeune couple pétillant: Julie et Coco. Ils vivent à Tahiti, non loin du lieu où nous mouillons habituellement. Le retour et ses vingt-deux kilomètres contre le vent paraissent une formalité, grâce, en partie, à la bouteille de vin rosé de Provence qui a accompagné notre carpaccio de thon. Une petite halte en chemin à l'"Atelier du Chat" pour nous extasier devant les admirables créations de Bruno, le sculpteur, et nous sommes déjà de retour à bord de Catafjord, pour une fin de journée toute traditionnelle: le petit thé, la petite bière, la petite plongée (pour Malou). Un beau dimanche, quoi!

Cook, la baie

On déménage! Pas bien loin... Nous partons passer la semaine en baie de Cook, deux milles plus à l'Est. Attention, comme son nom ne l'indique pas, ce n'est pas ici un haut-lieu de la gastronomie... (Enjoy the english "jeu de mot"). Notre maintenant quotidienne tournée en biclou nous amène cette fois au petit musée de Paopao. L'établissement est modeste, cependant son conservateur saura nous captiver, tant par ses nombreuses explications qu'avec ses démonstrations..., genre "comment percer un trou avec 2 bouts de bois, une ficelle, un coquillage et une noix de coco ?"... Edifiant ! Les Polynésiens connaissent ça depuis pas loin de deux mille ans semble-t-il. Ok, on pense que les Iles de la Société sont peuplées depuis environ mille cinq cents ans, mais les types qui ont inventé la perceuse en bois avec piles en noix de coco, ils l'avaient déjà fait avant... En tout cas, c'est ce que dit notre guide, Jules.

Matinée "shopping", surtout pour Malou. Nous sommes au village de Maharepa, côte nord de Moorea, tout près de la baie de Cook.

Après quelques dizaines de minutes de visite commune des boutiques de la place, nous adoptons des chemins divergents. À elle les boutiques de fringues, à moi la terrasse du bistrot. Ce n'est pas à proprement parler un troquet, car le bistrot tel que nous le connaissons en France n'existe pratiquement pas en Polynésie. L'endroit s'appelle "Caraméline" et s'apparente plutôt à un débit de bouffe que de boissons. Déjà, c'est écrit "pâtisserie" sur l'enseigne et, de fait, une modeste vitrine réfrigérée abrite quelques victuailles pâtissières. Les autres se chargent de tenir au frais les glaces, sandwiches et nombreuses boissons plus ou moins colorées L'établissement est tout en terrasse. Quelques poteaux et claustras peints en blanc donnent un semblant de style colonial que tempèrent efficacement les tables et chaises de jardin en plastique. C'est aéré, vivant. On n'y voit pas le temps passer. On pourrait même être tenté de s'y incruster pour casser la graine, mais avec le basique plat du jour/frites à quinze euros et la bière à cinq, ça calme...Allez, hop! Retour à bord.

Opunohu… on ne s'en lasse pas

Je ne saurais dire à quoi ça tient, mais décidemment, chaque arrivée dans cette fantastique baie d'Opunohu (nord de Moorea) nous offre un suave parfum de villégiature. Une des raisons en est sans doute que nous y allons pour prendre un peu de repos après des journées plutôt plus laborieuses qu'à l'ordinaire. En l'occurrence, nous venons rejoindre ici quelques bateaux amis pour attendre ensemble le passage du Père Noël polynésien. Ces "vacances" font suite à une semaine de croisière-éclair dans les îles sous le vent en compagnie d'un groupe d'amis. Nous nous sommes régalés, malgré la brièveté de l'expédition, car Brigitte et Jean-Marc connaissent bien la Polynésie pour l'avoir sillonnée en tous sens avec leurs différents catamarans. Actuellement dans une tranche de vie un peu plus besogneuse, ils se sont offert cette parenthèse dans les îles pour garder le contact avec le monde maritime et la vie au grand air, en liberté, ainsi que pour faire découvrir tout ça à leur bru, la belle Elodie, enceinte jusqu'aux yeux et trimballant devant elle un bulbe d'étrave de pétrolier... L'équipage de cette rapide épopée comprenait également Sébastien (l'auteur présumé du bulbe...) et Thomas, le jeune frère passionné de surf. L'escapade fut belle, remplie de plongées, repas joyeux, navigations plus ou moins agitées à cause de la remontée au vent et surf pour Seb et Thomas. Bref, beaucoup de bon temps entre amis, quoiqu'un peu speed par rapport à notre rythme habituel. La météo nous a gâtés et le retour Huahine/Tahiti a pu se faire sur un seul bord dans la nuit. La lune nous a fait son petit cadeau de Noël en s'éclipsant sous nos yeux ébahis à l'heure de la tisane.

Cette soirée de jeudi nous retrouve en compagnie de Véronique, Pierre et leurs trois enfants, dans le cockpit d'"Hinapo", le catamaran qui vient de remplacer leur précédent compagnon de voyage, "Archibald", le sloop en acier à bouchains vifs...

Le catamaran, quand on vit en bateau, on y vient un jour ou l'autre, c'est presque inéluctable. (Je rigole en pensant aux quelques potes inconditionnels du monocoque qui vont me tomber sur le poil à la première occasion à cause de ce que je viens d'écrire, mais je m'en tamponne le coquesix dans le cockpit...). Pierre nous présente Arnaud, le très actif responsable du club de voile de Moorea. Il est accompagné de Gilles et Karine... Et ça c'est une jolie surprise! Nous avons connu Karine, institutrice, il y a deux ans en Guyane et il semblait bien peu probable de la revoir un jour... Magie du voyage !

La famille Larès complète (trois générations) est installée à bord de Catafjord pour prendre une tasse de café. Ils ont mouillé leur canote en baie d'Opunohu eux aussi, mais ont élu domicile dans un gîte, à terre, pour le temps des fêtes... Sûrement pour offrir au père Noël un environnement qui lui soit familier (c'est vrai qu'un Polynésien standard, qu'il soit père Noël ou pape, avec son tour de taille qu'il a, avant qu'il puisse s'introduire dans un canote par une manche à air, y a du boulot!). Et puis, le père Noël, peut-être qu'il n'a pas de dinghy, ou qu'on lui a piqué son moteur hors-bord, comme c'est arrivé récemment à d'autres ici. C'est donc en terriens qu'ils célèbreront la naissance du petit Jésus, sous son cocotier, dans son berceau en bourre de coco doublé de feuilles de pandanus...

Autour de la table du carré, chacun s'exprime sur son sujet favori du moment. Véro, c'est sa maman qui vieillit... Maia raconte son excursion de la journée en cata de sport avec sa copine du club de voile, sous la surveillance bienveillante du beau moniteur adjoint... Léo, dont l'agilité en kite-surf nous a bluffé tout à l'heure, tente de m'en expliquer le maniement. Se voulant rassurant, il avance :

-"Ce n'est pas difficile: y a même des vieux qui en font!". Sauf que "vieux", pour lui, ça commence à quarante ans... Pierre nous raconte la Papouasie, où ils ont vécu un moment.

Nous vivons notre quatrième Noël à bord de Catafjord, et celui-ci est encore différent des trois précédents.

Je passe ma matinée à concevoir et dessiner une annexe à moteur électrique, en contreplaqué et résine époxy. Je ne suis pas bien certain qu'elle soit réalisée un jour, mais tant pis. Je ferai peut-être une maquette en carton au dixième… Ce sera toujours ça. Pierre vient prendre un petit café en début d'après et en profite pour me solliciter en recherche de solution pour son chariot de grand-voile, qui part en brioche: les axes de poulies sont en train de s'autoriser certaines liberté inadmissibles. Une intervention énergique s'impose. Une fois mes directives apparemment bien assimilées, je laisse le Pierrot livré à lui-même, cependant que j'accompagne Malou en balade dominicale tout autant que pédestre. Mauvais choix…

Mon copain Pierre est sans conteste meilleur médecin que mécanicien, au grand dam du chariot de grand-voile, qui se fait pitoyablement "péter la gueule". Y a pas d'autre mot! Dès notre retour, je reprends les commandes de l'intervention... Jusqu'à la tombée de la nuit. Apéro, petite bouffe, dodo, on est déjà demain! La matinée se passe en perçage, découpage, ajustage et toute cette sorte de choses, tant et si bien qu'à quatorze heures le bazar est à poste, prêt à repartir. C'est Pierre qui a opéré le montage final et le résultat est très seyant. Epreuve du feu, ce soir: nos amis ont projeté d'appareiller pour Huahine avant la nuit.

Un sport nouveau

Est apparu depuis un moment à bord de Catafjord et connait un vif succès : la "pêche au gros rouge". Le côté sportif, pêche au gros, vient de ce que cette activité nécessite un instrument composé d'une longue gaule dont une extrémité est garnie d'une pièce métallique qu'on peut prendre pour un hameçon avec un tant soit peu d'imagination, ou quelques apéros dans le cornet, ou les deux. Le côté "gros rouge" est, quant à lui, lié au fait que la finalité de cette discipline sportivo-culturelle est de capturer des briquettes en carton contenant un liquide issu de la fermentation du raisin (en tout cas, c'est ce qui est écrit dessus en espagnol). Explications :

Les lecteurs les plus attentifs se souviendront d'une visite incongrue reçue il y a plusieurs mois à Fatu Hiva, lors de notre escale dans la féerique "Baie des Vierges". Un gang de douaniers-escrocs nous avait alors extorqué un peu de grisbi et, pour nous punir de les avoir fait marner toute l'après-midi avant de cracher au bassinet, avaient fini par mettre sous séquestre, dans un coffre du carré, les quarante briquettes de jus de raisin qui constituaient notre cave pour les mois à venir. Le couvercle du coffre en question ayant été dûment scellé par leurs soins, notre picrate était censé vieillir jusqu'à ce que nous quittions les eaux polynésiennes... Un petit détail avait alors échappé à l'incommensurable sagacité de ces brillants limiers: le coffre en question possède, à son extrémité, une ouverture de forme circulaire d'environ deux cents millimètres de diamètre, cachée derrière une pile de linge, et par laquelle il n'est pas impossible de se servir…, disons, simplement en tendant le bras... Sauf qu'au bout d'un moment, soit quelques mois plus tard, soit donc maintenant, le bras n'est plus assez long pour aller pécho les briques du fond, car le coffre est profond... (Peut-être pas aussi profond tout de même que l'insondable sottise de ceux qui... Mais bref, je m'égare). Ainsi est née cette nouvelle activité de pêche au gros rouge qui consiste bien évidemment à aller capturer la briquette convoitée à l'aide de la gaule pourvue d'une vis métaux de 8X100 à tête hexagonale (on a la tête qu'on peut...). Le petit plus, avec ce sport, c'est qu'en sirotant son verre de rouge pendant le dîner, on éprouve la satisfaction du pêcheur qui boulotte le poisson qu'il a sorti de l'eau à force d'habileté et de ruse (sauf que là, la briquette, elle n'est pas spécialement rusée... mais faut mériter quand même).

Motu Ahi

Approche prudente en dinghy. Slalom au ralenti, entre les patates de, je vous le donne en mille..., corail. C'était facile! Devant nous, un bras sort de l'eau et s'agite en moulinets d'accueil. C'est Agnès qui signifie «venez vite, c'est super!". Elle et Julien ont quitté le mouillage de Vaiare (Moorea) un peu avant nous et pataugent depuis une petite demi-heure, leur dinghy vert hâlé sur la plage voisine. Le soleil rôtit déjà sévèrement les peaux nues. Les indications verbales du gentil autochtone, vociférant et gesticulant sur son ponton de réception, nous invitent à choper une bouée pour y amarrer le Newmatic.

Ça y est! Le décor est en place… Ce dimanche de rêve peut commencer. Visite guidée du motu par Moana et son pote. Quelques sobres « faré » traditionnels, faits de bois et de feuilles de pandanus tressées, sont disponibles à la location pour la journée ou la nuit sur cet îlot minuscule situé à trois cents mètres du rivage. Petit café d'accueil pris au "bateau" : c'est le nom de l'espace bar/cantine ombragé et convivial aménagé au centre du motu dans l'esprit "épave échouée là et recyclée". Tout est fait de matériaux basiques, jusqu'à cet adorable "salon d'extérieur" au mobilier de bois flotté. Bien sûr, ici, on fait du tourisme. Mais l'ambiance est débonnaire et tout à fait exotique. Et puis, nous, on ne paye pas, alors ça fait un peu comme si on était de la famille... Les clients viennent des pensions voisines et sont transportés par pirogues à balancier (alors que nous, sommes venus à la nage), pour assister au moment fort de la journée : le nourrissage des habitants légitimes du lagon. Ils y sont habitués, les bougres, et accourent nerveusement, à vessie natatoire rabattue, dès que le dompteur trempe son premier orteil dans l'eau. Les clampins touristiques suivent immédiatement, armés des indispensables masques/tubas fournis par l'organisation et se rangent comme à la parade, agrippés à la ligne disposée là pour eux au milieu du jardin de corail. La distribution des premières victuailles déclenche un véritable festival de bestioles hystériques: les mulets et surmulets à nageoires jaunes forment un nuage que les puissantes carangues découpent et dispersent en un feu d'artifice d'écailles. Une murène javanaise (comment je sais qu'elle est javanaise, ce n'est pas que je la connaissais d'avant, simplement, je l'ai vue dans le bouquin des poissons), planquée en embuscade dans son trou, reluque d'un œil gourmand la cheville d'un pépère en tongs, gris de la crinière et rose de tout le reste. Les élégantes raies armées (à cause qu'elles sont grises sans doute...) volent avec grâce, frôlant les badauds sous-marins pour glaner quelques caresses, sous le regard morne des poissons-trompettes que toute cette agitation laisse sans voix. Le bec-de-cane, avec sa bouche à la Béatrice Dalle déambule placidement, cependant qu'inlassablement rôdent les "pointes noires", tels des gardiens de la paix encadrant une manif pacifique. Y z'agressent personne, mais bon, faudrait pas que ça dégénère... Et voilà que la matinée s'achève, et qu'il est temps de rejoindre le mouillage, car nous sommes conviés à un petit gastro entre amis à bord de "La Mandragore". Ils nous gâtent les amis! Les agapes occupent un bon morceau de l'après-midi. Nous en profitons, car il se pourrait bien qu'on ne se revoie pas de sitôt.

LES ILES DE LA SOCIETE

Sortie officielle de Polynésie

Depuis quelques jours, nous sommes, du point de vue administratif, en route vers les îles Cook, "via les îles sous le vent". Sans précision de la durée du "via". Cette tolérance tahitienne nous a permis d'approvisionner quelques dizaines de bouteilles de vin et d'apéritif, ainsi que le plein de gas-oil, en "hors taxe". Une ombre au tableau toutefois: nous n'avons pas le droit de consommer une seule goutte de tout ça (sauf le gas-oil...) avant d'être sortis du territoire polynésien, sinon c'est la grosse amende! Bonjour le supplice de Tantale...

L'après-midi s'étire, aplati sous le ciel de plomb. Malou est partie discuter par bulles avec ses potes de l'étage en-dessous, renouant avec cette habitude qui lui est chère d'aller barboter quelques quarts d'heures en fin de journée. Agnès et Jullien ont disparu derrière le récif pour rejoindre Tahiti avant la nuit. Pour nous, la quête de milles gagnés vers l'ouest est repartie. Sans se précipiter toutefois, car nous avons encore trois mois devant nous pour visiter tranquillement les îles sous le vent, avant de cingler vers les Cook.

Petite navigation pour rejoindre la côte Nord de Moorea, histoire de bouger un peu, tout en raccourcissant la prochaine traversée vers Huahine. Les lignes de pêche sont à l'eau et des centaines de piafs chassent tout autour de Catafjord… C'est bon signe. La brise qui vient de se lever permet de stopper le moteur et de faire route sous génois seul. Nous sommes à un demi-mille au large du reef, et ça mord! Un premier wahoo de douze kilos, immédiatement suivi par une bestiole un peu plus ardue à remonter, son cousin en version vingt kilos cette fois. Je n'en avais pas encore pris d'aussi gros. Gants de manutention obligatoires pour chopper la ligne en nylon à pleine main, et la rentrer mètre après mètre. Nous offrirons la plus grosse prise à l'équipage d' "Askari", un motor-yacht de charter mouillé dans la baie. Le temps n'a pas été très clément ces derniers jours. Beaucoup de pluie, ciel triste et orages violents. Petite consolation : ça remplit nos réservoirs d'eau.

Huahine

Tablant sur une amélioration des conditions météo, nous quittons la baie de Cook et son médiocre mouillage à fond de vase, au petit jour, pour une prudente journée de navigation, qui nous mène derrière le grand motu jouxtant la côte Est de Huahine: Murimahora!

Ici, c'est la totale: pas de clapot mais tout de même assez de vent pour actionner l'éolienne, un fond de bonne tenue sous cinq mètres d'eau turquoise, un paysage de carte postale. Le tout accessible par un chenal dûment balisé, avec seulement quelques patates de corail, faciles à contourner de jour.

Ce début de semaine s'avère un peu sportif, malgré un lever tardif. Nous commençons par une petite séance de plongée, qui ne nous laissera pas un souvenir impérissable, car les fonds sont, ici, moins jolis et moins poissonneux qu'à Moorea. A force de voir tant de fonds magnifiques, nous avons tendance à devenir un peu difficiles. Puis les vélos sont de sortie pour une virée de reconnaissance. Le ruban d'asphalte tantôt borde le lagon, tantôt s'enfonce dans la forêt et dans la montagne simultanément, au prix de raidillons que nous n'hésitons pas à gravir à pied en poussant nos modestes machines à deux roues, tant il est vrai que, question pédales, nous ne sommes pas des flèches... Ceci étant, un tour de roue en amenant un autre, la virée se mue bientôt en un tour complet de l'île, ce qui nous fait tout de même vingt-sept kilomètres. Je sais, ce n'est pas des masses, mais je vous le redis, on n'est pas Poulidor (ni Yourcenar qu'a jamais gagné le tour de France non plus, pas plus que Brunot Lochet d'ailleurs[45]...). Et puis, les cieux sont bien cléments avec nous aujourd'hui, laissant les Kaouais [46]mollement tapis, comme des morveux, au fond des sacs à dos. Les autochtones, bien loin de l'agitation de Tahiti, ont le sourire facile et la gentillesse prête à bondir.

Motu Murimahora, qui nous abrite du vent et des vagues depuis maintenant trois jours, nous offre, à présent, un couple d'amis. Un trio devrais-je plutôt dire, car Candie et Augustin ont un petit garçon de quatre ans, Reiatua. Ils vivent ici dans leur maison, nichée au milieu des cocotiers, en bordure du lagon, tirant leurs ressources de la culture et de la pêche, ainsi que du salaire d'Augustin qui œuvre chaque matin à divers travaux d'entretien, de culture et aussi de construction, dans la somptueuse propriété du maire.

Dès notre arrivée, quelques noix de coco, gaulées sous nos yeux, sont prestement épluchées pour nous désaltérer. Petit cadeau de bienvenue... L'après-midi s'avance en papotant. Ça discute moteurs hors-bord et leurres pour la pêche. Rapidement, la famille monte dans sa barque pour venir visiter Catafjord. Augustin demande à voir mes leurres habituels, ceux que je fabrique moi-même avec un hameçon et du bout détoronné. Après un regard dubitatif, il s'esclaffe : "Avec ça, tu ne peux espérer attraper que des poissons complètement crétins...". A peine deux heures qu'on se connaît… Il est à l'aise lui!

Le lendemain, nous rendons une petite visite à Augustin sur son lieu de travail. Le voici, consciencieusement affairé à la pause, assis à l'ombre, en compagnie de son acolyte (et cousin) Moana. La propriété du maire est un bel endroit, laissé libre d'accès aux visiteurs. Au devant, un vivier grillagé emprisonne une douzaine de jeunes tortues marines absolument magnifiques et quelques poissons. De l'autre côté de cette prairie arborée, c'est le reef, avec son platier frangé de sable

---

[45] Remarque humoristique faisant référence à un inoubliable sketch des Deschiens

[46] Kway : sac plastique avec deux tuyaux pour les bras servant à croire qu'on peut se protéger de la pluie…

blanc. Les habitants de ce motu sont moins d'une centaine et semblent vivre en harmonie... J'écris "semblent", parce que, parfois, quand on voit les choses de l'intérieur, ce n'est pas le même tableau.

Ici, chacun possède sa barque en alu, d'origine néo-zed, mais assemblée à Tahiti. A mes yeux, ça ne vaut pas un bon Rigiflex[47], bien que ça coûte nettement plus cher. Augustin aimerait bien qu'on lui vende le Newmatic... Mais Malou n'a pas envie.

Les incontournables travaux, d'entretien et d'amélioration de Catafjord reprennent leur harcèlement. Le chantier du moment concerne la cuisine. Optimisation des rangements, adjonction d'étagères dans les placards, dépose de la hotte merdique. Ces quelques tâches me remettent à l'esprit combien était médiocre le précédent proprio du canote... Quel boulet! Sa méconnaissance du métier de constructeur de bateau nous aura permis de nous exprimer au travers d'un wagon d'heures de transpiration auxquelles s'ajoute un confortable matelas d'euros... Heureusement qu'il avait eu la sagesse de sous-traiter la construction des coques et des poutres de liaison à de vrais pros, car en dehors de ça, la plupart de ce qu'il a entrepris par lui-même relève d'un savoir-faire de navrant bricoleur... N'empêche, maintenant, après l'injection de plus de six mille heures de boulot, Catafjord est devenu un fantastique outil de voyage et de vie maritime.

Bref, les placards de la cuisine réclament encore une petite poignée d'heures pour satisfaire l'artiste. Et c'est parti, depuis ce matin. Ce mouillage de Murimahora constitue un cadre de travail des plus agréables et donc tout baigne.

Augustin aime bien les échanges: la réparation de sa barque en alu nous vaut une râpe à coco. Un peu de visserie inox mérite un régime de bananes, accompagné de ces délicieuses cocos vertes, dont l'eau si rafraîchissante se boit avec une paille à même le fruit. Et voilà qu'il m'explique qu'accompagné de rhum, ça fait un apéro super... c'est dingue ça! J'essaie. C'est vrai! Alors, y sont pas super ces Polynésiens?

Le moment est venu de mettre un terme à cette délicieuse escale. Pas pour aller bien loin, non. Mais c'est sympa de bouger un peu. Nous

---

[47] Marque de barques françaises faites en polyéthylène rotomoulé

partons pour Faré, la "capitale" de Huahine, distante d'environ huit milles. Un grain sévère nous cueille pendant la route, mais il est le bienvenu, pour une fois. Le vent refuse un peu avant que nous ne soyons à la pointe de l'île, retardant l'empannage tout en améliorant notre vitesse et ce n'est pas dommage, car nous avons adopté le mode "feignasse intégral" et sommes sous génois seul. Quand le grain s'éloigne, le vent adonne, donnant le coup d'envoi du changement d'amure (saviez-vous que Johnny avait donné dans le "chant de marins" ? Eh si… "Quand on a fait l'amure"...).

Planqué derrière les nuages gris nés sur les reliefs de Raiatea, le soleil fait son numéro de projecteur de cinéma. Le bleu pâle du ciel se salit au voisinage de l'horizon, tandis que Monsieur l'astre radieux envoie ses derniers pinceaux de lumière en direction de deux nuages, gris et roses, dernières enseignes du jour déclinant, aux contours irisés d'or... Il n'est pas moche, ce spectacle, que j'admire en aspirant ma noix de coco à la paille. Le temps que je l'écrive, à gauche, une autre balle de coton s'est illuminée de l'intérieur, genre enseigne de barba papa géante. La nuit s'annonce, et le spectacle se poursuit. Dans le même temps, Malou prépare de la pâte à crêpes et ça sent bon. Sur la barrière, la houle du large déroule ses vagues à surfer, alors qu'il n'y a même pas de surfeur...Qui a organisé ce truc?

Nous avions à cœur de visiter la ferme perlière située à l'Est de Huahine. Eh bien, c'est chose faite. Arrivés en vélo au village de Faie, une pirogue-limousine, propulsée par un beau moteur hors-bord noir, nous amène au motu qui héberge l'exploitation. L'endroit est très touristique. On y admire, dans leurs œuvres, le récolteur-greffeur qui farfouille dans les coquilles à l'aide de ses ustensiles en fil de fer inoxydable afin d'en extraire les petites billes de nacre qui font tourner la tête des femmes qui n'en ont pas, le trieur/bijoutier qui opère ses sélections avant de transformer ces petites sphères en objets de désir, la vendeuse/expliqueuse qui débite professionnellement son laïus, à tel point que nous étions à deux doigts de succomber, mais, hélas, nous n'avions pas apporté de carte bleue, comme c'est ballot ! Et les deux grouillots de service, qui se salissent les mains et en foutent partout autour, mais bon, on ne va pas leur en vouloir ; y z'ont pas un métier facile. Et puis, tout le monde ne peut pas être inséminateur d'huître...

Tous aimables, vaguement souriants, sans enthousiasme excessif... Le conducteur de la pirogue serait un poil plus volubile, mais il n'y a rien de trop non plus. La visite terminée, nous en profitons pour retourner à la rivière voisine admirer ces fameuses anguilles sacrées que nous avions à peine entrevues la dernière fois. Et c'est vrai que ce sont de sacrés morceaux! Facilement un mètre cinquante les bestioles! Le côté "sacré" est moins évident à discerner. Retour par le nord de l'île en empruntant, je dirais, la route à mi-voie... C'est-à-dire un pauvre chemin cailloteux, lequel possède un avantage incontestable: on y entend, en musique de fonds (marins), le chant des vagues qui se brisent sur le platier, derrière les bosquets.

Le coût de la vie, en Polynésie française, est sensiblement plus élevé qu'en France métropolitaine. Une récente enquête[48] fait état de 26%, pour qui se conforme aux habitudes de consommation locales, et de 52% pour celui qui veut vivre à l'européenne. A cause de cela, nous sortons rarement nous restaurer à terre. Cependant, ce vendredi, après avoir éclusé une petite mousse en terrasse avec coucher de soleil sur Raiatea, nous nous rendons nonchalamment à la roulotte des chinois pour y dîner à pas trop cher. Sorte de camping-car antique aménagé en mini-cuisine, l'espace "client" y est constitué de tables en planches, flanquées de chaises de jardin en plastique, le tout abrité sous une bâche maintenue par quelques graciles piquets de bois et tubes métalliques d'occasion... Le théâtre de notre exceptionnel "restau à terre" ressemble à celui qui reçoit habituellement nos sympathiques fêtes de famille en Bretagne, l'ambiance en moins. Arrivant à la tombée de la nuit, nous sommes les premiers clients. Ici, on ne sert aucune boisson alcoolisée, aussi est-il de coutume d'apporter chacun son liquide préféré pour accompagner son repas. Voici donc notre avant-dernière bouteille de vin, entamée de la veille, qui jaillit rapidement du sac à dos pour aller remplir les gobelets plastiques prêtés par le taulier. La soirée s'annonce calme, voire romantique... Quand tout à coup soudainement, un ronronnement de moteur horsbord, suivi d'agitation sur le quai de commerce, là-bas, à un jet de

---

[48] On est en 2011

bouchon de notre table, annoncent l'arrivée de... Nous les reconnaissons tout de suite… Pierre et sa compagne Rautea. Le gamin a été confié à des amis de sorte qu'eux aussi sont de sortie. Mais pas seuls, nous apprennent-ils... Dans quelques instants arriveront une douzaine de potes pour leur hebdomadaire festin du vendredi soir à la roulotte! Pierre nous invite à partager la table avec ce groupe, dont il s'avère que nous connaissons déjà Laurence et Olivier de la pension "chez Guinette". Cette heureuse initiative nous permet de passer une bien sympathique soirée et de faire un peu plus connaissance avec Pierre Cosso, qui s'est présenté à nous il y a à peine deux jours. Acteur, il a pris la mer entre deux tournages il y a plusieurs années, à bord de son catamaran "Nusa dua", pour une circumnavigation. Mais voilà, la Polynésie l'a séduit…Alors il s'incruste. Venant d'acquérir, pour le fun, un Hobie 21 un peu mal en point, il est venu solliciter mon expertise avant de remettre l'engin à flot. Nos discussions nous révèlent qu'en définitive nous avons pas mal de potes communs. L'amitié s'installe.

Naviguant vers le sud, à l'intérieur du lagon de Huahiné, notre escale suivante se situe entre motu Vaiorea et Huahine Iti, devant une délicieuse petite plage de sable blanc enchâssée dans la forêt touffue et luxuriante. C'est ici le royaume de "Siki". Il entretient la forêt, nettoie la plage, fait la causette aux visiteurs, et organise des agapes à base de produits locaux. Cet après-midi, il nous servira de guide, nous cueillant potirons, bananes, papayes, avocats, uru, tout en nous racontant la vie locale, la sienne, celle de ses voisins et de sa forêt... Rendez-vous est pris pour un "four tahitien", dans deux jours. Siki a passé des années en France et a aussi beaucoup voyagé. Malin et instruit, c'est un irremplaçable compagnon de promenade, érudit et d'agréable compagnie.

Notre chaine d'ancre est allée s'emberlificoter dans une grosse patate de corail. Elle travaille mal. Je n'aime pas ça, car elle pourrait casser lors d'une survente. Malou, dans l'eau, équipée de masque/palmes/tuba et moi, aux manettes, nous parvenons tout de même à débrouiller le bazar...

9h30, Siki arrive sur son "va'a"[49]. C'est le moment de nous rendre sur la plage, pour l'aider dans la préparation du fameux "four tahitien". Notre premier depuis que nous sommes en Polynésie. Du moins celui-ci est-il parfaitement authentique. Au menu : pohé-potiron, ipo, uru et poulet grillé. Un trou, creusé dans le sable à l'aide de la pagaie, accueille un feu de bois garni de pierres. Au bout d'une heure (ou deux...), quand les pierres sont brûlantes et le tas de braises conséquent, on ôte le bois pas encore brûlé pour déposer sur les cailloux-cuiseurs le pohé et le pain de coco (ipo) enveloppés dans des feuilles de bananier. L'ensemble est recouvert de feuilles de bananier disposées en quinconce, puis enseveli sous le sable. Le pohé est une mixture composée de potiron additionné d'amidon et de lait de coco. Pendant que ça mijote, un deuxième feu de bois reçoit le uru (fruit de l'arbre à pain), tel un trophée, perché sur le fagot de branches coupées. Il va cuire directement dans les flammes. De mon côté, à cheval sur la râpe à coco, j'extrais la pulpe blanche qui, pressée dans un torchon, va exsuder le lait de coco, élément essentiel de la cuisine tahitienne. En quelques minutes, avec une dextérité de vieux sorcier, Siki tresse des feuilles de cocotier pour confectionner le plat qui réceptionne la coco râpée. Le degré de cuisson du uru se juge "à l'oreille", en le tapotant avec un bâtonnet de bois. Quand c'est bien cuit, ça sonne mou... On ne l'invente pas ça ! Faut l'avoir vécu. Une fois sorti du feu, en le saisissant avec les feuilles qui vont bien, Siki joue encore de la machette avec délicatesse pour enlever la croûte carbonisée et découvrir le fruit à point. Coupé en dés et trempé dans le lait de coco, c'est un délice. Le reste aussi. On mange avec les doigts, assis sur un tronc d'arbre. C'est "colle en tas", comme dit notre hôte. Pour le remercier de ces bons moments, j'offre de lui remettre à neuf les deux balanciers en bois de sa pirogue, en recollant les morceaux cassés, en stratifiant le tout avec un petit sergé imprégné de résine de cette époque-ci, et j'ajoute quelques fils de carbone pour frimer. Gageons que ce n'est pas sur le point de mollir...

---

[49] Pirogue à balancier

C'est avec regrets que nous quittons cette délicieuse baie d'Avea, une de nos meilleures escales de Polynésie. Très bien abritée et néanmoins correctement ventilée, son large lagon recèle un somptueux plateau sablonneux sous un mètre cinquante d'eau émeraude. Quelques établissements à touristes, de tailles modestes, apportent au hameau un peu d'animation. Les habitants manifestent leur gentillesse naturelle en offrant aux visiteurs les bananes, avocats, noix de cocos, urus qui poussent derrière chez eux, au pied de ce monticule verdoyant qui se prendrait presque pour une montagne. Hier, nous avons accompagné nos amis Teresa et Edwin au match de foot que leur équipe disputait contre celle de Faré, la "capitale", dans la partie nord de l'île. Après un pittoresque transport en "truck", (soit un camion dont la benne est équipée d'une cabane en bois avec des bancs latéraux), le long de la route côtière aux paysages enchanteurs, nous avons passé l'après-midi à voir nos nouveaux copains se faire déculotter par des adversaires nettement mieux entraînés. Cependant, comme ils se connaissent tous et sont souvent de la même famille, ici, on prend sa pâtée dans la joie et la bonne humeur. Et à la fin, personne n'est fâché.

De retour à Faré pour saluer les "Guynettes" avant de quitter Huahine. C'est Pierre et Rautea qui nous font l'agréable surprise de leur présence alors que nous les imaginions en vadrouille... Un petit coup de main de dernière minute pour les aider à préparer le Hobby 21 "refité" et les voilà partis en mer avec toute la smala pour enfin se griser de vitesse sur la véloce machine. Las… Je ne sais pour quelle étrange raison, tout en bricolant dans le cockpit du Catafjord, je garde un œil sur leur libellule, ballotée dans les vagues, à l'extérieur du lagon. Tout-à-coup soudainement, voilà qu'ils disparaissent de mon champ, non pas d'artichauts, mais de vision, derrière de gros rouleaux écumeux, véritables tapis roulants à surfeurs. Un coup de jumelles, perché sur le sommet du rouf, me donne l'affligeant spectacle de leur mât barbotant à l'horizontale, à côté de leur plateforme. Le récif est à un demi-mille et la nuit s'apprête à faire ce qu'elle fait tous les soirs à cette même heure: tomber! Le temps de préparer un peu de mélange deux-temps pour le dinghy et nous voilà, mon matelot et moi, volant au secours de nos malchanceux amis. Pas trop de casse (excepté quelques hématomes pour la copine qui s'est pris le poteau sur le coin de la tronche). Nous les ramenons, piteux, en remorque, juste avant l'engloutissement quotidien de la grosse ampoule jaune par l'horizon. Apéro à bord de Catafjord, suivi d'un agréable dîner dans le cockpit de "Nusa Dua". L'incident n'a pas entamé l'enthousiasme inoxydable de l'ami Pierre pour son nouveau jouet.

Départ pour Raiatea

Le temps de refaire la tension de courroie du moteur bâbord, puis de réparer vite-fait le vit-de-mulet du Hobby 21 qui a connu, hier soir, une fin horrible, et nous appareillons enfin vers dix heures, poussés à faible vitesse par la brise légère qui caresse mollement notre génois, seule voile à prendre du service ce matin. Nous n'avons que vingt milles à parcourir… Alors patience. Et puis, pendant qu'on est en mer, Malou n'est pas au bistrot....

Raiatea

L'ambiance à cette escale est très différente de ce que nous avons connu ces dernières semaines, rappelant plutôt les longs séjours passés à Taïna dans le sud de Papeete. Rapidement, nous retrouvons de vieilles connaissances, Fanny et Claude Brun. Nous nous sommes quittés en 1998. Ils mettaient à l'eau leur léger et rapide catamaran. Claude, pour nous, c'est "le bûcheron"… Avec Fanny, ils ont vécu neuf ans à bord de "Crin blanc", accompagnés de leurs trois enfants. Un exploit quand on connait ce canote, qui tient plus du day-boat que des caravanes flottantes qu'on fabrique aujourd'hui en série. L'abri de nacelle est exigu et l'accès aux étroites coques se fait par l'extérieur. Le mot confort a été proscrit du vocabulaire de l'équipage. Par contre, cette libellule avance comme une comète sans forcer. Nous avons connu Claude à Lorient en 1979. Il nous avait alors évité l'infamie de la dernière place en arrivant quinze jours après nous dans la course Lorient-les Bermudes-Lorient. Ce petit malin empochait au passage le joli prix de dix mille francs réservé à la lanterne rouge à bâbord, mais verte de l'autre côté bien sûr... Fanny et Claude nous reçoivent avec gentillesse dans leur havre de paix et de verdure. Après avoir acquis un immense terrain boisé à flanc de coteau, ils se sont construit une maison avec le bois des pins abattus et s'apprêtent à en ériger une seconde. Notre imposant homme des bois et sa menue Fanny ont encore bien du pain sur la planche. Heureusement, courage et énergie ne leur font pas défaut. L'autre retrouvaille sympa, c'est Laurent[50], dont le majestueux cata à moteurs est stationné à la marina d'Apooiti, entre deux expéditions charter. J'apprécie beaucoup nos longues conversations techniques sur notre sujet majeur, les bateaux. Le temps file trop vite en leur compagnie. Ainsi, il nous reste encore des tas de sujets à évoquer alors qu'il est déjà temps de se séparer.

Arrivant en dinghy dans la mini-marina du lieu-dit "Le Carénage", mon regard est attiré par un joli trimaran jaune arborant le nom "Octopus" en lettres noires. Je connais ce bateau. Renseignements pris, c'est bien l'ancien "Lejaby-Rasurel" avec lequel nous sommes arrivés en vainqueurs à New-Orléans, François Forestier, Charlie Capelle et moi, après un mois de course au départ de La Rochelle, en 1983 je crois.

Nous déambulons dans les rues d'Uturoa, capitale de Raiatea. Avant de quitter la Polynésie, je m'enquiers auprès d'un autochtone d'une boutique où acheter ces espèces de préservatifs isothermes dont on peut parer une canette de bière pour garder les bulles au frais. Le mec me dévisage un instant, avant de me lâcher laconiquement: "T'as besoin de ça ? Si elle se réchauffe, ta bière, c'est parce que tu ne la bois pas assez vite!". Ce n'est pas faux.

Nous projetons d'être en Nouvelle-Calédonie dans trois mois, ce qui nous force à accélérer un peu notre rythme de croisière, au détriment de Raiatea, que nous quittons un peu rapidement, afin de consacrer un peu de temps à sa voisine, Tahaa, hébergée par le même lagon.

Je prends la décision inhabituelle de parcourir à la voile la dizaine de milles qui doit nous mener à Tahaa avec lenteur. C'est un peu dommage de ne pas profiter de ce bon alizé, mais je crois plus prudent de déplacer les vingt tonnes de Catafjord sous génois seul dans le

---

[50] Bourgnon

labyrinthe du lagon. Nous nous trainons tranquilou à quatre nœuds, longeant la côte au vent de Raiatea, à l'abri de la barrière de corail: eau turquoise à notre droite, côte verdoyante parsemée de maisonnettes colorées sur l'autre bord. Ainsi, nous arrivons pour le déjeuner à la pointe Toamaro, où un corps-mort tout neuf nous tend sa bouée jaune. Très bel endroit, abri efficace, il y a même un bistrot équipé d'un wharf pour le dinghy. Voilà un décor qui nous convient. Le tavernier, c'est Richards, un américain tropicalisé par quarante ans de séjour en Polynésie. Amateur de catamarans, il a été l'heureux propriétaire de deux voiliers sur plans de l'architecte australien Lock Crowther, celui qui a conçu Catafjord. Richards a récemment mis en place le corps-mort qui nous tient en laisse, lequel est mis à disposition gratuitement pour ses clients. Autrement dit, boire un coup au Taravana, c'est quasiment une obligation! Dans ce cas...

Les îles sous le vent ont une particularité plaisante: elles sont souvent pourvues d'une adorable route côtière sur laquelle il est délicieux de cheminer à bicyclette, car il n'y a pas de dénivelé, à l'exception de quelques satanés raidillons. Le paysage typique, en balade côtière, c'est lagon d'un coté et cocotiers, bananiers, hibiscus, pandanus, ou toute cette sorte de merveilles botaniques tropicales de l'autre.

Tahaa ne fait pas exception, et c'est un régal de nous rendre à vélo jusqu'au village de Haamene, blotti au fond de sa profonde baie. Un modeste marché artisanal nous offre l'opportunité de quelques emplettes à prix modérés; ce ne sont certes pas des tarifs brésiliens, mais pour ici, c'est plutôt raisonnable. Après une rapide visite à la fondation Hibiscus, qui "sauve" des tortues en les rachetant aux pêcheurs, un frugal repas en terrasse, à l'ombre, au voisinage de convives locaux, nous fournit le tonus nécessaire pour attaquer les quinze kilomètres du retour.

Bonne surprise. Notre pote Bruno se pointe dans le mouillage, à bord de Maloya, accompagné de Sylvie et de leurs trois filles. Bruno nous présente un de ses amis, le gars Louis, un type bien intéressant. Installé avec Beloune, sa compagne, dans le joli faré en bambous qu'ils ont construits au bord de la plage il y a déjà quelques décennies, Louis s'est engagé dans la construction de son deuxième catamaran de croisière en bois-époxy. Sa maquette donne une bonne idée de son futur canote, que je trouve bien conçu. Seize mètres cinquante tout de même! Louis n'est plus très jeune, mais encore bien vaillant. Venant à son tour visiter (et admirer) Catafjord, il est accompagné de Jean-Yvon, un breton que nous avons connu lorsque je travaillais chez Métalu, à Saint-Brévin les Pins! Le monde est minuscule décidemment.

Nouvelle virée en vélo, mais dans l'autre direction cette fois. Quand je vous parlais de raidillons! Il est copieux celui-là. Essoufflés en poussant les vélos! Sur le bord de la route, gît au sol un papayer brisé, ses fruits encore agglutinés aux branches. Pour le coup, nous nous autorisons un modeste prélèvement. Conclusion : deux papayes pas payées, pour Papa qu'est pas à pied…

Au revoir Taha

Sous génois seul, une fois encore, nous atteignons en fin de journée le mythique lagon de Bora-Bora. L'ancre plonge dans sept mètres d'eau limpide, sur fond de sable. Devant, c'est motu Topua, couvert de végétation. L'éventail des verts à l'heure de la belle lumière ferait râler de jalousie un nuancier RAL et laisserait pantois un nuancier Pantone, c'est vous dire ! Derrière, c'est le Sunset à touristes… Celui des dépliants d'agences de voyage. On ne s'en lasse pas. En arrière-plan, le mont Ote Manu dresse ses flèches volcaniques vers la voûte bleue parsemée de cumulus chétifs. Plusieurs va'as colorés, à l'entrainement, distraient le plan d'eau calme du lagon.

Quelques tours d'hélices, et nous voici au fond de la baie de Povai, toute proche de l'agglomération principale de Bora. L'après-midi s'avance. Revenant à pied de Vaitapu, nous avisons un jeune gars dont les bras trainent jusqu'au sol sous le poids de deux bidons de trente litres d'eau. Il est suivi d'un gamin au sourire d'Enzo. Je lui lance en matière de plaisanterie:

-"Ah, c'est toi le gars qui remplit la mer!" Il pose ses bidons:

-"Pas du tout, c'est de l'eau douce. J'habite sur le motu en face et je viens tous les jours chercher de l'eau ici, car il n'y en a pas sur le motu". Cette jovialité latente des Polynésiens m'enchante toujours. Il entreprend de nous raconter sa vie.

-"Nous avons eu un garçon, alors il lui fallait un petit frère et donc on a fait un deuxième garçon. Puis ma femme a dit:

-"Ce serait bien aussi une fille". Alors on a fait une fille. Puis elle a dit:

-"Il lui faut une sœur à elle aussi"... Alors on a remis ça. Sauf que ça a été un troisième garçon! Alors ils ont insisté, et ça a été une fille. Commentaire du gars :

-"Bon, ben, cinq, c'est bien... Mais faut les nourrir! C'est du boulot! Heureusement, ici, on a tout: fruits et légumes poussent en abondance, quelques poules, plein de poissons dans le lagon, faut juste pas être fainéant!" Belle philosophie, non?

Cinq minutes auparavant, de l'autre côté de la rue, deux gars discutaient, un fagot de bananes posé à leurs pieds. Malou les interpelle :

-"Combien tu les vends tes bananes?".

-"Elles ne sont pas à vendre... T'en veux ?" et le gars lui en offre une vingtaine, comme ça, juste pour faire plaisir, sans aucune contrepartie. Pourtant, combien de fois nous avons entendu dire que les gens de Bora ne sont pas sympas? C'est sot de colporter ce genre de ragot stupide. Des gens sympas, il y en a partout, et des tristes sires également. Et la proportion entre ces deux types de bipèdes me semble universellement respectée, à ce que j'ai pu en juger...

Ceci étant, Bora abrite aussi quelques empafés, comme celui qui, ce dimanche matin, nous a subtilisé le réservoir d'essence du dinghy pendant que nous étions tranquillement occupés à admirer le lagon depuis les hauteurs de la pointe Matira, au sud de l'île. C'est le deuxième qu'on nous pique depuis notre départ de métropole en 2007. Le premier, c'était à St Martin, aux Antilles, côté français...

Montée à pied par le chemin de terre qui mène "aux canons"... ça grimpe bien et le soleil tape fort. Deux "cacates[51]" d'excursions

---

[51] Véhicule à quatre roues motrices, initialement prévus pour circuler dans les campagnes, mais que beaucoup de citadins adoptent, pour aller acheter leur baguette

remplis de touristes nous dépassent, très étonnés de nous voir là, sans véhicule... Leurs chauffeurs malins se sont fait aménager, au tractopelle, des franchissements bidon, histoire de donner un peu de frisson à leur public.

Ça y est ! Nous voici au bout du chemin : la vue est magnifique depuis ce promontoire où trônent encore deux impressionnants canons de la dernière guerre.

Générosité des Polynésiens: le chauffeur d'un des véhicules propose de me donner sa belle-mère... Craignant de ne pas en être digne, je préfère décliner l'offre, après toutefois un centième de seconde de réflexion. C'était tout de même une belle proposition… ça fait couramment quatre-vingt-dix kilos une belle-mère ici! Sur le chemin du retour, un gars qui faisait sa petite pause partage avec moi son "bonbon": un genre d'herbe qui pousse plutôt bien par ici, car le climat y est propice, et qui permet de confectionner des cigarettes magiques.

Notre départ pour Maupiti

A connu quelques pas de valse-hésitation. Peut-être la réputation de sa passe y est-elle pour quelque chose. Toujours est-il qu'après avoir différé notre départ deux jours de suite, ce matin, j'étais debout avant que ne retentisse la sonnerie du réveil, pourtant réglé sur cinq heures trente. Peu après six heures, nous voguions plein ouest. Bora, enchâssée de nuages sur fond de ciel d'étain, s'éloigne, aussi sûrement que se rapproche Maupiti… Logique! La brise, modeste au départ, s'est peu à peu affirmée et c'est à l'approche d'un grain nerveux que nous ramassons la toile en vue d'embouquer la passe d'entrée. Etroite, très proche des brisants, et toujours parcourue d'un vigoureux courant sortant, on ne peut la franchir que par bonnes conditions météo car elle peut être très dangereuse. Aujourd'hui, ça va.

---

ou porter les morveux à l'école, faisant ainsi preuve d'un manque de civisme délicieux… mais, bon, c'est leur droit.

Les abords sont calamiteux, surtout dans l'Est. Cependant, dans l'ensemble, nous sommes chanceux et la remontée du chenal qui mène au village se fait sous un soleil radieux. Cette île, plutôt petite et isolée des autres, est moins influencée par le tourisme. Ses habitants y vivent de manière un peu plus authentique. Certains ramassent le coprah, d'autres cultivent manioc, pastèques, concombres… Les pêcheurs ne sont pas les plus malheureux. Déjà, ce sont des gars qui disposent d'un bateau. Ensuite, ils vont sur la mer, là où on est plutôt moins empoisonné qu'à terre par les casse-burne, et puis ils ramènent un peu de poisson, bien sûr...

Quelques pensions modestes abritent un maigre contingent de touristes. Nous assistons, en qualité d'invités, à l'office dominical au temple protestant. Les dames arborent leurs robes du dimanche et sont coiffées de somptueux chapeaux ou de couronnes de fleurs. Les plus coquines ont les deux… Les bijoux aussi sont de sortie. Portes et fenêtres ouvertes en grand, l'atmosphère dans l'église est légère et décontractée. Les enfants virevoltent comme des papillons… Peu bruyants. Les chants polyphoniques, entonnés avec ferveur par toute l'assemblée et accompagnés à l'orgue électronique, consacrent la véritable communion entre tous ces gens. Nous, on ne pige que dalle vu que tout est en tahitien, y compris le prêche-fleuve du pasteur...Mais ça ne fait rien, c'est émouvant et beau à entendre. A la sortie, un des lieutenants du patron nous retient pour un brin de causette et nous offre des colliers de fleurs de tiare qui sentent diablement bon.

Firmin raconte son île… Unique bien sûr, à ses yeux. Catherine et Pierre, le couple de vacanciers rencontrés hier en cheminant le long du rivage, nous ont rejoints, en vélo cette fois. Nous suivons ensemble notre guide municipal, avides de ses commentaires et explications. Firmin est le chauffeur du bus scolaire. Libre le mercredi et le vendredi aprèm, il donne gracieusement de son temps aux visiteurs pour découvrir le "caillou-cochon" qu'a l'air d'un cochon, le "caillou-conque" qui fait un son quand on souffle dedans, ou encore le "caillou-tambour" qui fait du bruit quand on tape avec sa main au bon endroit (sinon, il fait juste mal à la main et aucun bruit...). Plus loin, le très ancien marae Vaihau nous livre quelques-uns de ses souvenirs à travers les paroles de notre guide: quand les prêtres intronisaient un roi, ou procédaient à des cérémonies pour favoriser la pêche, par exemple... On y découvre les monstrueuses empreintes de pieds d'un supposé valeureux guerrier qui devait bien mesurer cinq mètres de haut, si l'on se réfère aux proportions de son siège de repos ou de ses traces de pas. Joignant l'utile à l'instructif, nous apprenons à casser une noix de coco en deux sans aucun outil, en s'aidant simplement d'un morceau de feuille de palmier.

Le lagon de Maupiti possède une particularité qui favorise singulièrement les promenades pédestres et aquatiques de surcroit. Plusieurs bancs de sable de grandes tailles sont recouverts de moins d'un mètre d'eau… Disons, jusqu'à lécher la bobolle inférieure à marée basse, et juste immerger l'autre à marée haute..., pour vous donner une idée. Entre autres, il en est un, sis dans l'ouest de l'île, qui permet de rejoindre à pied le motu d'en face. Eh bien voilà qui procure une excursion bien sympa pour un petit vendredi de fin d'été: une demi-heure de vélo pour contourner l'île, suivie de la "traversée" semi-immergé. Nous voici bientôt, goutant avec délectation la visite du motu, agrémentée de discussions avec les indigènes. Lucky, le cultivateur de pastèques, nous conte quelques anecdotes de la vie locale et nous désaltère de deux cocos cueillies à l'aide d'une grande perche à crochet.

En face, de l'autre côté du banc de sable, nous retrouvons la délicieuse plage Tereia et son petit snack ou l'on peut acquérir de somptueux sandwiches pour même pas deux euros… Exceptionnel en Polynésie. De retour au village de Vaiae, c'est dans la salle de réunion du conseil municipal que l'on peut s'attabler avec son ordinateur pour récupérer nos e-mails du jour.

Motu Tiapaa

Au sud, près de la passe, nous allons vivre, comme qui dirait, un petit dimanche aprèm à la campagne... Le tour du motu à pied nous donne à admirer l'étonnante dextérité de Blackie, le chien chasseur de poissons! Je l'ai affublé de ce nom à cause de son look de ramoneur. Quelle différence voyez-vous entre une hermine et un ramoneur?

L'hermine est toute blanche avec la queue noire, alors que le ramoneur, lui, est tout noir…, avec une grande échelle sur le dos. Blackie, de son côté, arbore une délicate touffe de poils blancs à l'extrémité de son appendice caudal, noir, comme tout le reste de son pelage. Profitant d'un banc de sable recouvert de pas beaucoup d'eau, ce sacré clébard y poursuit les poissons en une succession frénétique de petits bonds arrondis et comiques. On se dit en le voyant: "Y croit quand même pas qu'y va capturer un poisson ce bouffon". C'est vrai que toute cette agitation désordonnée semble bien peu efficace... Mais Blackie est opiniâtre. Il pourchasse toujours frénétiquement sa proie nageuse, tant est si bien qu'il finit par l'entrainer dans une zone caillouteuse de moindre profondeur dans laquelle son agilité s'accroit, tandis que s'amenuise celle de la bestiole à branchies…, laquelle finit par se prendre un coup de patte en travers des écailles. Blackie en profite alors pour lui administrer le coup de chicot fatal! Game over...

Comme n'importe quel animal ayant un minimum d'éducation, la raie Manta ressent le besoin d'une petite toilette de temps en temps... Ces croqueuses de plancton n'ont pas de langue et ne peuvent donc se lécher interminablement comme le font les félins... Dame nature a prévu pour elles des "stations de nettoyage", espaces sous-marins fréquentés par de petits labres-nettoyeurs, lesquels se nourrissent des parasites des autres. Ainsi, ce matin, le spectacle se déroule à trois coups de palmes de Catafjord. Une famille de raies Manta, entrées spécialement dans le lagon pour la toilette, évolue gracieusement dans cinq ou six mètres de fond en un somptueux ballet, impressionnantes avec leurs cornes céphaliques et cependant inoffensives. Leur nage est lente, souple, aérienne, décrivant de grands cercles ou réalisant un looping, comme pour dévoiler enfin la blancheur de leur ventre qui contraste tellement avec leur dos sombre. La patrouille de France au ralenti dans le grand bleu !

Depuis déjà plusieurs jours, nous sommes le seul bateau de voyage dans le lagon de Maupiti, lorsqu'un grand ketch noir se présente devant l'entrée de la passe. C'est "Fleur Australe", capitaine Philippe Poupon, un marin d'exception. Il mouille son ancre à quelques dizaines de mètres de Catafjord. Nous avions à peine entrevu le Philou des îles quelques minutes à Tahiti, sans avoir eu le temps de discuter vraiment, ni de lui présenter notre canote. Ici, à Maupiti, il nous fait le plaisir d'une visite et nous passons des moments bien sympas en sa compagnie, évoquant tour à tour le bon vieux temps des "Fleury Michon" et les projets de navigations futures.

Mopélia

Nous venons de passer la nuit idéale en mer: faiblement agitée par un gentil alizé œuvrant comme un ventilateur céleste réglé sur dix à quinze nœuds... N'ayant que cent milles à parcourir, il ne fallait pas dépasser cinq nœuds de moyenne pour arriver au petit matin devant la passe de Mopélia.

Sous génois seul, nous parvenons dans le Nord de l'île à neuf heures. Par chance, nous croisons un copain qui vient juste de sortir. Il nous refile quelques tuyaux pour aborder cette passe peu commune et très dangereuse pour une embarcation de notre taille. Déjà, les cartes sont fausses d'un bon quart de mille ! Et puis on ne voit qu'au dernier moment les deux misérables petites balises qui jalonnent l'entrée. Par contre, les remous causés par les quatre à cinq nœuds de courant sortant se repèrent aisément, s'avançant à plus d'un mille à l'extérieur. Nous sommes sous le vent de l'atoll aussi ça ne déferle pas aux abords de cet passe très étroite.

Les deux moteurs à mi-régime, en serrant bien les miches, ça passe tranquillos. Heureusement, car la longueur de Catafjord excède la largeur de cette passe et il est donc strictement impossible d'y faire demi-tour, ou même simplement de se mettre en travers. A l'intérieur, c'est la belle récompense! Ambiance Tuamotu un peu. C'est sauvage, serein comme l'oiseau..., poissonneux, magnifique. Catafjord slalome entre les patates de corail, seul bateau dans le lagon. L'ancre tombe devant les vestiges désolés de l'ancien village.

Notre balade à pied, le long de la grève, n'occasionne aucune rencontre humaine. Pourtant, nous entendons un coq. Un ermite peut-être... Un cocker-mite…, ça existe ça ?

Déplacement du camp de base vers le Sud de motu Maupihaa, principalement pour y faire connaissance avec les rares résidents : une seule famille de neuf personnes. Ils se déclarent propriétaires du motu et même de tout l'atoll! L'atmosphère est un poil lourdingue, sans doute à cause de la présence de ces maisons et exploitations abandonnées dans une manifeste précipitation, et qui laissent deviner des évènements passés probablement pas très cool. Pour l'heure, quelques belles langoustes font l'objet d'un troc contre de menus services, avant de s'élancer, vivantes dans le court-bouillon.

Taituanui, le sympathique gamin de neuf ans, passe l'après-midi avec nous et fait le guide..., et aussi un peu le clown. Il a soif d'apprendre mais ne va pas à l'école. Il n'y en a pas ici. Sûrement pas une bonne chose pour lui. Il sera pêcheur, affirme-t-il...

Après tous ces mois d'un exotisme teinté de modernité, notre dernière escale en Polynésie française nous ramène au mode Robinson. Chasser au fusil sous-marin dans les patates de corail, inquiet de se faire piquer les prises par un requin, cueillir des huitres grosses comme des assiettes avec, en tête, trois objectifs, pas moins: bouffer la petite partie comestible qu'on dirait de la coquille St Jacques, récupérer la nacre pour fabriquer des trucs sympas et, bien sûr, trouver une perle, ou tout au moins un keshi, petit bloc de nacre de forme quelconque que l'huitre a fabriqué pour emmerder le perliculteur.

De retour à bord, le décorticage de nos prises attire une flopée de rémoras, bientôt accompagnés par trois requins qui n'hésitent pas à s'approcher tout près.

Fin de la période Polynésienne

Et voilà! La passe vient d'être franchie, en sens inverse, comme qui rigole grâce à des conditions idéales. Mopélia est à présent dans le sillage. Cap au 249, direction Aitutaki, sous génois et gennaker[52] en

---

[52] Voile de portant, un peu plus grande qu'un génois

ciseaux. Mon tangon en bambou/verre/carbone/époxy fait merveille. C'est… peinard! Et puis, maintenant qu'on sort de la Polynésie française, nous allons pouvoir détruire les scellés posés par les douaniers félons rencontrés aux Marquises il y a bientôt un an. Que trouverons-nous à l'intérieur de ce coffre qui s'était refermé sur 36 litres de vin et 4 litres de rhum? Je crois qu'on va y trouver que dalle…, à cause qu'il communique avec notre placard à vêtements par un ancien trou de haut-parleur et que, depuis un an, il a reçu moult fois la visite d'un mystérieux bras sans soif, fouinassant là-dedans à tâtons avec la grâce et l'habileté de l'inséminateur consciencieux, à cette différence près que l'un dépose, alors que l'autre soutire... Avec le sourire. Bref, c'est pas les comiques encostumés qui nous ont empêchés de pitancher notre réserve et donc, à présent, y en n'a plus ! Vide! Des scellés sur un coffre vide... Quelle poilade!

Les habitants de Mopélia nous ont laissé un souvenir assez mitigé. Déjà, plusieurs personnes de Maupiti nous en avaient parlé en termes peu amènes. Il aurait même été déposé une plainte. Nous ne connaissons pas l'origine de leur mésentente, cependant, l'attitude des "Mopélia" nous a semblé un brin singulière. L'un d'eux s'autoproclame "roi de Mopélia" et tous clament haut et fort que cette île leur appartient et qu'ils n'autorisent aucun "Maupiti" à y venir! Seuls les "popas"[53] sont bienvenus, car ils apportent du tabac, des fruits, et achètent des langoustes. La visite de l'île en compagnie du jeune Taituanui nous a mis sous les yeux nombre de signes d'un abandon précipité de demeures et d'installations récentes (séchoirs à coprah en particulier). La famille "Mopélia" vit dans des conditions d'hygiène très discutables, au milieu des cochons, de la volaille, des mares d'eaux usées stagnantes et, bien sûr, d'un escadron de mouches et moustiques... Au delà de la beauté et de la sérénité générale du lieu, nous avons ressenti un peu de malaise avec ces gens (excepté Tetuanui qui est un gamin super). Pour l'heure, la page est tournée, et nous revoilà en mer pour plusieurs jours.

---

[53] Français de métropole

Pour 3 jours, en fait

Ce qui peut sembler un peu longuet pour avancer de 350 nautiques, mais quelle croisière de rêve! Le ciel et l'océan semblent s'être associés au vent pour nous donner envie de ne plus toucher terre. Du petit temps, une vitesse faible, mais un grand confort!

Aitutaki fait partie de l'archipel des Cook, un groupe de quinze îles réparties sur un espace d'un million et demi de kilomètres carrés Arrivés sous son vent, au petit jour, nous sommes contraints de mouiller à l'extérieur du lagon car la passe est vraiment très étroite. De plus, les autorités, qui voient peu de bateaux de passage, sont en ouikène et il est interdit de se pointer dans le port minuscule avant d'avoir accompli toutes les formalités, ce qui ne pourrait se faire que lundi. Nous nous contenterons donc d'une rapide visite du village qui nous permettra tout de même d'apprécier le contraste avec la Polynésie française: ici, les pluies d'euros ont été moins diluviennes que là, ça saute tout de suite aux yeux.

LES ILES TONGA

Vava'u

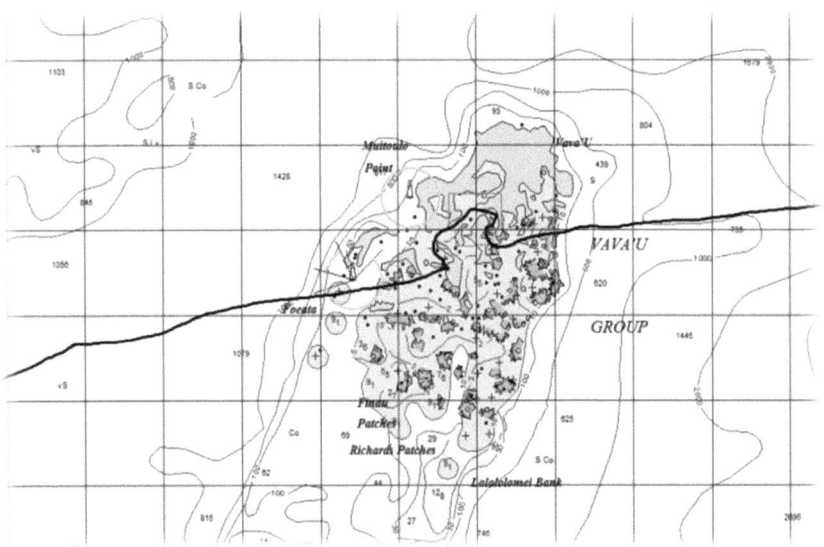

Confortablement installé dans la timonerie pour mon long quart de nuit, je savoure les plaisirs simples qu'apporte cette paisible fin de traversée. Demain, si Dieu le veut, nous arriverons à Vava'u, groupe nord des îles Tonga. Agréable contraste avec ces derniers jours. Car cette traversée nous aura apporté son lot de vicissitudes, comme pour nous rappeler que la mer, si elle veut, elle est amère (mais pas "en short"). Ça n'a pas été de tout repos, loin s'en faut, et nous avons renoué avec un intéressant assortiment d'emmerdes diverses et variées. Genre, un moteur qui s'arrête, filtre colmaté par du gas-oil pollué.

Toujours festif d'intervenir en mer sur un circuit de gas-oil. Question météo aussi nous avons été gâtés. Du petit huit nœuds de vent dans le pif, trop faible pour progresser à la voile, mais suffisant pour bien freiner le canote qui avance déjà péniblement dans la mer chaotique laissée par l'énorme zone orageuse agrémentée de grains à trente nœuds… Jusqu'à ces vingt nœuds établis au nord-ouest dans lesquels il faut bien louvoyer…, en passant par le déjà plus sympathique petit temps de l'arrière qui pousse le canote à un modeste quatre nœuds. Au chapitre des petits soucis qui pourrissent un peu la vie du vagabond des îles, la rupture du lazy-jack dans un méchant grain que j'avais imprudemment salué pas assez bas, en ne réduisant que le génois. Au mépris du vieux dicton marin absolument primordial : "Si tu veux vivre vieux marin, arrondis les pointes et salue les grains".[54] Obligé de monter dans le mât, hissé par Malou actionnant sa manivelle de winch énergiquement, pour me permettre de récupérer le bout volage. Bon, bref, y a des fois ce n'est pas que des vacances.

Nous venons d'expérimenter avec succès un nouveau système de veille nocturne. Adeptes de la vieille école, nous ne laissons jamais le bateau avancer seul, en aveugle. Ainsi, toutes les deux heures et demie, l'un de nous prend son quart, libérant l'autre de cette charge. La nuit, c'est dur! M'inspirant des façons de faire des coureurs solitaires qui, soit dit en passant, sont tous hors-la-loi car le règlement international pour prévenir les abordages en mer stipule clairement que l'on doit assurer une veille permanente... M'inspirant, disais-je, de ces intrépides navigateurs (que j'admire), j'équipai la timonerie de Catafjord d'un hamac disposé de manière telle que, lorsque je suis allongé dedans, je peux voir mes instruments de navigation et l'horizon rien qu'en tournant la tête. Avec mes cervicales à peu près aussi arthrosées que ma hanche, c'est un calvaire à chaque fois, mais bon, on ne rajeunit pas. Ainsi, armé de ma minuterie de cuisine que je fais tinter toutes les dix à quinze minutes[55], j'assure un quart qui débute à

---

[54] Il me vient la « chair de poule » en l'écrivant.

[55] C'est le temps nécessaire pour se trouver nez-à-nez avec un navire qui était juste sous l'horizon, donc pas encore visible.

vingt-deux heures pour s'achever à quatre heures, offrant ainsi à Malou un repos de six heures d'affilées, cependant que je veille tout en me reposant quand même un peu. Les premiers résultats sont encourageants.

Dimanche 17 avril, presque midi. L'atterrissage sur le nord de Vava'u constitue une belle récompense pour nos efforts. Ces falaises sauvages, rougies par le fer à dix sous contenu dans la roche, peuchère, cette côte émaillée de petites plages d'or et truffée de grottes, c'est beau comme la Bretagne, les cocotiers en sus (comme disait le jeune marié).

Neiafu

L'accueil des autorités est plutôt cool. Le douanier nous met la nouvelle réserve de pinard sous séquestre, et s'en fait offrir deux échantillons. Mais, bon, c'est le tarif..., plus une autre pour son collègue de l'immigration..., et toujours avec le sourire. L'archipel des Tonga comporte plus de cent soixante îles coralliennes et volcaniques dont trente-six sont habitées. Nous avons choisi de séjourner deux semaines dans le groupe du nord, dont le labyrinthe d'îlots et de récifs offre un somptueux bassin de croisière. La petite ville de Neiafu possède un marché artisanal particulièrement agréable. L'ambiance y est décontractée et on trouve de très jolies créations à des prix abordables, essentiellement à base de fibres de coco, feuilles de pandanus, bois, nacre, noix de coco et rostres d'animaux marins.

La folle soirée passée hier à l'"Aquarium café" nous a donné l'occasion de tester la cuisine locale, et le kava. Le petit spectacle de danses traditionnelles était délicieux, avec, en vedette, la nièce du patron, la fille du patron, la femme du patron et..., deux jolies serveuses, polyvalentes... La sono est tombée en rideau au beau milieu d'une danse, mais les musicos locaux ont vite pris le relais et ainsi sauvé le spectacle. Avec tout ça, nous étions de retour chez nous à 20h30! Une tisane et au lit à 21 heures! Délirant !

Ascension du mont Talau

Le plus haut sommet de Vava'u, soit 109 mètres de haut! La petite balade du samedi, comme qui dirait. La partie finale du chemin est un peu acrobatique tout de même, avec grimpette forestière sur son lit de cailloux sertis dans la gadoue. Grâce aux cordages tendus entre les arbres, même un arthrosé-lourd en phase terminale peut accéder au sommet! Là-haut, le point de vue sur la rade, la ville de Neiafu et les nombreux îlots et atolls environnants justifie l'effort consenti pour se hisser jusque là. Sur le trajet pour nous rendre au Mont Talau, la traversée d'un quartier populaire nous confirme, s'il en était besoin, la pauvreté générale des Tonga. On ne parlera pas de misère, mais nous sommes bien loin de l'opulence: les maisons sont délabrées. Nos yeux rencontrent souvent de la tôle rouillée et nombre de bagnoles sont gravement déguenillées. Les gens sont très pieux ici. Le dimanche, tout est fermé et il est strictement interdit, non seulement de travailler, mais également de bricoler ou de faire du sport. On ne doit s'occuper que du p'tit Jésus, et pis c'est tout!

Jour de Pâques. Nous quittons Neiafu dès le début de journée pour aller robinsonner dans les îles avoisinantes. La baie dite "port Maurelle" s'avère parfaite pour ça. Y cheminant sur la plage pour se dégourdir les guibolles en fin d'après-midi, nous sommes conviés à nous joindre à un groupe d'une dizaine de Tongans, venus ici faire une petite teuf pour l'anniversaire de l'un d'eux. On boit des coups en mangeant de la viande grillée, groupés autour du feu de bois, jusque bien après la nuit tombée. Les moustiques aussi se régalent. Puis chacun retrouve son embarcation pour rejoindre ses pénates, à l'exception d'un couple qui reste passer toute la nuit sur la plage..., étonnant!

Depuis quelques temps, Malou a conçu une véritable passion pour le snorkeling. Ainsi, dès que le contexte le permet, ce qui est le cas ici en ce moment, munie de son ensemble palmes-masque-tuba, elle passe des heures à observer les merveilles sous-marines qui la captivent. Au retour, à peine rincée, elle se rue sur ses bouquins de poissons et coquillages pour identifier formellement telle ou telle espèce, dont elle a repéré un spécimen, faisant montre d'une étonnante mémoire visuelle. Dans la journée, je l'accompagne fréquemment pour ces aquatiques randonnées. Mais quand elle se met à l'eau vers dix-sept heures, alors que le soleil déclinant à déjà enclenché le mode "belle lumière", alors j'opte plutôt pour rester à bord assurer une veille visuelle, avec une petite mousse dans l'autre main...

Décidemment, ces îles Tonga regorgent de charmes divers, même en automne. Déjà, les gens y sont d'une brave gentillesse, toujours courtois et souriants. Puis, pour la croisière en bateau, de nombreux mouillages, peu éloignés les uns des autres, offrent à la fois des abris corrects, des sites de snorkeling sympathiques, comprenant corail et poissons multicolores et, enfin, des cadres féeriques, idéalement situés pour savourer de fantastiques couchers de soleil. La nourriture n'est pas chère et le marché artisanal de Neiafu est très agréable. Cependant, le programme des semaines à venir est un peu chargé et nous autorise peu de liberté question planning. Bref, la procédure de sortie est engagée et, demain ou après-demain, nous mettrons le cap sur les îles Fidji. Plaise au ciel que nous les atteignions sans encombre...

Les Fidji

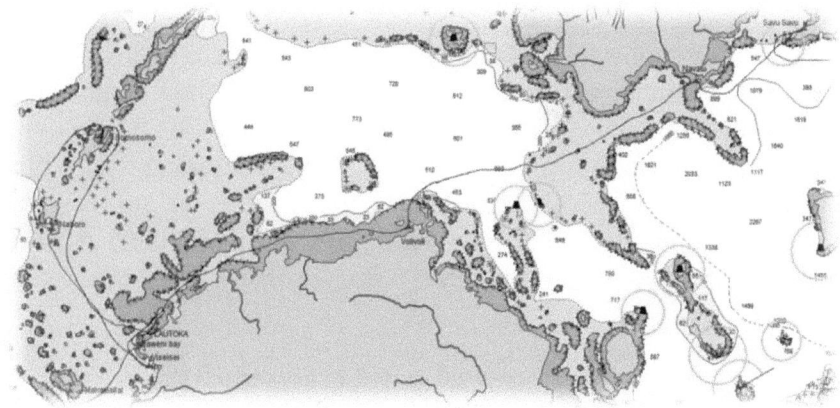

Savusavu

Atterrissant sur la baie qui abrite la petite ville de Savusavu, notre première escale fidjienne, un troupeau de globicéphales croise notre route, avec cette majesté un peu indolente caractéristique des grands mammifères marins. Voici plus de trois jours que nous avons quitté Vava'u, établissant un nouveau record de lenteur. Il faut dire que nous sommes un peu tôt en saison et donc l'alizé est loin d'être établi. Heureusement, nos deux braves moteurs diesel répondent souvent "présent", pour sauver un peu la moyenne. Mettre en œuvre une stratégie permettant d'arriver dans les heures ouvrables s'avère plutôt payant. Il est absolument interdit de faire quoi que ce soit avant d'avoir accompli toutes les formalités, c'est-à-dire la santé, la quarantaine, la douane et l'immigration. L'"overtime" constitue pour l'état fidjien une source de revenus non négligeable, car les pénalités sont abondantes et élevées. Le top c'est de pointer ses étraves pas plus tard que quinze heures. C'est pile poil ce que nous faisons. Ainsi il reste encore une bonne heure avant la limite, ce qui est suffisant pour recevoir les clampins concernés, mais c'est aussi suffisamment peu pour leur donner envie de s'activer un peu (activation relative...) de manière à rentrer chez eux à l'heure. Tout un art! Le mauvais plan, c'est d'arriver un samedi à 17 heures, par exemple... Gare à l'addition. Sinon, les formalités en elles-mêmes sont un modèle du genre. Pas besoin de se déplacer par ses propres moyens de bureau en bureau comme au Costa Rica, pour s'y faire emmerder par des fonctionnaires revêches... Ici, rien de tout ça. Les costumés viennent à bord avec leur barque et parviennent à remplir en…, disons une heure et demie, la douzaine de formulaires incontournables. Les quatre officiers, des femmes en l'occurrence, plus leur pilote d'annexe (ouh là là les manœuvres d'annexes…, on aurait dit un film de Chaplin...) opèrent avec une grande courtoisie et même une franche bonhommie, ce qui n'est pas forcément si courant que ça dans leur profession. On vient à peine d'arriver et déjà j'ai envie de dire : les formalités fidjiennes, une expérience à vivre!

Les sources chaudes constituent une attraction majeure. Tout à fait dans le style de ce que nous avions connu aux Açores au début du voyage, en 2007. Une *pauv'* pancarte en bois d'arbre incite le visiteur à se rendre à une espèce de placette, où sont délimitées par des pierres peintes en blanc les zones "piétonnables", en dehors desquelles sourdent du sol des filets d'eau brûlante ou de la vapeur. D'où l'intérêt du marquage, qui aide à éviter de se retrouver en dix minutes avec des pieds mijotés, alors qu'on tape la discute tranquilou sans se méfier... Les voisins envoient ici leurs mômes déposer les légumes dans des sacs de toile pour que ça cuise dans les flaques. Devant le mouillage également, le long de la grève, des fumerolles trahissent, par endroit, la présence de cette étonnante et légèrement inquiétante activité sous-terraine.

La petite ville de Savusavu s'étire en longueur le long du rivage, au fond d'une baie bien abritée. Une petite île, posée juste devant, donne à ce lieu l'allure d'un estuaire. La rue principale est, comme souvent, bordée de nombreux magasins et échoppes de toutes natures et de tailles diverses. Ça grouille d'une populace paisible au sourire facile, dont la majeure partie est de type hindou ("mais j'ai aussi vu un dur ", comme l'aurait sûrement souligné le regretté Pierre Dac, avec qui je le suis volontiers...). Les hommes cachent leurs jambes sous un sarong. La coutume veut, ici, que l'on n'exhibe ni les genoux ni les épaules. Jusqu'aux policiers qui portent, eux aussi, le sarong: un modèle bleu marine terminé dans le bas par un frangeage triangulaire qui, pour moi, inhibe en partie l'habituelle crainte qu'inspire l'uniforme.

Le yacht club de la marina "Copra shed" organise chaque vendredi soir un barbecu dont les bénéfices vont à l'école de voile locale. Ainsi, on peut écluser quelques mousses entre copains tout en faisant sa B.A. C'est chouette! Nous y retrouvons avec joie Nélie et son mari, un couple de Serbes rencontrés à Curaçao il y a deux ans. Ils sont les premiers "yachties" serbes engagés dans une croisière autour du monde. Leur canote est un bon vieux "Gin fizz" Jeanneau de 32 ans! Ah, ces Herbretais, ce n'est pas d'hier qu'ils savent construire de bons bateaux.

Les cartes marines de par ici sont toujours plus ou moins fausses! Ce qui est fâcheux car le coin est truffé de dangers à base de récifs coralliens épars et aussi de blocs de pierre volcanique. Bref, c'est miné et pas trop balisé (comme dit mon ami Nicolas: "Moins c'est balisé, plus on balise"... Il est balaise, hein, mon copain). Aussi, un des moyens de se balader là-dedans en minimisant les risques, c'est de se procurer les fichiers traces des canotes passés par là avant nous. Nélie nous en a fourni une brochette que Malou est en train de décortiquer, cependant que je suis pleinement occupé à l'apéro, avec un œil sur l'écran de l'ordi pour dire si ça m'intéresse ou pas...

Changement d'île

Vanua Levu s'estompe dans le sillage au même rythme que se précise Viti Levu, la grande île du sud, métamorphosant heure après heure une vague silhouette en un superbe paysage verdoyant de ces nombreux verts qui, malgré leurs différences, sont tous quand même plus ou moins la couleur de l'espérance. Peu de vent. Les diesels se relaient pour soutenir les six nœuds indispensables à une arrivée avant que le soleil ne se lance dans son débrayage quotidien. Il est quatre heures de l'après-midi lorsque l'ancre tombe au fond d'une baie ravissante et tranquille, tout à fait accueillante pour une nuit de repos.

Catafjord est content aujourd'hui. On lui a offert un peu de vent, bien placé, comme il aime, par le travers. Alors il cavale ses neuf nœuds et on peut sentir nettement que ça lui convient mieux que les cinq-six nœuds de ces dernières semaines... Ainsi nous atteignons Waya, vingt-cinq milles à l'ouest, en milieu de journée. Malou est ravie. Les fonds coralliens sont magnifiques et habités par des escadrons de poissons bariolés. Ça nous change des eaux troubles des derniers jours. Le mouillage bien protégé est tout de même un peu ventilé, ce qui permet à l'éolienne de faire son boulot. Un hameau, tout proche, sera à visiter demain. L'affaire se présente bien.

Sauf que le radiotéléphone Iridium contient un message de nos amis Pascale et Nicolas, nous expliquant que "Badinguet", leur canote, est assez impatient de nous retrouver, une vingtaine de milles plus au nord... Comment refuser. Et c'est comme ça que la matinée de lundi se passe à tirer des bords entre les récifs pour venir mouiller en début d'après-midi à Somosomo, ravissante baie au nord de Naviti. Retrouvailles chaleureuses avec les "Badinguet" quittés en septembre dernier à Tahiti. Nous débarquons sur la plage, afin de présenter comme il se doit nos civilités à la doyenne/cheffe, en lui offrant le traditionnel bouquet de racines de kava. Elle nous reçoit pour le "sevusevu", qui est la cérémonie par laquelle l'autorité suprême du village est présentée aux visiteurs, accepte leurs cadeaux et leur donne l'autorisation de circuler dans le village et de prendre des photos. Nous sommes alors conviés à boire le kava, assis en tailleur autour de la bassine, sur une natte de pandanus. Quelqu'un touille à l'aide des "bilo", récipients faits d'une demi-noix de coco. On frappe une fois dans les mains quand le gars nous présente un bilo, on boit tout le contenu d'un seul trait et on restitue le bocal vide avant de frapper trois fois dans ses mains. C'est la coutume. Je trouve ce rituel étrangement ressemblant avec la fête de la "chicha fuerte" chez les indiens du Kuna Yala, qui sont pourtant vachement éloignés...

A part ça, le "kava", à mon goût, ça ne donne pas une envie folle de se lever la nuit pour en reboire un ptit coup…On se demande si les gars n'ont pas foulé les fruits aux pieds dans le but premier de se les laver… Et, ensuite, plutôt que de jeter, alors on fait le kava.

Mauvaise nuit à Lautoka

La nuit précédente, passée dans la baie de Somosomo avec le vent face à la plage et le clapot correspondant, n'avait pas été la plus sereine qu'on ait connue. Mais bon! La journée suivante fût agréable et bien remplie. Une belle navigation avec de nombreuses manœuvres de voiles entre les reefs, terminée par un run à dix nœuds après avoir dépassé un bateau ami sous le vent d'une île très jolie dont je n'ai pas noté le nom et, de toute façon, tout le monde s'en cogne... donc... En une heure, ils étaient devenus un petit point sur l'horizon et nous arrivions devant Lautoka pour mouiller face au décor ingrat, mais toujours cher à ma mémoire, du port de commerce. Depuis l'époque de mes 17/19 ans, lorsque je naviguais à bord de cargos, confiné dans des salles de machines bruyantes et crasseuses, j'ai toujours gardé une tendresse particulière pour ces paysages de docks et de grues (de manutention, je veux dire...), qui caractérisent l'environnement "marine marchande".

Arrivés en début d'après-midi grâce à cette navigation rondement menée, nous avions suffisamment de temps pour rendre une petite visite au douanier, et une autre, plus conséquente, au supermarché à dessein de remplir le frigo. Cette bonne journée avait été conclue par l'apéro, en duo avec Madame, suivi d'un bon film pas très récent mais tellement regardable: "Cinéma Paradiso" avec Philippe Noiret… un régal.

Au moment de filer dans les draps, le ciel chargé d'éclairs et les grondements du tonnerre ne présagent rien de bien engageant pour la nuit, mais bon, c'est la vie. Ça ne peut pas être tout le temps voûte étoilée, sinon on oublierait d'apprécier. Minuit. La pluie martèle le pont avec fracas depuis un bon moment, m'empêchant d'entendre si le vent augmente ou pas. D'ailleurs, au début, pendant même un assez long moment, il reste stable. Ma vigilance somnole... Et là, pan sur le pif: un putain de grain orageux, avec vent furieux qui a changé de direction, se déchaine contre Catafjord et fait déraper son ancre. Le canote fout le camp, livré à lui-même, remorquant les soixante mètres de chaine avec l'ancre au bout. Je sors. Beaucoup de liquide, peu d'air. A ma droite, une voix féminine hurle à s'en faire péter les ficelles vocales (pas de corde sur un bateau, excepté celle de la cloche): c'est la voisine, dont nous abordons le bateau sans véritable heurt… Disons qu'on le pousse du coude… La pluie diluvienne, animée par quarante nœuds de vent, m'a trempé jusqu'aux os en une poignée de secondes et je ne vois plus rien à travers mes lunettes dégoulinantes. Je suis transi. Montant en hâte dans la timonerie, je démarre les deux moteurs et les embraye en avant lente pour étaler le vent et éviter d'aller nous vautrer sur le plateau de corail en y entrainant les voisins, dont la Madame qui braille toujours. Malou est à l'avant et parlemente avec eux. Ca dure, ça dure, ça dure… Puis ça se calme un peu et nous remontons notre chaine mètre après mètre jusqu'à arriver "à pic". Et là… stop! L'ancre est engagée dans une patate de corail et ne veut pas bouger. Après encore une bonne demi-heure de manœuvres, Malou au guindeau et moi aux moteurs, l'ancre est enfin à bord, parée à reprendre du service une centaine de mètres plus loin. Nous filons soixante-dix mètres cette fois! Il est une heure du matin. Il pleut toujours, mais le vent s'est calmé. Etant encore bien sous pression, nous mettons du temps à trouver le sommeil. Courte nuit. Au jour, après le p'tit déj, une visite de courtoisie aux voisins avère des dégâts très modestes et tout se règle amicalement et promptement. N'empêche, mal dormi et une petite trouille de se retrouver sur le platier, avec des crabes poilus des pattes pour voisins!

Vendredi

Afin d'éviter encore l'onéreux "over time", nous faisons aujourd'hui notre sortie officielle auprès des autorités. Départ prévu à 14 heures! Selon les lois fidjiennes, on doit quitter le pays sans délai, sitôt tamponnée la clearance de sortie, avec interdiction formelle de faire escale avant notre prochaine destination, c'est-à-dire Nouméa… Pas cool. D'autant que la météo n'incite pas à partir: mer forte et vent pas peinard non plus! Tout à coup, clic, une idée géniale. On va se mettre hors la loi en faisant une escale dans la délicieuse île de Malolo.

Plusieurs autres canotes en partance ont fait comme nous, dont nos potes les "Badinguet". Avec ça, on peut encore se faire une petite bouffe ensemble. C'est toujours ça que les Fidjiens n'auront pas. De plus, c'est très commode de venir là, car c'est sur le chemin de la sortie et le mouillage est confortable. Un lieu idéal pour attendre une petite clémence de la part des éléments.

Nous quittons le havre de Malolo dimanche matin de bonne heure. La passe est franchie vers neuf heures, et derrière c'est directement le contact avec la rude réalité: mer forte à très forte, creux de cinq mètres, vagues déferlantes et le vent établi à plus de 25 nœuds, en atteignant 35 dans les surventes! Pas du tout confortable.

Après deux jours de shaker, la mer devient plus maniable et le vent descend en dessous de 20 nœuds. Catafjord se dandine au vent arrière sous grand-voile encore arisée et génois en ciseaux. Il nous reste encore deux cent quarante milles à parcourir avant la passe de Havannah qui marque l'entrée sud-est de Grande Terre en Nouvelle-Calédonie. Demain soir, peut-être...

Durant les longues heures de méditation qu'offre la navigation hauturière, je me prends à divaguer sur le thème "Histoire de France". Pourquoi pas? Et voici qu'il m'apparait une explication beaucoup plus rationnelle que celle qu'on a voulu me faire gober dans mon enfance concernant cette pauvre Jeanne d'arc, la pucelle d'Orléans, comme y disaient... Non que j'aie jamais douté de sa virginité et, d'ailleurs, comment l'aurais-je pu, puisque les Anglais nous en ont administré une preuve formelle lors de la coupable opération de crémation verticale à laquelle ils se sont abaissés. Tout le monde l'a alors constaté: il n'y avait pas de tirage... Si ça c'est pas une preuve qu'elle avait bien préservé sa petite opercule de fraicheur. Non, c'est l'origine même de cette surprenante virginité tardive qui a motivé mes agitations cérébrales, avec, pour aboutissement, la conclusion que voici: à mon avis, cette brave fille avait bel et bien un compagnon, tout ce qu'il y a de plus standard comme gars, affublé du gentil prénom de "Léon", et qui aspirait comme tout un chacun à un minimum de "consommation". Sauf que, chaque fois qu'il faisait mine de s'approcher du jouet à la faveur de l'obscurité et de la promiscuité de la paillasse conjugale, sa guerrière le repoussait gentiment, mais fermement en lui assénant systématiquement sa formule magique, «Dors Léon», laquelle lui a consécutivement valu son célèbre surnom: « La pucelle dors Léon »

NOUVELLE CALEDONIE

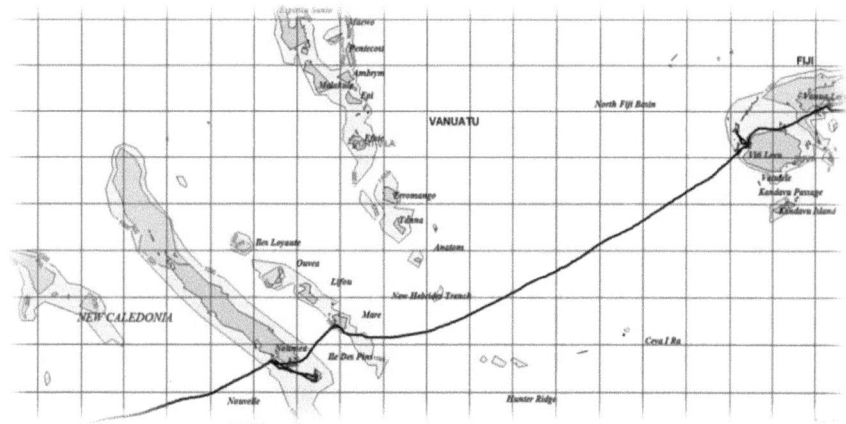

Arrivée sur la Grande Terre

La passe Havannah est franchie à quinze heures pile, exactement à l'étale, après une fin de traversée tout à fait à l'image du début: mouvementée! A part une petite nuit de trêve, le vent s'est toujours tenu proche de trente nœuds. Nous nous octroyons une demi-nuit de repos sous le vent de l'île Mare (Loyauté) avant d'appareiller à trois heures trente direction la Grande Terre de Nouvelle-Calédonie. Pluie, orages, grains, vent contraire et, en plus, on se les gèle ! Bref, une journée "pas vacances", heureusement conclue par une revigorante escale "illégale" dans la délicieuse anse de Port Boisé. C'est défendu de faire ça; on doit venir directement à Nouméa faire les formalités avant toute chose. Bonjour le cadeau! L'atterrissage sur le phare de Goro nous ramène à nos anciennes navigations celtiques: ciel gris, fine pluie continue. Le phare disparait dans la mouscaille… il fait 24°C dans le carré… brrrrrr… Je n'ai pas quitté ma polaire et mon ciré de toute la journée et mes bottes ont repris du service après plus de trois ans de placard. A terre, les pins colonnaires ont remplacé nos chers cocotiers. Premier contact loin d'être aussi enchanteur que celui de Tahiti il y a un an. Mais voilà qu'avec la fin du jour, le gris du ciel se dissout par endroits et laisse apparaitre un peu du bleu qui se cachait sournoisement derrière. Le soleil en profite pour planter trois rayons dans les trous de la bâche en plomb, et voilà que l'optimisme refait surface...

Ici encore, à Nouméa, nouvelles retrouvailles de copains et amis perdus de vue depuis plus ou moins longtemps. Les festivités commencent par un dîner à bord de "N'GA" le soir même de notre arrivée. Thérèse et Alain, sont d'infatigables baroudeurs. Nous les avons connus à Panama, il y a un peu plus d'un an. Ils sont dans leur deuxième tour du monde, accompagnés de leur chat et de leur chien! C'est un des grands plaisirs du voyage que de pouvoir deviser pendant des heures avec des gens de cette nature. On se comprend facilement. En ce moment, ils font un break de quelques mois (ou années peut-être...) pour faire un peu de grisbi. Alain, chef de chantier émérite, s'est ici engagé dans sa dernière ligne droite vers la retraite... Autre ami retrouvé avec beaucoup de joie et d'émotion, c'est Jacques. Plus de vingt-cinq ans qu'on se connaît ! Et quelques belles expériences nautiques communes du temps du "Ville de St Nazaire", notre dériveur en alu. Ce dimanche, il nous régale d'une agréable balade à bord de son magnifique cata "Clin d'œil". Jacques et Alain nous facilitent Nouméa en nous fournissant une liste de contacts utiles pour nos proches projets, à savoir: laisser le canote en sécurité pendant que nous serons en France en juillet et août, et le préparer pour la suite du voyage. Car étant juste à la moitié du tour du monde, quelques travaux de révision s'imposent...

J'ai découvert, fortuitement, une nouvelle méthode de pêche, que j'ai envie d'appeler "pêche par procuration". Affairé à mettre le Newmatic à l'eau afin d'attaquer rapidement la rude journée qui nous attend, je suis hélé depuis le bout de quai voisin par un quidam armé d'une canne à pêche et qui décrit de grands moulinets avec ses bras, alors qu'il y en a déjà un sur sa gaule, c'est insensé.

-"Vous pourriez me récupérer ma canne ?" qu'y me lance, le gars, et il me désigne du doigt un petit bazar qui flotte à mi-chemin entre lui et Catafjord. Je mets le dinghy à l'eau et me dirige vers le machin semi-immergé…, qui disparait soudain de ma vue lorsque je m'en approche! Attente…, observation…, ah, ça y est, elle reparait, juste là devant moi. Je m'avance encore et chope la canne pour la remonter à bord. La gracile baguette frétille énergiquement! Il y a un poiscaille au bout! Quelques tours de moulinet et c'est une belle bestiole qui s'invite à bord, que le pêchou amateur s'empresse de nous offrir en remerciement quand je lui restitue sa badine. L'imprudent avait laissé l'outil sans surveillance quelques minutes, que le vorace dévoreur d'hameçon a mis à profit pour entrainer la canne à l'eau avant que le grand prédateur à bouchon ne réagisse. Bref, la pêche par procuration, c'est vachement rentable. Pas besoin d'acheter de matos et aucune patience nécessaire pour attendre que ça morde. Voilà une technique d'avenir, que je vous dis.

Juin débute sous le signe de l'amitié avec la visite impromptue de notre pote Erik, à bord de sa libellule jaune, Spoutnik, qu'il amarre derrière Catafjord, dont il semble alors être l'annexe, le temps d'un petit déjeuner. Deux ans qu'on ne s'est vu, depuis le Brésil! Vite, vite se dire l'essentiel en une heure, pas plus, car il part pour les Vanuatu, avant de poursuivre vers l'ouest dans le but d'être de retour en Europe dans un an. Beaucoup trop rapide à notre goût. Mais, bon, il doit retourner travailler.

Ce samedi, Jacques vient nous prendre à bord pour nous emmener avec son auto visiter un peu "le caillou", ainsi qu'on surnomme ici la Grande Terre. C'est vallonné et vert, à l'exception des parties pelées par les exploitations minières qui laissent aux montagnes d'immenses plaies rouge/brun. Le sol est ferrugineux icite (cherchez pas, c'est canadien comme mot…).C'est sans doute pour cette raison que la vente d'alcool est interdite le ouikène (l'eau ferrugineuse oui! l'alcool non!)… à étudier. Le pays ne manque pas d'endroits magnifiques pour se balader. Nous abordons l'hiver austral. Aussi, bien que nous soyons encore dans la zone tropicale, nous trouvons les températures un peu basses à notre goût. On se prend déjà à regretter la Polynésie…

Les jours défilent à toute vitesse, bien remplis, à préparer le canote pour les mois à venir.

Avion

Pas moins de trente heures de voyage sont nécessaires pour parvenir à Nantes, à bord de trois avions successifs. Le premier nous dépose à Séoul pour 6 heures de découverte…, des allées de l'aéroport et de ses boutiques inondées de lumières, en tous points identiques à ce que l'on peut trouver dans n'importe quel aéroport international, à l'exception des jolies Coréennes qui pullulent ici, alors qu'ailleurs non. Le second aéronef nous conduit à Amsterdam, où il se confirme que les Coréennes, les jolies comme les moches, sont en quantité infinitésimale, comme quoi c'est pas des salades que je raconte. Le troisième zinc nous débarque à Nantes, où nous retrouvons notre super neveu Alain qui nous attend avec le sourire pour nous offrir gîte et couvert, ainsi que l'agréable compagnie de Bleuenn et du petit Malo. Retour au sein de la famille.

Un emploi du temps bien rempli et une météo bien bretonne nous remettent vite fait dans une ambiance pas du tout tropicale. La première visite-éclair est pour Olivier et Sandrine, les châtelains de Bouguenais, dont la Mercedes "hors d'âge", mais heureusement pas hors d'usage, va nous transporter pendant les deux mois à venir. Le marathon des visites médicales et autres formalités préalables à mon opération de la hanche vont pouvoir commencer.

Le marin Nantais, de retour au pays pour retrouver sa belle et remontant la Loire à la faveur du courant de flot, pourrait déclamer le dicton du jour: "Qui voit le pont de Cheviré, bientôt chavirera la raie...". En tout cas, c'est ce que je me pense, en arrivant à Nantes, à bord du "Spirit of Victoria" commandé par notre cher "Maxou", capitaine et armateur de ce fameux canote.

Prothèse

Oh combien savoureuses sont les minutes pendant lesquelles le docteur Lecouteur me fait part de son verdict :"Je vais vous poser une prothèse à revêtement chrome-cobalt particulièrement durable". Ainsi, les risques de luxation sont infimes, et j'ai même quelques chances de terminer mon voyage terrestre sans avoir à y revenir. Et ça me plait bien, car je suis du genre à mettre le prix pour avoir du bon matériel, plutôt que d'acheter des trucs chinois qu'il faut changer toutes les semaines. Ce qui, pour une prothèse de hanche, pourrait s'avérer désagréable et fastidieux…

Samedi, Clinique de l'Atlantique, à Nantes

Malou vient juste de quitter ma chambre pour se rendre à la fête d'anniversaire de notre amie, Karine. Elle a passé l'après-midi avec moi. J'ai eu pas mal de chance, car deux couples d'amis sont aussi venus me rendre visite et on a bien papoté.

Le kiné, que j'ai vu ce matin, m'a fixé rendez-vous demain, pour me mettre debout. Le chirurgien, Dr Le Couteur, est passé aussi pour me prononcer quelques paroles d'encouragement à supporter la douleur, omniprésente depuis ce matin, malgré les différents élixirs qui transitent de leurs sachets plastiques à mes veines à travers les fins tuyaux de la perfusion.

L'opération s'est déroulée au mieux, hier matin, sous anesthésie locale grâce à une piquouse "pourri-tu-râles"(ou un truc dans le genre...). J'avais demandé poliment que l'on m'assomme de médicaments administrés à dose chevaline, de manière à ne pas entendre les bruits du "chantier".

Hélas, arrivé sur la table d'opération, après avoir avalé un microscopique cacheton de Xanax, on me positionne sur le côté droit et on m'isole de l'équipe d'artistes en construisant, autour de ma tête, un genre de tente de camping en drap bleu clair. Toujours bien conscient, je commence à me demander quand ont-ils l'intention de m'envoyer dans les vaps, lorsque, tout à coup soudainement, j'entends le sifflement caractéristique d'un outil mû par une turbine à air comprimé, en même temps que je ressens des trépidations vigoureuses, genre la grosse roulette du dentiste puissance dix! Et ça dure, et ça dure... ça me fait l'effet d'être assis à côté du chirurgien, sur un tabouret dont il serait affairé à scier le pied avec une tronçonneuse. Je sais, c'est n'importe quoi, mais c'est ça qui me vient à l'esprit... Le Xanax peut-être. Mais ce n'est pas fini. Après le marteau-piqueur, mon orfèvre joue du maillet, pour ajuster l'alésage au petit poil et me restituer les huit millimètres de longueur que ma jambe a perdu au fil des ans. Il fait vachement froid dans cette salle d'opération. Atchoum! Fait mon "chir" qui s'enrhume… Moi, bien poli, je lui lance un sonore "à vos souhaits", qui déclenche l'hilarité de toute son équipe.

-"Vous ne dormez pas ?" qu'y me dit... Elle est pas banale celle-là! Avec tout le barouf qu'ils font, plus les vibrations et les coups de maillet, je ne risque pas de roupiller. Bref, en une heure, c'est plié et je me retrouve en salle de réveil... Mais, déjà réveillé ! Et en plus… même pas mal! Une équipe de virtuoses! Ils ont fait un excellent boulot… C'est fantastique !

Mercredi, c'est ce matin que le grabataire fait sa mue... (Mais pas SAMU, attention!). Je suis drôlement bien dans cette clinique, à me faire dorloter par une myriade d'infirmières, d'aides-soignantes et toute cette sorte de gens aux petits soins pour moi... Et pourtant, je n'ai qu'une hâte, c'est de me barrer d'ici. Le bipède humanoïde est un animal bien bizarre...Le kiné de la clinique vient juste de "m'apprendre" à descendre les escaliers. Ça y est, je suis prêt pour l'envol!

Dimanche, tout se passe bien, je marche. Lentement, certes, et avec une canne, mais les progrès sont sensibles d'un jour à l'autre et j'arrive à faire quelque pas sans ma canne lorsque la machine est bien chaude (mais pas trop non plus... ça fatigue vite).

Depuis deux jours, nous logeons quartier St Jacques à Nantes, dans l'appartement prêté par Daniel et Françoise, des amis de bateaux qui voyagent à bord d'un très joli "Phisa42". On y est formidablement bien! La rééducation de ma nouvelle hanche chromée passe par une marche quotidienne. Celle de cet après-midi nous conduit à Trentemoult, le long des berges de Loire, agréablement aménagées pour la promenade dominicale. Là, une surprise sympa: la rencontre de notre vieux pote Dudu, ex-coorganisateur de la "Transfélix", qui a survécu à une greffe de coronaires l'année dernière. Évocation de souvenirs de la vie du canal Saint Félix, où nous avons passé six années à bord de notre précédent bateau, un joli trawler[56] classique.

Maintenant que nous appartenons au monde du voyage maritime (contrairement aux "sdf", nous sommes des "adm": "avec domicile mobile"), venir à Nantes nous apparait plus comme une escale originale que comme un retour chez soi. Et les gens que nous retrouvons, ou découvrons parfois, se mettent à appartenir à nos rencontres de voyage, à l'exception de quelques très proches avec lesquels le contact est resté très étroit malgré l'éloignement.

Ma convalescence n'est pas réellement "linéaire". Tel jour où je me vois déjà totalement rétabli est suivi par un autre où je me sens régresser. Je ne dois pas forcer les choses et laisser le recollage de la barbaque taillardée par le chirurgien se faire tranquilou, étalé sur environ un mois et demi, le temps que les cellules se régénèrent à ce qu'on m'a dit. Je viens de recommencer à conduire l'auto ; ça se passe bien.

J'avais envie, en quittant Nouméa, de m'offrir un concertina, ce drôle de petit instrument à soufflet que l'on trouvait parfois aux mains des "chanties"[57] à bord des longs-courriers à voiles, un siècle et demi en arrière. Et puis, de fil en aiguille, de recherche sur internet en conseil de commerçants avisés, je me retrouve avec un accordéon diatonique. J'ai commencé à apprendre. Pas facile! Ce n'est pas encore la semaine prochaine que je ferai danser les amis avec ce bel instrument. Mais je vais tâcher de m'accrocher.

Thérèse et Hubert nous font exactement le même coup que "Pénélope". Ils nous prêtent leur baraque en leur absence! Pas minable non plus la bicoque. On peut même dire carrément bien! Bon, question température, y aurait à redire (à l'extérieur, j'entends)... Mais celui qu'aurait un bon pull-over avec un sweat à manches longues dessous plus, disons, un petit coupe-vent…, bon, ben il serait pas mal équipé

---

[56] Bateau de plaisance à moteurs dont les formes de coques sont inspirées des chalutiers

[57] Matelots qui chantaient les chants de marins à bord des grands voiliers

pour faire de bonne balades dans un très beau paysage. Et puis, comme dit le bon vieux dicton: "En Bretagne, y a que les cons qui ont froid l'été". Bref, pour ma réduc, tout ça c'est parfait: une alternance quotidienne de marches à pied et de repos, c'est tout ce qu'il me faut.

Nous avons commencé hier le sympathique pèlerinage familial annuel en rendant visite à ma sœur Janine à Châteaulin. Elle avait invité pour la circonstance et pour une collation ses enfants et autres frères et sœur que nous avons en surnombre dans la famille, mais ça, on n'y peut rien... Gaëlle, sa fille cadette, nous a présenté "Trésor", son canasson chéri, qu'elle envisage de monter en concours dès que celui-ci saura l'accepter sur son dos. Y'a encore du boulot, semble-t-il. Les présentations se sont faites en bottes et ciré car il pleuvait… même sur les "pas-con" (je pense au cheval par exemple...).

Le marché de Brignogan mérite le détour…, sauf peut-être pour ceusses qui créchent dans le Pacifique, pour qui, effectivement ça fait un crochet un peu onéreux. Mais sinon, sympa le marché. Peut-être ai-je acquis un regard semi-polynésien qui me fait apprécier l'originalité et l'attrait de ces marchands de victuailles appétissantes et de ces artisans locaux. Jusqu'à ces jeunes musiciens qui se produisent sans complexe, en famille, ou ce groupe de marins tombés en désuétude (les gaziers, pas le groupe...) et qui entonnent en chœur quelques rengaines maritimes, accompagnés à l'accordéon par leurs épouses jouant les Yvette Horner de campagne. Craquant! Un marchand de fringues pas bégueule offre à la vente un bel assortiment de "polaires"..., nous sommes en juillet! Fallait quand même y penser à ça! Réflexion faite, ici, c'est plus judicieux que d'essayer de vendre des bikinis...

Première marche sans canne. Merci Bill! C'est le kiné de la famille, mon neveu préféré, au même titre que tous les autres..., et juste derrière mes nièces préférées (fort nombreuses et fort préférées). Hier, après avoir observé mon claudiquement avec son œil gourmand de spécialiste, il a immédiatement entrepris de m'éduquer pour améliorer mon ordinaire. J'ai écouté ses conseils et ça marche! Aujourd'hui: trois kilomètres à pied sans canne ! Qui m'ont par ailleurs donné l'occasion d'admirer une fois de plus l'étendue de la goujaterie du beauf derrière son volant. Le bourg de Brignogan possède une petite rue qui descend à sens unique vers son destin littoral. La municipalité, dans sa grande sagesse, y a fait peindre au sol un marquage blanc délimitant, sans équivoque, la zone réservée aux piétons, laquelle permet de se rendre aisément à la petite épicerie que tout le monde apprécie. Hélas, le parking le plus proche étant à au moins cinquante mètres, si ce n'est soixante, neuf crétins motorisés sur dix obstruent le passage piéton en y garant leur saloperie de caisse le temps de faire leurs emplettes. Si je n'étais pas aussi "tropicalisé", ces indélicats me rendraient presque nerveux. Et je rassure tout de suite ces dames du MLF: dans les "neuf", elles ne sont pas mal représentées du tout...

Deux prothèses sinon rien

Cette Malou, quelle chipie! Jalouse de ma prothèse..., sans aucun doute. Je ne vois pas comment expliquer autrement son attitude. Elle a vu que, désormais, je galope comme un galopin, à peine un mois après mon intervention, alors ça lui a donné l'idée, elle aussi, de se faire remplacer un petit bout. Ce sera le sein droit![58] La semaine prochaine. Au programme des réjouissances: ablation de l'actuelle protubérance, qui fût fort avenante mais elle a fait son temps... au profit, dans la foulée, d'un joli sachet de silicone (carné ?).Ambiance: "comment tu le trouves mon nouveau décolleté?". Attention…, pas question de profiter de la situation pour partir sur des volumes "de folie Winter". Non, on reste en adéquation avec l'existant…, c'est comme ça pis c'est tout! Et c'est très bien!

Sinon, le séjour en pays breton continue de se dérouler au mieux, entre les six à sept kilomètres de marche quotidienne pour remuscler ma guibole gauche et les invitations diverses et variées, toujours réjouissantes et permettant d'écluser quelques bonnes bouteilles entre amis.

Je viens de vivre une expérience culinaire qui paraitra banale à tant de gens que j'en rougis de honte de la raconter, mais tant pis, je me

---

[58] Récidive de son cancer du sein d'il y a cinq ans

lance. Ma petite Malou chérie étant encore séquestrée dans cet établissement semi-carcéral qui, non content de lui avoir soutiré 50% de ses attributs mammaires, la retient encore en otage sous le fallacieux prétexte plombier.

-"Vous ne pouvez pas sortir tant que le drain n'est pas débranché...". Bref, je rentre seul au gourbi (soit, le délicieux appartement aimablement prêté par les "Pénélope"), après avoir passé l'après-midi en compagnie des nombreux amis venus visiter Malou (d'ailleurs, je suis un peu jaloux, car j'avais beaucoup moins de visite quand j'étais à la clinique..., mais, bref, ce n'est pas le sujet), et là, forcément, je dois sans doute me faire à bouffer moi-même. Ce n'est évidemment pas la première fois de ma vie que ça m'arrive, mais, tout de même, ce n'est pas fréquent, Malou étant à la fois cordon bleu et aux petits soins pour son "gros mari", comme elle me qualifie parfois (où va-t-elle chercher ça?????). Donc, ce jour, ou plutôt ce soir, au lieu d'ouvrir une pauvre boite de conserve ou de becqueter du pain et de la charcuterie, que si on veut, on peut appeler ça "sandouiche", au lieu que de ça, écris-je donc, je décide hardiment de me confectionner une belle salade, car il reste la moitié d'un chou et une tomate dans le frigo. Je vous avais prévenus, ce n'est pas l'aventure de l'année. Il n'empêche, mon assiette de chou découpé en petits bouts, pareil pour les tomates, auxquels sont venus s'ajouter une échalote coupée, elle aussi, en bouts encore plus petits, le tout arrosé d'une vinaigrette préparée à part dans un bocal de confiture vide, plus des rondelles de chorizo dont la couleur orange excite sournoisement mon appétit…, eh bien, nonobstant l'affligeante banalité de ma composition, je ressens comme un genre de fierté à l'instant d'engloutir ces légumineux. Et tellement copieux, en plus, que je suis contraint d'écrire un peu, histoire de digérer avant d'achever mon repas par quelques pêches de vigne issues du jardin de mes amis Ghislain et Béatrice et qu'ils ont apportées cet après-midi à Malou, sans doute pour favoriser la cicatrisation, tout en facilitant le transit, mais ceci est un autre sujet. Ne me reste plus qu'à faire la vaisselle, ce qui, je tiens à préciser, n'est nullement une aventure. Non que je la fasse si souvent que ça, mais du moins j'ai sans aucun doute dans ma vie lavé plus de vaisselle qu'épluché d'échalotes, et de loin.

Le tourbillon "baptême Kilian"

Qui s'est abattu sur le village de Villette, en Haute Savoie, s'est achevé hier soir, pour nous, avec un retour à la quiétude de l'appart de la rue St Jacques. Après ces quelques jours passés en abondante compagnie, nous apprécions. Pourtant, ils sont bien conviviaux ces Savoyards. Ils nous ont mitonné un superbe accueil et une fête très sympa. En plus, faut reconnaitre, on n'a pas souffert de la soif ces derniers jours... Et côté affection, on a aussi fait le plein en retrouvant des gens qu'on aime beaucoup et qu'on voit trop rarement. C'est la vie!

Encore quelques jours de trépidations nantaises et nous nous envolerons pour retrouver, à Nouméa, ce brave Catafjord, ainsi que les amis attenants. Malou se remet doucement de son opération et, si ça continue comme ça, elle va être rapidement sur pied.

La croisière s'amuse, enfin!

Il aura fallu auparavant franchir les différents passages obligés: d'abord les vingt-deux heures d'avion qui séparent Nantes de Nouméa (ainsi que les cent cinquante kilos de bagages qui vont avec...), puis la remise en route de tous les équipements de ce brave Catafjord (grandement facilitée par la vigilance des amis Thérèse et Alain de "N'GA" qui l'on choyé en notre absence), avec aussi une petite entrevue avec un toubib local, Marc, pour ponctionner cent vingt centilitres de lymphe dans la nouvelle protubérance mammaire tribord de Malou...

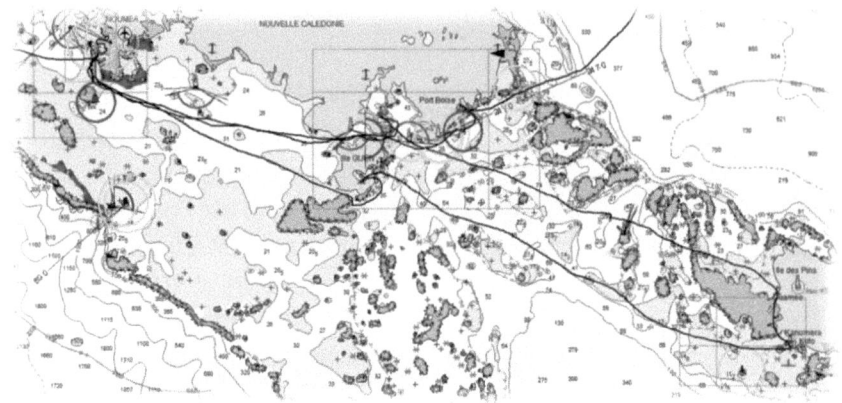

Mais là, maintenant, c'est bon!

L'opération "escale française 2011" est bouclée. On repart en voyage. En "lever de rideau", une croisière de deux semaines vers l'Ile des Pins, en compagnie de Thérèse et Anne-Yvonne, les deux belles-sœurs que nous avons ramenées de métropole pour un séjour aux antipodes de leur Bretagne. Première étape: l'Ilot Casy (que nous espérons "cosy"...). Vingt milles sont parcourus, aux moteurs, avant de pouvoir embosser le dernier corps-mort disponible dans cette charmante petite baie, peut-être un peu trop fréquentée en touristes à notre goût... Cependant, la bonne surprise, c'est qu'ils ne sont venus là que pour quelques heures et nous avons le bonheur de les voir se tirer les uns après les autres, nous laissant tranquilles, en soirée, pour découvrir les lieux. Un hôtel récemment abandonné nous impose, dès les premiers pas sur l'île, une atmosphère étrangement oppressante, que dissipe rapidement une balade sur les charmants sentiers. La végétation est dense: pins colonnaires, pandanus, cocotiers, et toutes sortes d'autres arbres exotiques dont j'ignore tout, mais que n'importe quel guide touristique vous détaillerait par le menu, ce qui serait bien fastidieux dans mon récit, merci d'en convenir.

Le peu de vent qui soufflotte est favorable. Aussi nous en profitons pour cingler vers l'Ile des Pins, sans approfondir notre connaissance de Casy. Un vrai temps de curé! Tout à fait ce qui convient à nos moyennement intrépides invitées. A seize heures, l'ancre tombe comme une bouse dans quatre mètres d'eau claire devant la majestueuse plage d'Ouaméo, que ces dames demandent immédiatement à fouler aux pieds avant la nuit... Exécution!

Lendemain matin. Nos vacancières sont gravement motivées! Sitôt libérées des habituelles ablutions et autres préparatifs quotidiens, nous voici tous dans le dinghy, direction la baie de Kuumo distante de quelques kilomètres. La côte, couverte de végétation, est grignotée à sa base par les eaux turquoises tout autant que clapoteuses du lagon. Les appareils photos crépitent, jusqu'au beachage[59].

La plage est déserte.

Un sentier nous mène au village à travers les bois. Les habitants semblent distants et peu loquaces. Réserve ou timidité? Il est plus commode de converser avec les enfants. Pourtant, Serge, chef de clan, affairé à construire ses tables d'hôtes en bois, abritées sous toitures en palmes de cocotiers tressées, prend le temps de nous commenter son île et de nous prodiguer ses conseils pour nous en faciliter la découverte. Sur le chemin du retour, "Pétou", solide mère de famille kanak venue rassembler sa marmaille sur la plage, nous invite sans façon à partager le repas familial... En fait, leur communauté est en grande effervescence car un mariage se prépare pour vendredi prochain, et la majeure partie des habitants de l'île est invitée. La fête promet de rassembler plusieurs centaines de personnes, aussi les tâches préparatoires sont nombreuses et variées. On a construit, sur la propriété des parents du marié, des abris précaires en bois, avec toits de palmes, dédiés aux différentes fonctions: cuisine, tables de repas, café, vaisselle, et des tentes/dortoirs. Nos hôtes improvisés nous servent, comme au restaurant. Les belles-sœurs sont aux anges! Ébahies de cette hospitalité spontanée et sans chichi. Puis nous retrouvons le dinghy en début d'après-midi. C'est marée basse! Donc, exercice de halage sur une trentaine de mètres des 200 kilos de la barcasse pour la remettre à flot. Ça se fait bien…C'est pas des feignasses ces filles-là![60]

---

[59] Atterrissage sur une plage

[60] Des bretonnes ! La bretonne est souvent vaillante, ce serait sot de le cacher.

Excursion en pirogue à voiles à travers la baie d'Upi dans une ambiance familiale. Le minibus de l'hôtel Kou Bugny nous abandonne sur la grève, où nous attend, grand-voile haute, le navire flanqué de son fier capitaine. L'embarquement se fait en voie humide: tout le monde ôte ses godasses et patauge, de l'eau jusqu'aux cuisses[61], comme dans la mare aux écrevisses, à l'assaut de la poupe... Notre capitaine désigne un volontaire pour remonter le mouillage…, ça tombe sur moi, pendant qu'il démarre son Yamaha salutaire, pour faciliter l'appareillage. Et c'est parti! Les deux tonnes de notre pirogue, dont la voile mesure à peine une quinzaine de mètres-carrés se déhalent avec la célérité d'un escargot en convalescence... Mais bon, on n'est pas pressé. Un jeune couple accompagné de la belle-mère a embarqué quatre mômes ! Ça photographie, ça pleurniche, ça bouffe des petits gâteaux..., c'est les vacances! Le lagon est parsemé de gros blocs rocheux, érodés à leur base, avec des allures de monstrueux champignons lapidaires biscornus. Notre indolent captain a omis d'établir le foc, ce qui permet à une de ces pirogues qui, elles, en arborent de superbes, de nous atomiser et ça me chiffonne un petit peu... Pas trop, mais quand même, j'aime pas bien. Sur ces embarcations typiques, la grand-voile triangulaire est envergée sur un mât courtaud et possède une immense bordure qui grimpe vers le ciel le long d'une bôme assez souple et aussi longue que le mât. Une fois établie, elle se présente comme un triangle pointe en bas, dont l'efficacité au portant est loin d'être ridicule, le centre de voilure étant placé plutôt haut. La plateforme qui supporte ce singulier gréement est également originale. Taillée dans un tronc de kohu ou de pin colonnaire, elle est évidée par brûlage, en entretenant durant plusieurs jours un feu qui ronge le bois petit à petit. La coque ainsi réalisée est surmontée d'un caisson rectangulaire. Trois poutres transversales, servent de bras de liaison avec le flotteur/balancier. Celui-ci est réduit à sa plus simple expression puisqu'il s'agit d'un tronc d'arbre, fin et long, simplement affiné à une extrémité. Il est maintenu en place par

---

[61] Dans la mare aux écrevisses, j'avais de l'eau jusqu'aux cuisses…Dans la mare aux grenouilles…je ne me souviens plus de la hauteur de l'eau…

un entrelacs de branches croisées selon une disposition type "Eiffel", identique à ce qui est utilisé sur les pirogues polynésiennes. Arrivés au nord de la baie d'Upi, notre captain monte dans le vent pour stopper le bourrier et laisse culer vers la courte plage, à dessein d'y débarquer son monde. De là, la baie d'Oro, but ultime de la balade, n'est plus qu'à quatre kilomètres. On y accède à travers bois par un sentier au sol de racines enchevêtrées un peu piégeux. Il est prudent de regarder ses pieds tout le temps, au détriment du paysage et des petits oiseaux.

Le joyau qui nous attend au bout du chemin est appelé "la piscine". Ce modeste bras de mer, enchâssé entre la côte et une petite île, bordé d'une délicieuse plage de sable blanc, recèle quelques patates de corail où s'épanouissent, en toute quiétude, de nombreux poissons de plusieurs espèces. Avec une jolie forêt de pins colonnaires en toile de fond, l'endroit est calme et charmant. Et alors là, je vais vous dire: marcher d'un pas alerte et décidé, supporté par deux bonnes jambes aux articulations onctueuses: quel pied!!! (Encore merci docteur).

L'expédition vacancièro-instructive du jour a pour but le fameux mariage, dont la partie officielle, d'abord à l'église, ensuite à la mairie, se déroule au village de Vao. Notre journée débute donc par sept kilomètres de marche à pied, en évitant de s'arrêter chaque minute pour faire une photo, habitude qu'affectionne particulièrement notre invitée, Anne-Yvonne. Moyennant quoi, avec seulement quelques minutes d'arrêt pipi dans les buissons, nous arrivons à Vao avant la fin de la cérémonie et c'est beau! Pas si différent que ça des mariages à la française, mais tout de même assez coloré. Les gens portent des tenues genre supporter d'équipes de foot, de couleurs différentes selon qu'ils appartiennent à la famille du marié ou de la mariée. Détail croustillant, la petite procession qui emmène tout le monde de l'église à la mairie chante en chœur des chansons populaires françaises..., ont "étoile des neiges"! Ou "chevalier de la table ronde"...! Pas très kanak comme tradition !

Le célèbre pic N'GA culmine à deux cent soixante-deux mètres! Accéder à son sommet se mérite. Pour digérer le "bougna" (plat local) et les brochettes, dégustés ce midi à même la plage, cette petite ascension s'avère super.

Cheminant à travers le bois de pins colonnaires et de pandanus (c'est ridicule comme réaction, mais ce mot me fait toujours marrer), l'observation des différentes bestioles qui peuplent les lieux donne à mes copines moult pretesques pour s'arrêter à chaque pas pour des séances de photos commentées en direct. Les "tricots rayés", ces serpents aux costumes de bagnards, semblent les captiver particulièrement, de même que les énormes escargots coniques que les autochtones accommodent à la manière française avec du beurre et de l'ail. Mais ce n'est pas tout: chaque feuille, chaque fleur, chaque brindille, chaque chiure de mouche donne lieu à photos commentées. Ça en prend du temps !

Le moment est venu (déjà!) de nous arracher à cette attachante Ile des Pins. Hélas, le temps est bien merdique: pluie, ciel bas, grains venteux. Et ça dure jusqu'au milieu de l'après-midi. Puis le vent tombe, laissant place à une mer désordonnée qui ballotte un peu nos passagères. Anne-Yvonne adopte sagement la position horizontale sur la banquette du carré à titre préventif... Un joli thon jaune et un petit thazard s'invitent au frais dans les freezers, comme pour narguer Alan, le petit-fils d'Anne-Yvonne qui a essayé de nous bluffer par mail avec sa dernière capture de maquereaux. Le moteur bâbord nous fait des misères en cassant sa courroie pour la ixième fois, s'accaparant ainsi par avance ma matinée de demain. Par bonheur, le mouillage que nous avons choisi pour la nuit se trouve au fond d'une baie parfaitement abritée et la soirée s'annonce sereine...

En dépit de sa taille respectable, l'Ile d'Ouen n'héberge qu'un seul village, "Ouara", situé sur la côte Est et abrité du clapot alizéen par un récif de corail. Nous nous y rendons en dinghy. Ce petit bourg mérite une visite. Son wharf, de belle facture, autorise un débarquement aisé. Plusieurs sentiers de randonnée pédestre ont été aménagés et l'un d'eux permet de se rendre au calvaire situé sur une butte qui culmine à cent trente mètres. La promenade est agréable et le point de vue magnifique, surplombant l'anse de Port Toubé d'un côté et l'anse de Ouara de l'autre. Photos...

C'est par grand beau temps que nous appareillons pour la dernière étape de cette "croisière aux belles-sœurs". Une douzaine de nœuds de vent de sud-est permet d'établir la voilure et de faire route au portant vers l'ultime curiosité du périple: le phare "Amédée", que nous contournerons par le sud avant de cingler sur Nouméa, en espérant y être assez tôt pour que la partie féminine de l'équipage puisse "shoppinger" un minimum. Et donc, bingo, à seize heures trente pas plus, l'ancre descend se vautrer dans la vase de l'anse de la Moselle et l'annexe est promptement descendue de ses bossoirs. Ce soir, nous dînons avec Jacques à bord de "Clin d'œil". Sitôt la ville retrouvée, les mondanités recommencent...

C'est le centre culturel Jean-Marie Tjibaou qui est l'objet de notre attention cet après-midi. Nous nous y rendons en bus, en compagnie presque exclusive de passagers kanaks... Nous n'avons prévu qu'une insuffisante demi-journée pour prendre connaissance des nombreux centres d'intérêts de cet imposant établissement. L'architecture des bâtiments principaux, signée Renzo Piano (sans Léon à l'accordéon), allie traditions kanaks et techniques modernes par l'utilisation massive de bois d'iroko, de verre, et de métal. De très nombreux éléments matériels et documentaires permettent d'appréhender les principales composantes de la culture kanake. Puis une marche en plein air par le "chemin kanak" nous retrace, au travers d'un parcours végétal initiatique, le mythe fondateur de l'humain en cinq étapes: l'origine des êtres, la terre nourricière, la terre des ancêtres, le pays des esprits et la renaissance. C'est super ! Les grandes cases de chefferies traditionnelles clôturent notre visite. A l'issue du retour en bus, une très agréable soirée entre amis nous attend, préparée par Thérèse et Alain assistés du chien "Mimosa" et de la chatte "Lola"...

Animations et spectacles de danses traditionnelles se succèdent, Place des Cocotiers, pour commémorer la clôture des jeux du Pacifique. Les "cagous" calédoniens sont satisfaits : ils ont écrasé leurs adversaires, Tahiti et Fidji, en raflant le plus grand nombre de médailles. La bonne humeur est à l'affiche. Le point final de cet important évènement illumine le ciel de Nouméa sous la forme d'un feu d'artifice: Oh la belle bleue! Oh la belle verte! Oh la belle-sœur... demain c'est fini les vacances! Elles vont pouvoir retrouver leurs maris respectifs pour un autre genre de feux ... d'artifesses (peut-être?)... mais ceci ne nous regarde pas. Demain dimanche, journée "valises".

Tchao, les filles! Elles ont été de fort agréable compagnie et les séances de poilades et fendages de gueules très fréquentes.

Les amies sont encore dans leur avion que déjà nous avons repris nos manies d'avant les "vacances": les outils sont de sortie, les travaux d'entretien et d'amélioration sont remis à l'ordre du jour et, ce soir, une séance de ciné est prévue dans le carré. Depuis notre retour de métropole, j'ai ajouté une activité à mon emploi du temps quotidien: l'apprentissage de l'accordéon diatonique. Au moins une demi-heure chaque jour.

Lever de bonne heure. Il pleut, il vente; un temps minable. Et c'est juste le jour prévu pour le tirage au sec du canote sur la cale de halage du Port Autonome. A huit heures pile, comme prévu de longue date, Catafjord se pointe devant le slipway[62], prêt à s'engager entre les deux rangées de poteaux métalliques bardés de protections en caoutchouc bien noir. J'engage les étraves de notre brave canote pile poil entre les deux premiers poteaux, en avançant tranquilou, prudemment, comme un qui précipite pas sa manœuvre. Ça rentre, ça rentre, ça rentre... (Comme disait la jeune mariée...) et puis, ça bloque! Alors qu'il reste encore bien cinq mètres à rentrer (je ne souviens plus qui disait ça...). Posage de questions et grattage de tête consécutivement à un jetage de regards côté bâbord et même coté tribord, il faut se rendre à l'évidence, leur saloperie de slipway, qui fait soi-disant dix mètres de large, s'est tout simplement un peu vanté. Catafjord, avec ses neuf mètres vingt de large, ne peut s'y introduire et pis c'est tout! Retour au mouillage.

Discussion avec le responsable auprès de qui nous avions réservé l'autre cale, la grande, celle qui est en ce moment occupée par un remorqueur, alors que nous l'avions réservée depuis trois mois... Rien n'est possible! Qu'à cela ne tienne, nous carénerons en Australie. En plus, ça coûtera moins cher. La date de départ est immédiatement avancée de huit jours. Nous consacrons le reste de la journée à obtenir nos visas par internet et à préparer notre nouvel itinéraire. Ça sent fort le départ et ça nous plait bien.

---

[62] Chariot sur rails permettant de hâler une embarcation hors de l'eau

Les préparatifs vont bon train. La preuve ; bien que l'appareillage soit prévu pour dans deux jours, je suis néanmoins peinardement attablé devant un demi à l'entrée de la galerie marchande où Malou s'adonne à quelques indispensables emplettes. Je précise tout de même que j'ai bien avancé en petits travaux divers et variés depuis le jour de notre non-carénage. En particulier, les gros préfiltres à gas-oil achetés à Nantes en juillet pour se prémunir des conséquences de la fourniture de carburant pollué (comme ça nous est arrivé à Tahiti), sont en place dans les compartiments moteurs, ainsi que les deux "Econokits" destinés à réduire la consommation et les émissions polluantes des deux moteurs diesel. Ces "Econokits" sont, en fait, des petits réacteurs "Pantone" que l'on trouve maintenant dans le commerce prêt à poser et qui permettent de remplacer une partie du gas-oil consommé par de l'eau plate (non ferrugineuse, je précise...), sous forme de vapeur d'eau.

Les formalités de départ sont accomplies et la clearance de sortie est en lieu sûr dans la sacoche des papiers, à sa place dans son placard. Demain matin, nous quitterons le mouillage après le petit déj, en faisant un détour par le poste de carburant. Puis ce sera, de nouveau, la haute mer pour une bonne semaine au moins. Que Neptune et Eole daignent nous accueillir en leur royaume avec bienveillance.

Les soutes à gas-oil ont englouti voracement leur sirop détaxé jusqu'à plus soif et nous voilà partis, traversant le lagon à grande enjambées, poussés par un vigoureux alizé. Le démarrage est un peu tonique. Nouveau dicton: "Mer belle et vent portant sont les deux mamelles d'une navigation qu'elle est bonne". Hélas, les meilleures choses ayant fatalement une fin, la brise s'essouffle en cours de nuit et c'est la mécanique qui est à l'œuvre lorsque le disque solaire se pointe à l'horizon, mettant un terme à la première nuit de cette traversée d'environ mille milles

Pas de vent de toute la journée… Ce qui présente au moins un avantage, la mer s'aplatit et les mouvements du canote s'adoucissent, comme la femelle avant la saillie (image poétique...) Moins cool, par contre, c'est l'alternateur bâbord qui fait encore des siennes et s'est mis en panne, de régulation cette fois. La tension monte à seize volts! Pas raisonnable. On va peut-être se décider à le changer à la prochaine escale. Rencontre furtive et sympa en fin de journée: une mignonne baleine à bosse d'une trentaine de tonnes, qui voyage vers l'est, nous croise à contrebord, à quelques dizaines de mètres, de son allure nonchalante tout autant que verticalement sinusoïdale, contrairement au mec bourré dont l'approximative sinusoïde se décrit plutôt dans un plan horizontal, jusqu'au moment de la chute finale, tout au moins. Mais je m'égare… C'est la poésie qui me fait ça. J'ai l'esprit qui fout le camp vagabonder dans des coins où la main de l'homme n'a jamais mis le pied. La nuit noircit le cie. La mécanique ronronne. Sept nœuds de vent, pour propulser Catafjord, c'est peu.

L'aube nous apporte un timide alizé que nous mettons immédiatement à profit en envoyant toute la toile. La mécanique va pouvoir s'assoupir à son tour. Un moment toujours plaisant dans la navigation à propulsion vélique, c'est quand il revient un peu d'air après une période de calme. La mer ayant écrêté ses bosses à la faveur de l'absence de vent, le bateau glisse en douceur, et sans bruit. Et ça c'est plaisant et aussi appréciable qu'éphémère, car ensuite, bien souvent, énervée par la brise vigoureuse, la mer grossit rapidement).

Et puis c'est de nouveau au tour des quatre pistons de s'agiter frénétiquement dans leurs chemises, avec ce mouvement de va-et-vient bien rythmé que l'on retrouve parfois chez la jeune mariée et si propice à échauffement et débordements divers, cependant qu'au dehors, le vent félon ferait plutôt montre, lui, d'une désespérante mollesse. Bref, faut mettre le moteur en route!

Sous un ciel chargé, Catafjord est balloté sur une mer hachée, avec un poil de courant contraire en sus (comme disait la j... bref !). Pas terrible comme conditions. Il revient un peu de vent en fin de journée, qui ordonne sensiblement les vagues mutines et nous prépare une nuit sereine, glissant mollement voiles en ciseaux. On n'avance pas un cachou, mais c'est cool.

Changement d'environnement. La frontière a été franchie, il y a une heure, lorsque nous avons croisé le rail des cargos qui court parallèlement à la Grande Barrière de Corail. Depuis hier matin, le vent nous ayant lâché encore une fois, les moteurs assurent la propulsion, chacun son tour sans discontinuer. Celui de bâbord tourne la nuit pour ne pas perturber le sommeil de Malou, dans l'autre coque et, je vous le donne en mille, lequel fonctionne de jour ?... Le tribord ! Bravo! C'était facile. Je ne sais pas si c'est la proximité du continent ou quoi, mais c'est clair, il fait moins froid que ces derniers jours. On va pouvoir remettre au clou les vêtements polaires qui ne nous ont presque pas quittés depuis Nouméa. Quelques prémices nous indiquent l'imminent retour à la civilisation : ce sont les cargos, peu nombreux certes, mais bien présents tout de même, qui croisent alentour. Si tout se passe bien, ce soir, nous devrions naviguer à l'abri de la houle derrière la Grande Barrière de Corail. Il restera alors presque deux cents milles à couvrir avant d'accomplir nos formalités d'entrée sur l'Ile-continent.

Australie

Atterrissage sur Mackay

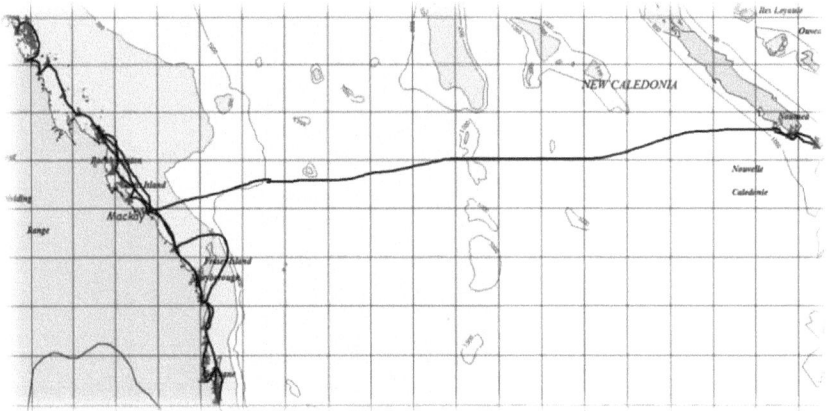

Au petit matin, le comité d'accueil vient nous faire sa visite de courtoisie: un troupeau d'une dizaine de dauphins de grande taille fait son show aux alentours des étraves, virevoltant à ras de la surface en un gracieux ballet. De nature curieuse, ils nagent un peu de côté pour voir nos tronches, exhibant ainsi leur ventre blanc, puis disparaissent tous ensemble vers le fond (leur vestiaire probablement…) une fois leur spectacle achevé. Un spectacle magnifique!

Nous naviguons derrière cette fameuse Grande Barrière de Corail depuis le début de la nuit dernière… Mais ce n'est pas un lac! Avec seize nœuds de vent au bon plein pendant la moitié de la nuit, nous parvenons à parcourir quelques dizaines de milles à la voile, mais la brise a levé un clapot escarpé qui perdure ce matin encore, cependant que la mécanique a dû, une nouvelle fois, se dévouer pour remplacer Eole qui feignasse, à présent. J'ai l'impression d'être dans un endroit très curieux, alors que non, en fait. C'est l'examen des cartes marines qui donne une fausse idée du truc. On a l'air d'être dans un immense chenal, ce qui est un peu vrai, mais on y est comme au grand large: pas de bateau à l'horizon et on ne voit pas non plus la côte, qui est à plus de cinquante milles.

Etrange et insolite spectacle que ces dizaines de pétroliers mouillés sur rade, lèges pour la plupart, et alignés comme à la parade. Ça y est, la traversée s'achève et le port de commerce est devant nous, avec ses cargos à quai, ses citernes d'or noir et ses silos dressés au ciel comme de ridicules et symétriques phallus de béton (Alors, c'est pas de la poésie, ça ?). Encore quelques encablures et voici la marina! Moderne, récente et "même pas finie". Ultime manœuvre au moteur pour amener l'éléphant à sa place dans le magasin de porcelaine, sans rayer aucun vernis, et voici que les autorités arrivent à bord. Contrairement à l'image que d'aucun peuvent en avoir, nous trouvons ici des gens avenants, joviaux même, qui appliquent avec beaucoup de bon sens un règlement qui aurait vite fait de se révéler horriblement contraignant s'il était mis en œuvre par des "sans humanité", comme des fois on peut en rencontrer... Si, si, c'est déjà arrivé… Deux ou trois heures seront nécessaires pour que toutes les étapes soient franchies et nous voici alors libres de découvrir ce nouveau pays. Mackay n'est pas un endroit touristique. La région produit de la canne à sucre, du charbon et quelques "supermarket". Il faut un quart d'heure de bus pour se rendre de la marina à la ville.

Profitant des facilités de la marina, nous tentons de résoudre quelques-uns des points techniques défaillants qui figurent sur notre dernière liste. Notre taux de réussite est navrant. Aussi, compte tenu du tarif journalier de la marina pour amarrer ce modeste "Catafjord" (Allez, tant pis, je vous le dis: une bonne centaine d'euros/jour), la décision est prise: demain on s'casse, route au nord.

Withsunday Islands

Une jolie brise de nord nous propulse jusqu'à St Bees Island au prix de quelques heures de louvoyage[63]. A bord de Catafjord, naviguer au près sur cette mer plate est loin d'être désagréable. La baie qui nous accueille est constituée d'une colline verdoyante plantée de quelques pins colonnaires qui font des tâches plus sombres. Pas de clapot… Par contre, c'est plutôt copieusement ventilé. Bah, ainsi les batteries resteront bien chargées. J'entends l'éolienne qui miaule en sourdine.

L'ile voisine, "Keswick", possède une petite baie qui devrait pouvoir nous offrir un bon abri pour les vingt nœuds de vent de sud annoncés par les services météo. Les trois milles qui nous en séparent sont promptement avalés, aux moteurs, luttant contre trois nœuds de courant dans le passage d'Egremont. Nous y sommes! L'eau, claire, est à 22°c, ce qui me semble glacial…, mais ne rebute pas Malou. Elle part, guillerette, faire sa randonnée PMT (palmes-masque-tuba), et en revient ravie!

Aujourd'hui, c'est l'ile Thomas qui va nous offrir son hospitalité. Une belle brise portante nous pousse, sous génois seul, dans sa grande baie, occupée à notre arrivée par un seul autre bateau. Il déguerpira rapidement, nous laissant seuls faire les Robinsons sur ce caillou inhabité. Les tortues, curieuses, approchent du bateau, tendant leur cou hors de l'eau pour venir aux nouvelles et plongent dès qu'elles nous voient. Une mouette a élu domicile dans le dinghy et en profite pour le repeindre…, mais nous n'aimons pas la couleur…, faut tout refaire! La leçon d'accordéon a lieu sur la plage. La mouette est là, qui écoute... Apprécie-t-elle? Ce n'est pas certain.

Un truc super sympa, avec l'alizé, c'est qu'on assiste souvent à des couchers de soleil somptueux, car on mouille la plupart du temps sur des côtes ouest, sous le vent. Et donc, c'est tranquillement vautré dans un transat, une bière fraiche à proximité immédiate de la main droite, de la bonne musique distillée par les haut-parleurs arrières, que nous assistons quotidiennement à cette féerie. Une fois le vent tombé, la mer se fait lacustre, la lune est déjà là…, une douce nuit en perspective.

---

[63] Action de monter dans le vent en tirant des bords

Mercredi cinq octobre: plus que trois ans avant la retraite! Bon, nous avons écopé d'un an d'attente supplémentaire à cause des récentes modifications de lois, mais je ne fais pas partie de ceux qui s'en plaignent, même si ça ne m'avantage pas.

Cependant, notre option "je libère un emploi prématurément" nous coûte très cher, car les organismes dispensateurs de pensions de retraite pénalisent lourdement les petits vilains comme nous qui se permettent d'arrêter de cracher au bassinet avant d'être devenus semi-liquides ou, pour le moins, sévèrement diminués... N'importe, il me semble plus que nécessaire de réformer, même si ça ne fait pas spécialement plaisir et, c'est certain, on n'est pas les plus mal placés pour se faire avoiner. Pourtant, quand on réfléchit quelques minutes aux sommes qui nous ont été prélevées tout au long de notre vie professionnelle, ça fout un peu le bourdon. Je me demande si les caisses de retraite ça ne sert pas, en priorité, à offrir du confort à ceux qui z'y travaillent dedans..., et ensuite, y voyent ce qu'y peuvent faire avec le reste... Je dis ça, moi j'y connais rien là-dedans..., mais quand même, on se demande...

L'ile "Lindemann", sise dans le nord-ouest immédiat de l'ile "Shaw", héberge un hôtel de marque "Club Med". L'intérêt, en ce qui nous concerne, est assez limité, si ce n'est que ces dynamiques fabricants de vacances ont eu la bonne idée de débroussailler quelques kilomètres de sentiers, facilitant les randonnées pédestres à l'intérieur du grand parc naturel protégé. Et ça, c'est sympa! Revenant d'une marche de plus de deux heures, une petite surprise nous attend sur la plage où nous avons laissé le Newmatic, amarré à un gros caillou. Hélas, le résultat d'une regrettable confusion entre flot et jusant fait que le bout de polyéthylène orange se dandine mollement à trente mètres du bord, dans environ un mètre vingt d'eau de mer à vingt-deux degrés. Pour aller le chercher, je me trouve obligé de me baquer en caleçon, jusqu'au nombril, sous le regard goguenard de la douzaine de clampins venus, comme nous, prendre refuge pour la nuit dans cette belle baie accueillante. Je fais mine que c'est exprès en arborant mon sourire décontract façon "G.O.", mais à l'intérieur, ça mouline un peu. Mais bon, je ne vais pas m'aciduler la rate pour une petite contrariété de rien du tout. Allez, hop, apéro ! Et j'en profite pour m'administrer un deuxième "Gin to"… Trop fort n'a jamais manqué ![64]

L'attraction du jour loge dans les hauteurs. Suspendus aux plus hautes branches des arbres, on pense, en les apercevant, à de curieux fruits trop mûrs ou alors à quelques parasites invasifs... Puis, en s'approchant, ça ressemble un peu à ces parapluies pliants qui étaient très en vogue dans les années quatre-vingt, et dont les graciles baleines se désarticulaient fréquemment. Soudain, un "parapluie" se déploie : c'est une énorme chauve-souris d'environ un mètre d'envergure, avec un corps gros comme celui d'un corbeau. Les abords immédiats du "Club Med Resort" en recèlent plusieurs centaines de spécimen, piaillant à tue-tête comme pour se persuader qu'elles sont de vrais oiseaux, alors que non. Certes ces mammifères volent très bien, cependant leurs évolutions aériennes manquent de grâce. Par contre, vu qu'elles se nourrissent principalement d'insectes, nous ne sommes plus du tout importunés par ces saloperies de grosses mouches qui nous piquent habituellement les mollets. C'est l'avantage.

Nous arrivons comme convenu à dix heures au wharf du "Club Med", à bord du dinghy. Comme nous approchons, cinq silhouettes se détachent de l'ombre des arbres, sautillant avec entrain à notre rencontre. Jérôme et Laurence, un couple de français installés à Adelaïde pour trois ans, sont nos invités ce matin, accompagnés de leurs trois enfants. La visite de Catafjord sera l'évènement du jour pour eux. Ils nous bombardent de questions, mais aussi d'éloges diverses au sujet de notre modeste barcasse. Thé, jus d'orange, gâteaux secs... petits plaisirs simples partagés avec ces gens agréables. Les gamins me poussent à faire couiner l'accordéon... Bon, ben je ne suis pas Yvette hors nerf, non plus... Si ça se trouve, elle ne connait même pas la différence entre tribord et bobard... Alors...? Les mômes sont contents, on se quitte avec la bise.

Le vent a soufflé un peu fort hier soir et une bonne partie de la nuit. Malgré tout, maintenus par la brave ancre Rocna de cinquante-cinq kilos acquise à Nouméa, nous fûmes bien plus sereins qu'avant, quand

---

[64] Vieux dicton marin

la bise fût venue. Laquelle s'évanouit au matin, nous contraignant à faire appel à la mécanique pour nous rendre à "Hamilton", paradis du tourisme chicos, notre escale suivante.

    Ici on se déplace en "golf car", ces petits véhicules électriques que l'on croise par centaines alors que l'ensemble des voies carrossables de l'île ne me semble pas excéder une vingtaine de kilomètres. Quel contraste avec les cailloux plus ou moins désertiques que nous fréquentions ces derniers temps. Nous sommes mouillés à Driftwood bay, dans le sud, et l'agglomération se trouve au nord. Pour nous y rendre, sans aucun plan, nous empruntons des chemins de randonnée qui traversent la montagne. Ces quatre ou cinq kilomètres nous paraissent épuisant! Les montées et descentes sont très abruptes et aucune ombre ne vient atténuer l'ardeur du chalumeau solaire. Je vous le dis comme je le pense, la petite mousse qui s'ensuit au bar de la "Marina Tavern" tombe à point nommé.

    A présent, et après une courte navigation, nous voici mouillés à "Gulnare Inlet", un merveilleux abri situé au sud de l'ile principale "Whitsunday". Le bras de mer s'enfonce profondément à l'intérieur des terres. Nous sommes entourés de collines très boisées, à tel point que je me demande s'il est possible de débarquer quelque part dans cette baie. A marée basse, il reste vingt centimètres d'eau sous les ailerons. Après les épuisantes marches à pied sur Hamilton, ça ne nous rebute pas de rester tranquilles à bord toute l'après-midi et Malou en profite pour gratter un peu les coques, aux abords de la flottaison. J'en ferai autant demain pour les ailerons, les hélices et les fonds de coques.

    Refuge bay, très joli abri sis à l'intérieur de "Nara inlet", profond fjord de la côte sud de Hook Island. Ça ressemble un peu à notre précédent havre, sauf qu'ici la mangrove n'est pas omniprésente. Au contraire, de larges zones sont constituées de rochers, au design très spécial, que nous ne tarderons pas à aller découvrir de plus près. Mais d'abord, il nous faut trouver un endroit pour "garer" le dinghy. Pas si simple! Avec ses deux cents kilos, et les trois mètres de marnage, on ne peut pas le laisser s'échouer sur les blocs de pierre au risque de ne plus pouvoir l'en extraire à notre retour. Nous finissons par lui trouver un genre de petit quai naturel, au milieu de tous ces éléphantesques galets. Pour le gars qui serait amateur de "cailloux", disons le genre géologue par exemple, ici c'est le paradis! Le minéral a fait son artiste en modelant la matière en une multitude de sculptures et de fresques d'une étonnante originalité. On trouve même des motifs géométriques qu'on se demande comment la nature a pu faire ça, alors que, normalement, il faudrait disposer de règles et de fausses-équerres pour dessiner des trucs pareils. La balade en elle-même a un petit côté "varappe" par moments. Mais bon, ça se fait. De retour à bord, nous recevons une visite. "Georgie" et "Ross", accompagnés de leur chien "Timy", nous abordent en dinghy, pour nous offrir un morceau du poisson qu'ils ont pêché. C'est t'y pas cool, ça ? "Come on board" qu'on leur dit, pour faire le genre qui parle couramment leur dialecte local (alors que y a encore un peu de boulot...). Et nous buvons un peu de vin de Bordeaux en faisant connaissance. Mais Georgie et Ross avaient une petite arrière-pensée en nous abordant. Leur frigo est en panne. En fait, ils sont venus nous demander d'héberger leurs victuailles, le temps de résoudre leur problème. Nous acceptons, malgré une petite odeur...

 Le cacatoès de base, faisant ses commissions pour la semaine, me semble manquer singulièrement de savoir-vivre. Jugez plutôt. Pas plus tard que tout à l'heure, nous laissons le dinghy amarré à un gros rocher, rapport à l'histoire que je vous ai déjà raconté que faut absolument qu'y flotte encore à notre retour, sinon "galère". Tout ça pour s'en aller visiter le site préhistorique où on peut encore voir des peintures rupestres faites par quelques artistes antédiluviens et sûrement mal payés il y a de ça disons trois mille ans au bas mot, et je pèse mes bas mots. En tout cas, c'est ce qui est écrit sur les pancartes que l'on rencontre, lorsqu'on grimpe l'étroit chemin escarpé qui permet de visiter ce truc. Très instructif au demeurant. On y apprend que les habitants de la région s'appelaient "Ngaro", ce qui me fait penser que nous avons, sans le savoir, connu un de leur descendant. Un gars qui chantait à Toulouse, sous un pseudonyme, précédé d'un prénom bien français. Mais son vrai nom, c'est maintenant évident, c'était "Glaud Ngaro". Mais revenons à notre volatile. Nous avions imprudemment laissé sur la plage avant du dinghy un sac poubelle bien garni attendant patiemment que nous accostassions dans une de ces contrées civilisées où fleurissent les containers collecteurs de nos immondices. Hors, il advint qu'à notre retour de l'excursion éducativo-préhistorique, le sac en question était déchiqueté et son contenu étalé "tout en pagaille" comme on dit en Celtonie. Nos soupçons se portent tout de suite sur un des voisins. Les Canadiens avec les trois mômes peut-être ? Sans doute même... les sales gosses ça fait rien qu'à déguenillers les affaires des autres. Ou alors ce couple de Néo Zed, sur un pauv' canote à moteurs de même pas quarante pieds... Grrrrrr! Manman est énervée et papa aussi!

De retour à bord, je remets le dinghy dans ses bossoirs et refait, en ruminant, une poubelle propre avec un sac tout neuf garni des vieilles saloperies. Sitôt la besogne accomplie, un magnifique oiseau blanc termine son vol majestueux par le petit coup d'aile "à contre" qui lui permet de se poser sur le balcon arrière. C'est un cacatoès ! La crête jaune fluo érigée comme à la parade. Le bestiau scrute avec insistance la poubelle neuve, révélant, s'il en était besoin, sa culpabilité dans ce qu'on peut désormais appeler "l'affaire du sac poubelle". Désireux de lui éviter la tentation d'une regrettable récidive, j'ôte prestement le sac de sa vue en le dissimulant dans le coffre avant de l'embarcation et "Va-z-y soulever le capot maintenant que je voye ça! Emplumé !". Eh ben voilà..., la réaction du félon volatile est quasi immédiate: un lâcher de fiente baveuse sur le pont et bye-bye à tire d'aile. Cependant que s'affaisse inexorablement le cac40, le cac-toës, lui, prend son envol...

Voilà maintenant quatre jours que nous sommes "coincés" dans cette baie profonde par un fort vent d'est. L'abri est bon, certes, mais ça nous manque de ne pas pouvoir aller nous dégourdir les guibolles. Par chance, nous faisons ici la connaissance d'un sympathique navigateur solitaire Nazairien, Jean-Marc à bord de son "Shangri-là".

Blue Pearl bay, au nord-ouest de Heymann Island, risque bien d'être notre dernière escale de cette croisière aux Whitsunday. L'île est classée "parc naturel" et il est recommandé de s'amarrer aux coffres mis à disposition par les autorités pour éviter de racler les fonds avec chaines et ancres. Ces "public moorings" sont un modèle du genre. Calculés pour être capables de maintenir, sans mollir, un bateau de vingt mètres par plus de trente nœuds de vent. Tout y est généreusement dimensionné. Par contre, on doit normalement libérer la place au bout de deux heures ! Un peu court. Nous resterons pour la nuit. Etant à quelques dizaines de mètres seulement du reef, Malou peut aller, à la nage, rencontrer les merveilles sous-marines qui la ravissent. Autre sujet d'intérêt pour nous, le chemin de randonnée caillouteux qui serpente sur les flancs de la colline, invitant à la contourner. C'est là qu'au retour d'une marche de cinq kilomètres, notre attention est attirée par des animaux, que nous prenons d'abord pour des chiens. Ils s'enfuient à notre approche en bondissant dans les broussailles. Ce sont des wallabys, petites marsupiaux herbivores de la famille des kangourous. Très exotique comme rencontre.

Nous profitons d'une jolie brise de travers pour filer à bonne allure vers "Airlie", notre prochaine escale, sise sur le continent celle-là. La baie est immense, bien abritée des vents de secteur est à sud, mais la houle y entre assez facilement. La "Rocna" descend se blottir dans le sable, recouverte par trois mètres d'eau à basse mer.

Nos squatters de frigo sont là, depuis deux jours, manifestement impatients de récupérer leur boustifaille. De fait, ils ne trainent pas à pointer leur nez à bord de Catafjord. Dans leur précipitation, ils ont omis de s'équiper de sacs ou cabas et emportent donc leur butin dans des sacs prêtés par Malou. Puis, quelques minutes plus tard, après quelques brefs échanges de politesses par radio VHF, ils quittent précipitamment les lieux en embarquant nos sacs à provisions! C'est-y pas des braves empaffés, ça ? Bonjour les hypertrophiés de la goujaterie.

C'est ambiance "vacances", ici. "Airlie Beach" est une station très branchée, paradis du farniente, avec ses boutiques de mode, ses bistrots et restaurants et un étonnant lagon artificiel, véritable méga-piscine, situé à proximité immédiate de la plage. Personne ne se baigne dans la mer car l'eau y est infestée de méduses très dangereuses, appelées « box jellyfish » [65]. Le problème peut se contourner par l'acquisition de combinaisons intégrales en lycra, ce que nous faisons. Puis nous retrouvons avec joie, et par hasard, au bar du Yacht club, Damien et Allison, rencontrés le jour de notre arrivée à Mackay. Ils

---

[65] Leur contact est mortel et fait plusieurs victimes chaque année

viennent d'étrenner la nouvelle acquisition du frangin, Simon, un joli canote de dix mètres, acheté d'occasion, avec lequel ils comptent bien écumer les "Whitsunday" pendant tous leurs congés des prochaines années.

Jean-Marc a mouillé son canote à proximité de Catafjord et nous accompagne pour la randonnée du jour. Sept kilomètres à travers bois pour gravir le mont "Rooper" et atteindre "Swamp bay" de l'autre coté de la presqu'ile. L'attraction, c'est la rencontre de varans, bestioles de plus d'un mètre de long, relevant de l'iguane et du crocodile (à moins que ce ne soit du caïman), disons, un gros lézard. Le troisième que nous croisons nous fait son show en grimpant à un arbre pour prendre la pose. Tout ça, plus la bonne mousse bien fraiche que Jean-Marc fait péter au retour en ville, dans un bistrot à la mode, ça nous fait encore une journée pas pire...

Avec mon équipière, nous avons commencé à évoquer des dates. C'est un signe qui ne trompe. Ça sent le départ! Encore un ou deux jours ici et nous allons attaquer la descente vers Brisbane. Rendez-vous a été fixé avec le plus gros chantier local pour sortir Catafjord de l'eau et lui refaire une carène propre. Le timing est cool et nous avons largement le temps pour faire la route tranquillement, cependant il va tout de même être temps d'y aller.

Le bus, qui nous a cueillis au centre d'Airlie, nous conduit maintenant vers Proserpine (de kangourou...). Nous allons voir à quoi ressemble une petite ville du Queensland. Le pays est bien plat par ici. Pas étonnant que la signalisation insiste sur le caractère "inondable" de cette route bordée d'immenses champs de canne à sucre. Au loin, deux gros tubes noirs crachent au ciel leurs volutes ouatées. C'est l'usine de raffinage, qui transforme les tiges vertes, qu'on voit dans la cambrousse, en petits sacs blancs, qu'on trouve au supermarché. Un réseau de voies ferrées sillonne les cultures, supportant les processions de wagonnets qui acheminent la matière première vers la cocotte-minute XXL. Les Australiens ne manquent pas d'espace, d'une manière générale. Ça se traduit dans l'architecture de leurs villes par des rues larges, bordées de constructions basses très espacées entre elles. L'essentiel de l'agglomération de Proserpine (de koala...) est situé de part et d'autre d'une rue principale au nom évocateur : "Main

Street" ! Qui est un long chapelet de commerces variés. Parmi ceux-ci, l'incontournable "Colour me crazy", bric-à-brac hétéroclite de jolis objets provenant du monde entier et agencés avec un certain sens artistique. Les gens vivent dans une décontraction bonnasse ici. Point de crissement de pneus ni de "coups de klaxon" hystériques, non plus que de piétons se déplaçant au pas de charge où encore de deux-roues pétaradants. Un genre de flegme britannique, plutôt appréciable.

Le temps de prendre un bulletin météo et d'étudier la carte, nous démarrons notre périple vers le sud par petites étapes. Dehors, petit courant favorable, mais sept à huit nœuds de vent dans le pif. Route au moteur, donc, en direction de Lindemann Island. Navigation agréable sur mer plate, eaux turquoise à cause des petits fonds sablonneux et côte vallonnée verdoyante en fond d'écran. En face, pas d'horizon… Les Whitsundays l'ont investi.

Journée voile. Malgré la brise bien légère, Catafjord accroche les cinq nœuds suffisants pour absorber les vingt-quatre milles qui nous séparent de Newry Island. Un charmant mouillage nous y reçoit en tout début d'aprèm, suffisamment tôt pour envisager d'inclure une petite marche au programme de la journée. Le chemin est des plus agréables, avec sa moquette de feuilles mortes crissant sèchement sous les pieds, comme des billets de cinq cent euros neufs. (Faites le test: allez au distributeur le plus proche et retirez-y une cinquantaine de billets de cinq cent euros. Froissez-les, à deux mains si vous le voulez bien, et étalez-les au sol avant de les fouler aux pieds... Vous verrez, c'est le même bruit! Gaffe aux courants d'air quand même...).

Une pancarte explique aux visiteurs que cet endroit est classé "parc naturel", et qu'on peut y rencontrer des dugongs. J'en ai aperçu deux fois aux Whitsundays, mais de manière très fugitive. Peut-être aurons-nous plus de chance cette fois. (Alors que, dans la vie, des "ducon"…, j'en ai côtoyé une certaine quantité. Bon, bien sûr, on est toujours le « con » de quelqu'un. Mais on ne m'ôtera pas de l'idée qu'ils y en a qui sont le con de plus de monde que d'autres).

Cette "descente vers Brisbane" s'avère plutôt sympa, pour le moment. En étudiant bien les cartes et documents divers dont nous disposons, nous parvenons toujours à trouver une succession d'abris corrects, atteignables après une honnête journée de navigation diurne.

Par contre, un peu contrariant est le vent, car souvent dans le pif, et le courant, pareil ! (Mais ça dépend de la marée, donc ça change toutes les six heures).Ainsi, il est fréquent de devoir s'aider plusieurs heures au moteur pour parvenir au mouillage prévu avant la tombée de la nuit. Alors elle vient, s'installe, et les ténèbres envahissent le plafond. Pour surmonter le malaise qu'elle apporte avec elle, nous prenons l'apéro. Puis, nous dinons. Et c'est seulement, au moment de la mise en place de la "salle de ciné", qu'on commence à se douter si l'endroit est bien choisi et si cette nuit se révèlera sereine. Les rares bateaux voisins, souvent pas plus de deux ou trois, ont allumé leurs feux de mouillage. Malou a choisi le film du soir, préparé une tisane, et quelques morceaux de chocolat. L'écran géant, de vingt et un pouces (!), est connecté à l'ordinateur, la sono est réglée, les sièges "pullman" sont en place et l'éclairage tamisé a remplacé les spots "full Sun". La séance va commencer..., il est 19h30.

Catafjord file bon train, au près serré encore une fois, vers le Cap Capricorne qui marque la sortie de cette "bande tropicale", notre bassin de croisière favori. Sortie provisoire, pour quelques mois seulement. Depuis que nous courons vers notre prochain arrêt technique, programmé à Brisbane, quelques dizaines de milles au sud, nous profitons peu des escales, pourtant charmantes, qui agrémentent notre cabotage. Espérons qu'il n'en sera pas de même l'année prochaine, lorsque nous reprendrons la route dans l'autre sens pour, de nouveau, faire de l'ouest, à partir du détroit de Torrès. Plusieurs raisons motivent notre relative précipitation. Déjà l'eau se prête moins bien qu'ailleurs à la baignade. Et puis de petits soucis techniques, avec l'accouplement de l'arbre d'hélice bâbord, les carènes sales, un peu de couture à prévoir sur l'artimon et différentes petites bricoles encore. Tout ceci nous donne envie d'arriver à Brisbane sans trop tarder.

Aussi, nous croisons toujours ces nappes brunes-verdâtres peu ragoûtantes et à l'odeur désagréable, dont nous avons appris, hier, qu'il s'agit d'une variété d'algues, qui ne prolifèrent que quelques mois dans l'année.

Ces derniers jours, les conditions météo ne nous ravissent pas vraiment. En cours de journée (disons les "heures ouvrables"...), le vent est plutôt léger, voire ridiculement faible, jusqu'aux environs de midi. Puis, en cours d'après-midi, quand la prochaine savoureuse escale est sortie de l'horizon et que se précise le palpitant moment de la découvrir et d'y chercher le meilleur endroit pour planter la pioche en vue d'une bonne nuit de Chine, voilà t'y pas que le souffle céleste se revigore, jusqu'à atteindre la vingtaine de nœuds. Il se maintient ainsi quelques heures, s'assoupissant à nouveau dans la nuit pour n'être plus au matin qu'une brise de fond de culotte. Ce n'est pas un peu mal organisé ce truc? Ceci étant, naviguer à cinq à six nœuds sous le soleil, sur une mer plate, même au moteur, ce n'est pas ce qu'il peut nous arriver de pire ; faut reconnaitre. Quand au mouillage de la nuit dernière, sous le vent de "Facing Island", ce n'est pas pour me vanter, mais il n'avait aucun charme, quoique tout-à-fait sécurisant…, ce qui n'est déjà pas si mal, c'est vrai.

Burnet River nous rappelle un peu la Loire. Une fois doublé le terminal sucrier, avec ses immenses hangars et les monumentales installations techniques capables de charger un cargo entier en quelques heures, le fleuve offre une excellente zone de mouillage quasiment champêtre. C'est là que miss Rocna, cinquante-cinq kilos d'acier, taille fine, hanches pleines, va dormir cette nuit dans quatre mètres d'eau, calme comme un étang. D'ailleurs, une bonne nuit de sommeil s'impose après ces soixante milles d'une navigation débutée à cinq heures ce matin. Il est dix-sept heures trente. La mécanique vient de se taire. Une cervoise est mise en perce et j'écris, dans le cockpit, aux dernières lueurs de l'astre solaire qui se glisse en ce moment dans ses draps de mangrove..., que peut-être demain matin je découvrirai que ce n'est pas de la mangrove, mais qu'est-ce qu'on s'en fout! En tout cas, c'est pas des sapins de Noël, ça c'est sûr. Et puis, on est gravement bien ici.

La marina dite "Port Bundaberg" se situe en aval du terminal sucrier. Nous nous y rendons en dinghy, afin de repérer les abords du ponton d'approvisionnement en carburant. Un magnifique trawler de vingt-cinq mètres, avec un look de super yacht, attire notre attention. Deux personnes sont affairées à le rincer à l'eau douce… L'équipage sans doute. La magie du voyage va encore opérer. Claire, quinquagénaire avenante, interrompt son jet d'eau et entame la conversation en français! Elle et son mari sont, en fait, les propriétaires de ce superbe canote, ancien bateau d'expédition dont ils ont managé le "refit" et avec lequel ils naviguent en couple, ce qui est fort rare sur une unité de cette taille. Depuis le début du voyage, c'est seulement la deuxième fois que nous croisons des gens qui mènent à deux un bateau plus grand que Catafjord, (et encore ne naviguent-ils qu'en cabotage, dans une zone limitée). Claire est très volubile et guillerette, cependant que son ours serait d'un genre plus ombrageux. Ils nous emmènent gentiment à la ville, dans leur auto de location. Notre entrevue sera de courte durée et c'est dommage. Peut-être aurons-nous la chance de les retrouver plus loin.

L'objet de notre excursion du jour est la visite de l'usine qui produit le rhum Bundaberg. Sa matière première est la mélasse provenant de la raffinerie de sucre voisine. L'Australie est un gros producteur de sucre. Cette visite m'intéresse beaucoup et ce n'est pas seulement, parce qu'il s'agit de rhum. La bibine qu'ici commettent les "Aussies" est loin d'être aussi gouleyante que le savoureux élixir qu'à mis au point, là-bas, notre bon Père Labat. Si vous voyez ce que je veux dire. Cependant, indépendamment de cet aspect gustatif, l'usine "Bundaberg" est un bel outil industriel aux proportions peu fréquentes pour une distillerie de rhum (ils vont même jusqu'à affirmer qu'ils sont les plus gros producteurs au monde! Le kangourou a parfois l'égo plus gros que la poche...). En particulier, le bassin dans lequel fermente la mélasse se présente comme une imposante fosse sceptique, disons de la taille d'une piscine préolympique, remplie d'un magma mijotant couleur..., comment vous dire... ? Mais je sens que je m'enlise... Bref, beaucoup de choses impressionnantes, jusqu'à ces colossaux foudres en chêne cerclés d'acier qui stockent des milliers de litres de cet alcool, dont au sujet duquel je dirais qu'il faut être Australien pour appeler ça du rhum, mais bon, ce que j'en dis...

C'est reparti. Avec une jolie surprise en descendant la river: nos amis Pascal et Martine, du catamaran "Steelband", perdus de vue depuis Tahiti, sont mouillés là. Pour quelques jours, seulement. On se promet qu'on se reverra à Brisbane sous peu.

Sinon, dehors, la routine: pas de vent, moteurs, puis ça se lève vers treize heures et on peut faire voile jusqu'a cet endroit invraisemblable, qui nous donne l'impression qu'on s'est gouré en analysant la carte.

L'ancre est au fond…, on n'avance plus, mais c'est toujours la mer partout autour. Avec juste un petit bout de terre, un modeste îlot, qui casse quand même un peu le clapot. En fait, nous sommes au milieu de hauts-fonds sablonneux très peu immergés, parcourus de courants de marée, qui constituent un abri à l'efficacité moyenne…

C'est Noël. Ce n'est pas encore ce matin qu'on va faire route à la voile. Le vent est faible et puis l'étape du jour prévoit de se faufiler entre les bancs de sable, à l'aide d'une carte qui comporte plusieurs erreurs et un balisage incomplet... Indispensable d'ouvrir l'œil! Pas question de jouer de l'accordéon pendant la route aujourd'hui. Surtout avec le moteur tribord qui bouffe de l'eau et l'autre dont le tourteau d'accouplement est cassé. Je vais devoir le remplacer à Brisbane (d'ailleurs, c'est bizarre ce vocabulaire, c'est plutôt les tourtereaux qui s'accouplent..., non?). Avec tout ce que nous envisageons d'y dépenser, Brisbane s'annonce comme une escale brise-banque.

Nous voici de nouveau mouillés dans un endroit singulier. On dirait un estuaire de fleuve. Un grand banc de sable, découvert à basse mer, définit un abri, acceptable par ces légères brises d'est. De l'autre côté du bras de mer, c'est "Fraser Island", la plus grande île de sable au monde précise le guide récemment acquis. Un bac rustique fait ses navettes sans discontinuer, d'une berge à l'autre, avec son chargement de véhicules variés. Pas de chichi ici: c'est directement la route, je dirais même la piste, qui se jette dans l'eau, sans aucune infrastructure. Aucun bâtiment d'aucune sorte, pas de quai, pas de parking, rien, et c'est pareil de l'autre coté. Les "Aussies" sont des gens pragmatiques, qui se soucient d'abord d'efficacité et ne s'encombrent pas trop de fioritures.

Départ matinal. Dès cinq heures trente, nous cheminons vers la sortie de la très longue passe, en luttant contre trois nœuds de courant contraire. Dehors, peu de vent. Quel dommage que nous n'ayons pas de voile de portant.

L'escale de Mooloolaba est encore différente. Un court et étroit chenal mène à un dédale d'habitations basses, chacune pourvue d'un catway[66] privé, accessible par une passerelle du même métal. Un peu

---

[66] Petit appontement destiné à amarrer un bateau dans une marina

genre Port Camargue, sauf qu'ici point d'immeuble disgracieux. Ça nous semble agréable à vivre. Les plus cossus sont entourés de jardins avec piscine en terrasse et le bateau amarré devant. C'est au fin fond de cette cité lacustre que nous dénichons un emplacement ad hoc pour poser la pelle. Mais pas moins de trois tentatives seront nécessaires avant de trouver le bon compromis, tant la marge de manœuvre est mince.

D'aucuns prennent volontiers les Australiens pour des "soldats du pape" (comme on disait autrefois dans la marine à voile). J'en ignorais la raison, jusqu'à ce qu'on me donne une piste de réflexion que je vous livre. Figurez-vous que ces gens, les "Aussies", à l'image de toutes les autres peuplades évoluées qui communiquent avec leurs semblables par le langage parlé, affectionnent les diminutifs et autres contractions (surtout chez les femmes enceintes). Ainsi, nous autres les Gaulois, nous disons "la clim" pour désigner ces machines infernales qui permettent d'abaisser, à grands frais, la température de l'intérieur d'un bateau ou d'une automobile, alors même que, bien souvent, il suffirait simplement d'aller ailleurs, là où il fait moins chaud, genre Tchernobyl par exemple. Mais ce n'est pas le sujet. Hors donc, nous pouvons constater que nos amis les Australophiles procèdent, sur ce point, exactement de la même manière que n'importe quelle population confrontée à un excès de calories. A une nuance près, toutefois. Ici, la clim, ça se dit, "air conditionning". Pourquoi pas ? Hélas, dans une démarche d'économie de salive plus ou moins judicieuse, ils se contentent d'appeler ces installations énergivores "air cond". Effectivement, ça économise trois syllabes. Le problème, c'est qu'ils font également abstraction du "d" final. Ce qui donne, phonétiquement, "aircon". Et ça serait un peu là que l'affaire se gâte. Lorsque vous leur demandez s'ils sont équipés de climatisation, ils répondent, sans sourciller: "Oui, nous avons l'aircon. Nous avons l'aircon dans la maison, l'aircon dans la voiture, l'aircon dans le bateau…, partout nous avons l'aircon... On adore ça, nous, l'aircon!". Personnellement, j'ai rarement trop chaud…, c'est pourquoi, l'aircon je m'en passe très bien…

Dernière escale tranquille avant d'affronter la trépidance citadine et les travaux divers qui nous attendent à Brisbane. Nous devrions y être demain…, si tout va bien.

Ancrés dans la rivière de Bongare, dix-huit milles au nord, nous profitons de ce mouillage, sûr et confortable malgré le vent qui souffle fort maintenant qu'on n'en a plus besoin, pour mettre en ordre différentes petites choses que nous avons un peu sacrifiées pendant le trajet depuis Airlie. Ce matin, deux gars sympas sont venus à notre rencontre avec leur dinghy pour discuter catamaran et voyage. Ils nous ont fait cadeau d'un leurre qui est censé bien marcher par ici. Pas comme les nôtres, avec lesquels nous n'avons pris aucun poisson depuis deux semaines...

Brisbane

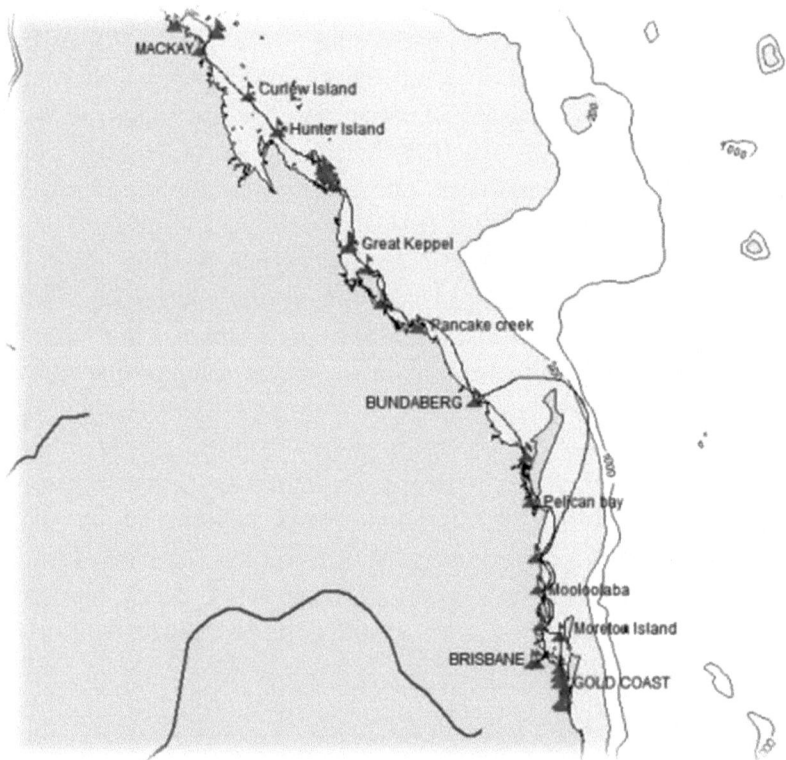

L'exercice de début de journée consiste à trouver un endroit adéquat pour amarrer le dinghy, le temps de nous rendre en ville. Bien que le fleuve soit bordé de centaines de catways, solidement maintenus par des ducs d'Albe de la meilleure facture, il est paradoxalement assez malaisé de trouver un poste d'amarrage adapté, car tous ces équipements sont privés. Ici, c'est comme à Mooloolaba... (Notez la finesse du jeu de mots discret...). Tous les gens qui ont une baraque au bord du fleuve ont également leur ponton attenant, la plupart du temps libre de toute embarcation. Mais cependant peu enclin à accueillir des vagabonds dans notre genre, ce qui est bien dommage! C'est vrai, le top du top, ce serait de se voir offrir l'hospitalité d'un catway vide, avec, pourquoi pas, le gars qui nous invite à l'apéro…, histoire de faire connaissance... Mais ça...

Après nous être réfugiés dans Breakfast creek, petite rivière adjacente, nous dégottons le bout de ponton, privé aussi, mais moins que les autres, qui accueille miss Newmatic pour la journée. Nous fêtons aujourd'hui nos trente-sept ans d'accouplement. Au programme, une petite mise en jambe déambulatoire tout autant que pédestre dans les rue de Brisbane, suivie d'un roboratif lunch vietnamien pris dans un modeste restaurant du center city. Un genre d'établissement ayant nettement notre préférence, face à la concurrence des multiples "maqueudo" et autres "roi burguère" qui constituent la majeure partie de l'offre locale. Attention à ne pas oublier d'acheter son picrate dans une "bottle shop" avant de s'installer à table, car ils ne servent que des trucs sans alcool. Et ça, pour fêter un anniversaire, ce n'est pas terrible. Alors qu'en apportant sa bouteille de rosé, acheté déjà frais, on fait preuve d'un comportement sensiblement plus humain!

Plutôt grand comme ville Brisbane: un million trois cent mille bipèdes ! C'est la troisième ville du pays (en partant du haut...). Tout est bien rangé, avec des rues larges et perpendiculaires, ou alors parallèles, ça dépend comment s'est levée la lune... Au carrefour, pour traverser, on appuie sur un énorme bouton à côté des feux. Rapidement, un organe invisible fait tub, tub tub tub tub pour avertir qu'il va se passer quelque chose et là, le piéton s'allume vert en face. Alors, on peut y aller. La ville regorge de boutiques et bistrots tout à fait déjantés, comme ce magasin du centre spécialisé dans le commerce d'herbes magiques et instruments divers permettant de la fumer (je n'ai pas pu résister au plaisir d'y faire l'emplette d'une mini pipe à eau déguisée en bouteille de whisky...).

La "Brisbane River" est sillonnée, à un rythme soutenu, par le va-et-vient des bus nautiques, nommés "city cat". Je rassure tout de suite les défenseurs d'animaux maltraités, point de félin comme mode de traction, c'est juste l'abréviation de "catamaran". Ces navires, longs, étroits, légers et bas sur l'eau, transportent six millions et demi de passagers par an à la vitesse de vingt-cinq nœuds[67], traçant derrière eux un sillage très modeste pour leur taille et leur vitesse: magnifiques! Et quelle efficacité!

Arrêt technique au Rivergate shipyard

Finie la rigolade. Catafjord embouque, en début d'après-midi, la darse d'accès au travel-lift[68] et se retrouve illico sur le terre-plein, frictionné par le jet puissant du nettoyeur haute-pression. Vint et un mois depuis le dernier carénage ! Il est grand temps d'y repasser.

Epuisant cet arrêt technique! Il faut dire que le "Rivergate Shipyard" est un endroit particulièrement efficace pour ce genre de joyeuseté. Alors, forcément, on en profite…, et on travaille beaucoup. Les équipements sont modernes. On trouve tous les produits et services nécessaires à proximité et le personnel est aimable et compétent.

Malou a assuré à elle seule l'application des quarante litres d'antifouling, pendant que je remettais les mains dans la mécanique, afin de remplacer un palier de ligne d'arbre et un tourteau d'accouplement. Sans oublier, aussi, un peu de résine époxy pour réparer un aileron de dérive et deux ou trois autres merdasses encore, dont je vous épargne les détails. Nous avons cependant recours aux services d'un mécano local pour dépister et réparer une fuite de liquide

---

[67] Environ quarante cinq kilomètres/heure

[68] Engin de manutention servant à lever et déplacer les bateaux

de refroidissement sur le moteur tribord (quatre-vingt-quinze dollars de l'heure et quatre-vingt-douze dollars la durite ! Du délire..., mais bon, il fallait un appareil spécial pour détecter la fuite).

Nous faisons ici la connaissance d'un couple original et sympa: Curt et Micheline, accompagnés de leur cadette Tas et du chien, Skipper. Leur superbe bateau d'exploration, "Whale song", vingt-six mètres de long, deux cent vingt tonnes de déplacement, est un laboratoire mobile dédié à l'étude des baleines (www.cwr.org.au). Un véritable petit cargo! Catafjord semble tout petit, vu de leur passerelle ! C'est vous dire ! Ce sont les premières personnes qui nous affirment gagner de l'argent en s'amarrant à quai dans une marina au lieu de mouiller leur ancre!

Explication : leurs groupes électrogènes de quatre-vingt KVA consomment trente litres de gas-oil par heure, ce qui fait une consommation journalière de sept cent vingt litres, soit un budget avoisinant les sept cent dollars. Aucune marina, même équipée de prises de courant de fortes puissances, ne leur demande une pareille somme par jour.

Arrivant au chantier par la route, une barrière à manœuvre électrique contrôle l'accès au site. Une pancarte y est fixée, qui vous met en garde contre une éventuelle étourderie aux conséquences fâcheuses. Le texte explique en effet que la direction du chantier s'autorise, au cas où un propriétaire de yacht aurait déserté l'endroit depuis plus de six mois sans donner signe de vie, à vendre le canote délaissé, à son profit ! Donc, prudence, les étourdis. Évitez d'oublier ici votre canote après travaux car si tout-à-coup, au bout de sept mois, vous vous réveillez en sursaut et ruisselant d'une transpiration pestilentielle en pensant: "zut! Où ai-je bien pu oublier mon super yacht de vingt-huit mètres ?", eh ben ce sera trop tard ; y sera vendu pis c'est tout!

Brisbane, le retour

Quelle délivrance quand la grande araignée bleue marquée "Rivergate- 300T" s'approche pour enlacer notre gracile insecte blanc d'à peine vingt tonnes dans ses tentacules lamelliformes et dégoulinantes (car il vient de mettre à l'eau "Whale song"). Nous avons passé presque douze jours au chantier, à travailler en moyenne dix heures par jour. La fatigue se fait sentir. Un bref passage au ponton à carburant pour refaire les pleins et nous filons retrouver notre mouillage de Boulimba, au centre de Brisbane, pour goûter un peu de repos et aussi jouer aux touristes. Les moteurs tournent bien rond… ; petit clac, petit boum, petit clac, petit boum et les lignes d'arbres itou, faisant glisser nos carènes comme une savonnette dans la main d'un sale gosse.

Hier, avant de nous préparer à quitter le royaume du "refit", nos amis de "Whale Song" nous ont invités à dîner. Ce fût une charmante soirée, agrémentée de conversations techniques passionnées car Curt envisage de modifier tout le système de gestion énergétique de son bateau en l'équipant en diesel/électrique.

Essai de notre nouveau kayak, un "Oasis" de chez Hobie, équipé du génial système de propulsion à pédales "Mirage drive". L'action sur les pédales met en mouvement des espèces d'ailerons de pingouins situés sous le canote, le propulsant à une vitesse qu'il serait bien plus difficile d'atteindre avec les pagaies. Ainsi, les mains restant libres et l'engin étant équipé de "cup-holders", il est très aisé de siroter sa petite mousse tout en se baladant sans bruit au fil de l'onde..., une merveille, que l'on peut aussi équiper d'une petite voile pour quand le vent est favorable.

Notre pote Nicolas nous avait pourtant déjà bien prévenus : ici en Australie, pour rouler en vélo il faut absolument porter sur le haut du crâne un de ces casques spéciaux qui vous donnent l'air de vous être déguisé avec une laitue sur la tête pour halloween. Aussi, quand l'agent de police nous interpelle alors que nous pédalons, tête nue, nous savons très bien pourquoi. Fort heureusement, nous nous étions entrainé avant, à faire les andouilles, et donc nous lui servons avec conviction notre couplet des "pov'couillons" de français qui viennent juste d'arriver.... "On ne savait pas, nous, monsieur l'agent..." Bon, ben, ça marche! Il nous informe tout de même gentiment que l'amende c'est cent dollars la prochaine fois. Nous promettons d'aller quérir deux laitues dès demain matin, sans faute.

C'est pourquoi, la journée du mardi que nous avons destinée à la visite du musée maritime débute, en fait, par un détour chez le marchand de bécanes (pour les salades…). Une heure plus tard, deux français rencontrés en chemin participent à creuser encore un peu plus notre retard. Nous ne disposerons, finalement, que de trois heures pour admirer toutes ces merveilles du passé dont je ne me lasse pas. Évidemment, nous faisons la fermeture (disons qu'on nous fout dehors gentiment…), avant de rentrer à bord, juste à l'arrivée des premières gouttes de pluie... ouffff!

David, le marchand de vélos électriques de Noosaville (cent quarante kilomètres dans le nord de Brisbane), nous a fait lever à six heures. Tout ça pour finir par pour l'attendre, sous la pluie, plus de deux heures durant ! Son projet, c'était de nous livrer, à sept heures, les deux nouveaux biclous que nous lui avons commandés, puis de retourner ouvrir son magasin pour neuf heures. Hélas pour lui, les embouteillages se ressemblent dans toutes les grandes villes du monde et les e-bikes se pointent à huit heures et demie! Belles machines à cadre alu, freins à disques, six vitesses, un moteur de deux cents watts dans le moyeu arrière et une batterie lithium-ion de dix ampères-heures qui permet de rouler à vint-huit kilomètres par heure pendant une heure et demie, sans pédaler. Soyons clair : notre but, avec ces acquisitions, n'est pas de n'avoir pas à pédaler. Ce serait même plutôt le contraire. Disons qu'on aimerait pouvoir continuer à pédaler, même dans les montées, au lieu de marcher à côté du vélo comme nous le faisons d'habitude.

Croisière dans les « waterways »

La configuration "croisière" est une nouvelle fois engagée. Les biclous à assistance électrique occasionnent quelques difficultés de rangement, car ils sont sensiblement plus encombrants que les anciens. Je vais devoir leur fabriquer un garage sur-mesure.

Appareillage. La météo n'est pas véritablement idyllique, mais nous partons tout de même. Tout fonctionne correctement et c'est un vrai plaisir, une fois sortis du chenal, de retrouver un Catafjord qui avance bien. C'est sous le vent de l'île Peel, dans Horse Shoe bay, qu'un mouillage confortable nous offre son hospitalité pour une bonne nuit de sommeil. Ce début de croisière vers le sud est particulièrement peinard car nous avons choisi de rester dans Moreton bay, vaste dédale de chenaux tortueux aux eaux abritées. Nonobstant le caractère timide et capricieux du soleil, c'est de la navigation agréable.

Soleil, ciel d'azur, pas de vent, les conditions idéales pour aborder les waterways des "Stradbroke Islands". Navigant au cœur d'une tripotée d'îlots, il nous faudra faire preuve de vigilance à cause des courants et des petits fonds qui n'autorisent souvent qu'un pied-de-pilote[69] réduit.

Nous sommes au tiers de l'étape du jour, navigant dans une grande décontraction, lorsque, tout à coup soudainement, au détour d'un méandre, quatre majestueux pylônes électriques se dressent devant nos étraves, cependant que ma broussaille capillaire en fait autant sur le sommet de mon crâne. En préparant ma route, avant de partir, j'avais bien remarqué sur la carte ce petit trait et sa vague annotation, mais bon, ça ne m'avait pas spécialement défrisé le chignon. Alors que là, maintenant tout de suite que le bazar est juste là devant, ça m'indispose déjà nettement plus.

-"Dis donc Malou, tu voudrais bien jeter un œil sur la carte Maxsea, des fois qu'y aurait une ligne ou deux concernant la hauteur de ces saloperies de fils électriques qui pendouillent devant nous" ? Court silence…, que je ne trouve pas si court que ça. Très long, même…

-"Ça y est, j'ai trouvé. Tes câbles électriques, ils sont à vingt mètres trente de haut…" Sa réponse me fait genre comme quand je me mets trop tôt sous la douche et que l'eau chaude n'est pas encore arrivée. Notre mât principal culmine à vingt-deux mètres cinquante... En principe, ça ne passe pas! Stop! Mouillage de l'ancre immédiat, le temps de réfléchir posément. Nous avons un guide nautique local, qui fait mention d'une hauteur libre de vingt trois mètres cinquante, à marée haute. Ça ne fait pas une grosse marge, mais en attendant un

---

[69] Distance de sécurité que l'on fixe soi-même entre le fond du bateau et le fond de la mer

peu que la mer baisse et en passant près d'un pylône pour éviter la zone ousque c'est le moins haut, ça devrait pouvoir se faire (à dix sous...). Approche lente, en serrant bien le pied du pylône et... les miches. Ouf! Ça passe largement ; même pas peur! Sauf que, avec tout ça, on a pris deux heures de retard sur le planning de la journée alors qu'il est prévu une dégradation du temps en soirée. D'ailleurs, ça se profile déjà. Pour rapidement se confirmer. Il est à peine quatorze heures et on croirait que la nuit va tomber tellement il fait sombre. Ça gronde, ça tonne..., et ça se met à tomber dru, réduisant considérablement la visibilité. Deuxième pause mouillage. Le temps de laisser passer l'orage. Enfin nous repartons, dans le gris persistant, avec l'intention d'aller poser la pioche dans une heure environ. L'endroit que nous avons choisi pour l'escale à venir s'appelle "Paradise point". Il semble promettre une certaine quiétude. Nous approchons. L'accès est malaisé. Nous avançons à vitesse réduite. Notre regard s'arrête sur des pancartes rouges, plantées dans l'eau, et portant la mention: "Moins d'un mètre d'eau à basse mer"... Oups ! Justement, nous sommes quasiment à marée basse. Le temps de réaliser que ça pourrait bien ne pas passer, paf, nous voilà échoués. En douceur, certes, mais en plein milieu de l'étroit chenal. Patience et longueur de temps font plus que force nique l'orage et donc, simplement en attendant une heure, Catafjord reflotte et se hâte d'aller discrètement poser sa pelle trois cents mètres plus loin, comme si de rien n'était. Bien au milieu de la zone adéquate, cette fois. Il est presque dix-huit heures. L'apéro est en vue et ce n'est pas dommage.

Paradise point

Il fait jour depuis presqu'une heure et je n'arrive plus à dormir. J'en profite pour m'installer à la table à cartes et travailler un peu l'itinéraire de la suite du voyage. Pas évident! Aucun abri naturel sur les trois cents milles à venir, à part quelques rivières, dont l'accès est régi par le rythme des marées à cause de barres franchissables seulement aux alentours de la pleine mer. Quand au vent, il semble coincé au secteur sud pour un moment, donc, juste dans le pif !

Deux heures plus tard et le p'tit déj en phase de digestion, la décision est prise de trainer dans le quartier en attendant des conditions plus agréables pour avancer, genre du vent portant par exemple. Dicton du jour: "Quand t'as le vent dans le pif, t'es plutôt rétif, mais quand c'est dans le fion, alors là t'es confiant."

La matinée ayant été plutôt chargée en travaux d'entretien et autres activités à caractères un peu obligatoires, nous décidons de rendre l'après-midi plus festif. Le kayak est mis à l'eau et nous voilà partis vers Hope Island marina, pédalant ferme contre le courant de jusant sur cinq mille et demi environ. Les "Mirage drive" sont diablement efficaces et nous atteignons sans peine notre but. Dans la marina, un catamaran attire notre attention: c'est "Taïmada". Nous avions rencontré ce couple d'Allemands à l'île Coco, puis aux Galápagos…, et pas revu depuis. C'est agréable de se retrouver et d'échanger les nouvelles de nos potes communs. Depuis que nous sommes en Australie, nous apprenons souvent que tel ou tel de nos copains déambulateurs nautiques est actuellement en escale en Nouvelle-Zélande. Ils semblent nombreux à s'être retrouvés là-bas pour fêter le nouvel-an ensemble. Alors que nous sommes un peu seuls ici. Heureusement, il y a les échanges par e-mail, qui sont toujours aussi agréables et maintiennent bien le contact.

Alors que nous franchissons la sortie de la marina, nos pédalages attisent la curiosité d'une famille de kangourous. Les marsupiaux amis, postés sur leur colline verdoyante, restent là à nous dévisager placidement, avec à peine un soupçon de méfiance dans la poche quand nous les approchons. Mais il est difficile de débarquer à cet endroit et la journée s'avance. Alors, Malou devra se contenter de les photographier depuis le kayak.

Une de nos pompes de cale est en rade. Il nous faut trouver un shipchandler[70] pour en acquérir une neuve, ainsi que deux ou trois autres bricoles. Google Earth nous fournit l'itinéraire d'accès à l'important centre nautique de Gold Coast, que nous décidons d'atteindre par voie maritime, après avoir fait le plein de carburant

---

[70] Magasins spécialisés dans la fourniture de produits nautiques

dans ce bon vieux Newmatic. Cheminant dans un dédale de voies d'eau tortueuses, tout se passe sans avatar, jusqu'au moment où apparait, devant nos yeux hagards, un enrochement, qui barre le waterway et que nous avions pris pour un simple pont au vu de la photo aérienne. Nous avons parcouru plus des trois quarts du chemin et nous voici dans un cul-de-sac! Retour au Catafjord, penauds, pour déjeuner. Nous repartons, en vélo cette fois, malgré un copieux détour pour trouver un pont, ce qui nous fait la balade à trente-deux kilomètres, pas moins. Ça devrait être une simple formalité avec nos nouvelles montures à batteries. Elles vont pouvoir montrer ce qu'elles ont dans les tubes. Eh bien, justement, elles le montrent et c'est fantastique! Je ne m'attarderai pas sur la petite malfaçon du pédalier qui m'a pourri la moitié de la route, car elle ne parvient cependant pas à atténuer la satisfaction de rouler avec ces machines magiques. Un petit inconvénient toutefois: ça vous rendrait facilement "jemenfoutisse". Une côte à gravir? On s'en fout! Quinze nœuds de vent dans le pif? On s'en fout! C'est la fin de l'après-midi, on est fatigué et il reste encore quinze bornes à faire? On s'en fout! Bref, tous les tracas habituels qui empoisonnent le cyclotouriste tropicalisé, avec l'assistance électrique, on s'en fout!!! D'ailleurs, la preuve, avec nos trente-deux bornes de l'après-midi, dont la moitié avec le vent contraire, nous sommes de retour au Catafjord frais comme des cardans...

A Gold coast, on ne se fout pas de la pédale…, question vélo, j'entends. Déjà à Brisbane j'avais un peu halluciné en découvrant des pistes cyclables plus larges que la voie des autos, mais il y avait parfois des passages un peu scabreux. Ici point. Tout est prévu pour les cyclistes, et c'est un vrai plaisir de se dandiner sur sa petite reine[71], dopée au lithium-ion, en dépassant les bagnoles dès qu'il y a embouteillage.

L'escale de Paradise Point se prolonge. Entre la météo peu favorable et l'exceptionnelle qualité du mouillage, nous nous attardons. Notre emploi du temps se partage entre quelques heures de travaux sur

---

[71] Comme disait le jeune prince…

le bateau et des balades à pied ou en vélo, sans oublier les massages de Malou et l'accordéon. Une vraie vie de retraités… L'endroit s'y prête, avec son fort caractère vacancier. Paradoxalement, ce sont les ouikènes qui sont le moins peinard. Car le plan d'eau est démonté du matin au soir par les sillages d'embarcations diverses fortement motorisées, qui passent à toute vitesse, arrosant d'un panache d'écume les nombreuses pancartes: "Vitesse limitée à 6 nœuds"... C'est d'autant plus étrange que les Australiens me paraissent assez respectueux du bien public d'une manière générale. Les nombreux bancs publics, abris de bus, poubelles ou même équipements de sport dans les parcs publics ne sont pas vandalisés, ici. Même pas tagués... (Alors qu'en kayak, amène ta pagaie...). Mais là, sur l'eau, il y a de ces bourrins! On se croirait aux Antilles !

Noël au paradis

Le père Noël est Australien, nous l'avons rencontré. Impossible à reconnaitre le mec! L'histoire qu'il est habillé en rouge avec une grande barbe blanche, c'est des vannes... En vrai, il ressemble à un fonctionnaire. Et d'ailleurs, justement, il crèche dans un bâtiment public toute l'année, sauf à Noël.

Nous avons garé nos vélos devant l'épicerie pour faire quelques emplettes et sommes affairés à mettre en place l'antivol. L'un des deux biclous a déjà sa batterie en rade et les échanges avec le fournisseur sont tendus pour actionner la garantie. Un monsieur passe sur le trottoir, accompagné de sa fille, et s'arrête pour nous questionner: "Chouettes vélos, isn't it?". Nous:

-"Ouais, super vélos, sauf qu'une des batteries est en rideau et le fournisseur fait le vilain. Peut-être qu'il n'aime pas les français..., ou alors, il aime bien les autres français, mais pas nous... On ne sait pas". Alors là, illico, le mec se dévoile et commence à faire son père Noël: il travaille à Brisbane, au gouvernement, et offre de nous débrouiller le truc! On l'amène au bateau, accompagné de sa charmante gamine. Il empoigne son téléphone magique de Noël qu'on dirait un I phone normal, mais en plus magique, et il appelle notre marchand de vélo rétif... Bla-bla-bla, bla-bla-bla, durant un quart d'heure et voilà le travail! C'est réglé: le commerçant récalcitrant accepte d'envoyer une batterie neuve chez son autre fille, qui habite à deux pas d'ici, et nous renverrons ensuite celle qui est défaillante! Merci papa Noël! Et moi qui commençais juste à douter de son existence... Ah la boulette!

Quelle aventure aujourd'hui encore! C'est à pied, cette fois, que nous nous rendons à la boulangerie, histoire de nous dégourdir un peu les pattes après une matinée laborieuse à bord. Tout va bien, ciel un peu gris, mais bon... Soudain, alors que notre rythme de marche est réglé comme au métronome, une furtive sensation particulière sur le dessus du pied gauche m'avertit de la tuile. C'est vrai qu'une récente inspection du matériel m'avait permis de déceler une dégradation avancée d'un organe essentiel, mais, sur le coup, je n'avais pas jugé utile de m'alarmer plus que ça. Bien mal m'en a pris, car maintenant je suis dedans (comme disait le jeune marié...): c'est l'avarie majeure!

Une tong, que j'avais pourtant entourée d'une immense attention, allant jusqu'à la ressemeler en la cousant avec une autre éclopée, à la main, au moyen de fil à voile de la meilleure facture, dans le but de ressusciter cet incomparable instrument de marche qu'une multitude de marcheurs de toutes origines m'enviaient en silence. Le verdict est sans appel: avec sa courroie de transmission sectionnée et gisant là comme une misérable bouse, c'est l'équarrissage direct. Les saisissant toutes deux de la main gauche, sans émoi, elle et sa compagne de symétrie, je les mène illico de ce pas alerte et décidé qui me caractérise, surtout quand je suis décidé, vers le container poubelle le plus proche, prononçant en chemin une brève oraison en forme de calcul mental: "Combien ai-je économisé en rafistolant deux vieilles paires de tong pour en constituer une autre ? "Disons...des clopinettes... Peut-être même seulement des clopininettes. Mais la vie continue et c'est pieds nus que j'accompagne Malou dans la poursuite de notre quête de boulange, arborant l'air détaché et insouciant du gars qui ne voit pas où est le problème... Alors ? C'est pas de la belle aventure ça ? Franchement, pieds nus dans la boulangerie de ce "Pornichet" australien, je me suis, un bref instant, senti comme un genre d'Indiana Jones de supermarché. C'est bête.

En cette période festive, je tiens à apporter ma petite contribution à l'allégresse générale en livrant à qui veut en prendre connaissance une recette de ma composition, et que je crois volontiers adaptée aux circonstances: le "Husky-coca".

Donc, voici : rendez-vous de bon matin au chenil le plus proche de votre domicile et demandez un "chien de traineau". Attention au piège classique: si la taulière a un look de pouffiasse et qu'elle vous propose un caniche nain, refusez. Ceci est chien de trainée. Il ne convient pas du tout pour cette recette. De retour au bercail en compagnie de l'animal canin, faites-lui boire une grande bouteille de coca. Quand il n'en reste plus une goutte, immergez le poilu dans une bassine pleine d'eau de vie des Landes (la goutte à Hubert, comme on dit chez nous...), puis conduisez-le rapidement dans le jardin, du côté du barbecue. Et, crac, une allumette pendant qu'il s'ébroue !!! En plus de l'animation visuelle, vous obtiendrez en quelques secondes un succulent "husky-coca" flambé au calva qui remplacera avantageusement les saucisses ou autres côtelettes qui font en général le succès de ces épisodes gastronomiques conviviaux[72].

Et nous nous acheminons gentiment vers une soirée de la St Sylvestre en solitaire tous les deux, rien que nous, sans personne pour partager le plaisir... Mais, surprise, le père Noël est de retour et se manifeste au dernier moment ! Eh oui, c'est ce bon Dennis qui nous a si gentiment débrouillé le problème de la batterie du vélo (la nouvelle batterie est à poste depuis deux jours…, tout va bien, merci), qui téléphone pour proposer que nous passions la soirée ensemble. Y pouvait pas mieux tomber! N'ayant pas prévu le coup, c'est à la bonne franquette que nous les recevons, lui et sa compagne, au poulet rôti accompagné d'un petit vin de Bordeaux et d'une vue imprenable sur les feux d'artifices de Paradise point. Bonne soirée, en agréable compagnie, avec une petite connotation "cours d'anglais" pour clôturer originalement 2011..., et bienvenue en 2012! Dennis parle de nous emmener un de ces jours visiter l'arrière-pays. "You're welcome", que je me pense!

---

[72] Attention, tout ceci n'est qu'une plaisanterie… Il ne faut surtout pas le faire pour de vrai.

Ces traditions du nouvel an ont des côtés sympas. Déjà, c'est l'occasion de faire du ménage dans le "carnet d'adresses". Du coup, on passe quelques instants en compagnie virtuelle de gens qu'on aime bien, avant de leur expédier la petite phrase d'accueil comme quoi on leur souhaite des tas de trucs appétissants pour l'année qui commence et toute cette sorte de choses. Résultat, après ça, on reçoit tous les jours, pendant un bon petit bout de temps, des zimèles de vœux. Et ça, c'est vraiment plaisant.

Et puis, avec les vacances de fin d'année qui s'avancent, les nombreux excités bourdonnant à longueur de journée en jet-ski et speed-boats divers autour de Catafjord, pour transformer notre havre en marmite du diable, ne vont plus tarder à retourner au boulot pour gagner le financement du carburant qu'ils ont gaspillé la semaine dernière et vont, de ce fait, nous lâcher un peu la vague. Afin de bien commencer l'année, je passe la matinée à poser les étagères en bois que je prépare depuis deux jours, en remplacement des rangements Ikea en toile moisie qui me narguaient depuis si longtemps près de mon bureau. Ces trucs-là, quand on est dans le magasin, ça semble génial ! Quand on les monte chez soi, correctement et, surtout, pas trop longtemps après les avoir acquis, c'est souvent "assez sympa". Quand on commence à les utiliser, on ne les trouve pas terrible, en fin de compte. Et alors, après un an d'utilisation, c'est une abomination, de la désolation!

Nous avons décidé de ne pas "descendre" plus sud et de stationner Catafjord dans les environs, pendant que nous serons en Guadeloupe, chez Claire, au mois de février. Malou a fait une prospection, sur Internet, qui lui a permis de trouver une place dans la belle marina de Sanctuary Cove, au fin fond des waterways de Moreton bay, pour seulement cinq cent dollars! Marché conclu, c'est réglé maintenant.

Une bonne technique, pour trouver une place pas trop chère où laisser le canote, par ici, consiste à négocier le truc un peu tardivement. Ainsi, certaines marinas qui ont encore des places de grands bateaux disponibles les bradent, plutôt que de les voir inoccupées. Ce matin, nous nous sommes donc rendus à Sanctuary cove en vélo, pour y réserver notre quiétude du mois prochain.

Tout ce temps que nous passons au même endroit nous donne l'avantage de pouvoir dorloter un peu notre Catafjord, en rayant de la liste nombre de travaux d'entretien et d'amélioration. Nouvelle console d'instruments dans la timonerie, avec un place de choix pour l'ordinateur de navigation, réparation des lattes de grand-voile sérieusement râpées aux points de rencontre avec les haubans, révision de l'étanchéité des vieux capots Lewmar, installation d'une hotte électrique dans la cuisine…

Et nous en profiterons aussi pour visiter un peu le pays. Bien sûr, cette escale prolongée chez les "modernes", champions de la consommation et experts ès-gaspi, n'est pas des plus exotiques. Mais, compte tenu de nos dernières aventures médicales, nous l'avons préférée aux six ou sept mois de Papouasie qui constituaient l'alternative. Et puis, ça nous donne l'occasion de progresser un peu dans la connaissance de la langue anglaise, malgré la petite difficulté supplémentaire que constitue leur accent...Comment vous expliquer ? Je dirais que d'un point de vue linguistique, les Australiens sont aux Anglais ce que les Marseillais sont aux Nantais, à cette petite nuance près qu'ici, ce n'est pas un accent chantant, ce serait plutôt un accent bondissant... Les kangourous sans doute...

Nous venons tout juste d'avaler la dernière bouchée du déjeuner quand se pointent deux préposés à la gestion du "Broadwater", à bord de leur dinghy en alu.

Très courtois, joviaux même. "Depuis combien de temps êtes-vous ancrés ici ?"Je leur réponds honnêtement que ça fait quatre semaines... Ils éclatent de rire, en nous annonçant que le maximum autorisé dans cette zone, c'est trois jours!!!!

Nous sommes donc aimablement priés de déplacer le canote, de temps en temps, au moins pour faire montre de bonne volonté, même si nous ne respectons par scrupuleusement le règlement (qui prévoit, en particulier, qu'il est interdit de vivre à bord de son bateau à cause des rejets...). Bon, c'est promis, on bougera pour le prochain ouikène. Et puis, ça nettoiera les hélices.

Mon boulot de l'après-midi me donne quelques sueurs froides, en plus d'un coup de soleil. L'enrouleur de génois étant devenu très dur à manœuvrer, j'entreprends d'en rechercher la cause sans attendre qu'il ne soit totalement grippé. Donc, démontage, après avoir affalé et plié la voile avec l'aide de mon matelot. Il apparait, après quelques heures d'effort pour extraire les vis grippées, que l'étanchéité des roulements est défaillante et que l'eau de mer a réussi à s'introduire pour y accomplir son habituelle et crapuleuse œuvre de corrosion. Les roulements ayant été montés à la presse, il ne saurait être question de les remplacer. C'est pourquoi je crains le pire, qui pourrait être le remplacement pur et simple du tambour complet. Laissons passer un peu de temps pour réfléchir et donner à notre bonne étoile le temps de recharger un peu ses batteries. Enfin, la bonne idée pointe le bout de son nez, ainsi que la méthodologie adéquate pour la mettre en application. En déformant délicatement la lèvre du joint tournant avec un petit tournevis, ou un cure-dent, je parviens à y introduire un tube de deux millimètres de diamètre et à injecter, dans les roulements, le fameux et universel "miracle juice": WD40. Je renouvelle l'opération à plusieurs reprises et sur toute la périphérie du joint, avant de puiser dans ma boite à patience, une demi-heure, occupée à boire un thé avec ma directrice. Comme qui dirait, pour laisser à la magie le temps d'opérer. Bingo! Après quelques manipulations manuelles (comme disait le jeune boutonneux...), le bazar se manœuvre à nouveau normalement...Yessssss!!!! Demain matin, j'en remets une couche et je remonte le tout en soignant l'étanchéité. Le responsable du SAV, chez le fabricant, que j'avais contacté par e-mail, m'affirmait que le problème ne pouvait en aucun cas venir des roulements. "Graissés à vie" disait-il... Victime d'un sournois cancer du joint à lèvre, notre coûteux enrouleur était parti pour ne pas passer le cap des cinq ans, ce que je trouve bien jeune pour un équipement de cette nature, et de ce prix...

Stadbroke Island

Météo clémente : vent léger, ciel peu nuageux, l'idéal pour une petite escapade. L'ancre remonte sagement, puis je bats en avant pour embouquer l'étroit chenal de sortie. Tout va très bien, si ce n'est que je trouve la poussée des hélices un peu souffreteuse et ça me chagrine. Nous avons soigneusement étudié la carte afin de sélectionner plusieurs endroits possibles où poser la pelle pour le ouikène. Le premier n'étant distant que d'un mille, nous y sommes rapidement… Hop, un petit tour de piste pour bien confirmer que ça ne convient pas: trop petit, trop encombré, trop morose et donc, au suivant! Route au nord, moteurs à mi-régime, aidés par le courant de jusant. Un galion touristique chargé de clampins désœuvrés et portant rien moins que trois mâts... nous dépasse laborieusement, toutes voiles dehors et moteur à fond. Je sais qu'il se rend au même mouillage que nous. Aussi, une petite pression sur les manettes de gaz pour le suivre et ça sera peinard... Eh ben, pas du tout! Les bourriers refusent de monter dans les tours et le canote n'arrive pas à dépasser sept nœuds... Je fais mine que rien, mais à l'intérieur, ça mouline. Sitôt arrivés au mouillage et plantée la pioche, je commence par une petite vérification des circuits d'alimentation en gas-oil, vu que je les ai sophistiqués récemment, j'aurais pu faire une boulette. Mais non. Tout est corrèque de ce côté là. Je n'ai d'autre choix que de m'immerger dans l'eau fraiche (25°c), en combinaison, armé de ma « spontex grattante », en vue d'en mettre un petit coup sur les hélices qui sont, sans doute, un peu craspouètes. L'eau est trouble, on n'y voit même pas à un mètre. Pourtant, je suis persuadé que les berniques doivent se tenir les côtes de rire en me voyant arriver avec mon petit carré vert à récurer les poêles à frire... Le temps de refaire surface et c'est avec notre meilleure spatule inox que je retourne leur ôter simultanément l'envie de se moquer et celle, plus détestable encore, d'habiter sur nos hélices. Il y en avait plus d'un centimètre d'épaisseur sur toutes les pales. Bon, il y en a une qui s'est vengée en me cisaillant sournoisement la peau du majeur droit (vous savez, celui qui sait si bien exprimer quand on n'est pas content...). Avec trois gouttes de Bétadine, tout est réglé et je sais maintenant pourquoi les moteurs ne montaient pas en régime.

Pour fêter ça, nous décidons de nous offrir une petite excursion en kayak. Un régal! Les "mirage drive" de notre Oasis font merveille. Nous abordons une plage de Stadbroke Island pour nous adonner à une de ces marches à pied qui enchantent Malou. C'est cette île qui constitue l'immense rempart protégeant le Broadwater et toute la baie de Moreton des ardeurs de l'océan. Un sentier sablonneux donne accès à la côte au vent. Après le franchissement d'une dernière butte, le spectacle est saisissant: les dunes sont d'une grâce féminine avec leurs courbes onctueuses et la douceur de leur sable. Et puis surtout, la beauté de l'océan nous saute au visage et nous laisse pantois! Deux mois que nous ne l'avions vu! Y a pas, la mer, c'est quand même la majesté de notre globe. Il y a bien sûr ses couleurs, à l'intensité et à la pureté poignants, mais je crois que c'est sa personnalité, sa prestance, sa puissance, aujourd'hui contenue mais que l'on sent bien présente, qui nous provoque cette admiration mêlée de respect et de crainte, que l'on ressent toujours à sa vue et qui fait que l'on comprend tout se suite qu'on n'est pas devant un étang... Un wallaby, seul sur la grève, cherche son casse-croûte en surveillant les alentours du coin de l'œil, dans le fracas des rouleaux.

Le retour en kayak se fait avec l'aide appréciable de sa modeste voile, laquelle complète parfaitement l'équipement "grande randonnée" de l'embarcation. Il n'est pas possible de remonter au vent avec ça, mais aux allures portantes[73], ça avance tout seul. A notre arrivée une famille de canards nous attend, à l'arrière de Catafjord, en faisant des ronds dans l'eau. Ils quémandent un peu de croutons de pain, en échange de poses devant l'objectif de Malou. Je leur joue quelques notes à l'accordéon. J'ai bien l'impression qu'ils s'en battent les plumes à la vitesse du son.

Nouvelle promenade à pied sur les sentiers sablonneux de Stardbroke, marquée par la rencontre de plusieurs wallabys, qui vivent en grand nombre sur cette île. Les fantastiques dunes de plusieurs dizaines de kilomètres sont l'objet de soins attentifs de la part du ministère des transports qui en a la charge. Elles sont régulièrement inspectées pour l'évaluation de leur état de santé et une végétation adéquate y est entretenue soigneusement pour en assurer la stabilité. Vers dix-sept heures, un hydravion se pose devant la plage et y accoste pour débarquer un couple de jeunes mariés venus dans cet endroit retiré pour officialiser leur union. Les invités sont arrivés depuis un quart d'heure, à bord d'un petit ferry. Les flashes crépitent. On chante, on danse, on mange et on écoute les répliques de la jeune mariée…

---

[73] Quand on va dans le même sens que le vent

Au matin, ils ne sont plus là, et le ferry non plus, car il n'y a pas d'hébergement possible sur cette île. « Après la fête, il faut vite se retirer », pense le jeune marié…

Retour au "Paradise"

La période de beau temps, qui a prévalu depuis le début de notre escapade, s'achève et nos "vacances" avec. Dès cet après-midi, nous irons rejoindre notre mouillage habituel (celui qui est interdit plus de trois jours d'affilée...) pour achever quelques travaux de rénovation et y subir, en toute quiétude, le relatif mauvais temps annoncé pour les jours à venir, à base de pluie et de vent fort. Déjà le ciel s'est assombri et le vent a commencé à monter. Avec les hélices propres, tout va nettement mieux pour déplacer le "camion". Demain matin, nous attaquerons nos deux prochains "chantiers": d'abord consulter un sellier pour qu'il nous fasse une fermeture arrière de timonerie neuve, et surtout, refaire la table de cockpit pour qu'elle assume de nouveau sa fonction de garage à biclous électriques.

Perché sur un tabouret de bar, je savoure ma bière, peinard, pendant que Malou est partie fouiner chez le chinois de la galerie marchande d'à coté, me laissant admirer à ma guise et alternativement, les bateaux mouillés devant et les jolies serveuses derrière leur comptoir. Malgré le pessimisme des prévisions météo, le temps a été plutôt clément ces derniers jours et les larges périodes ensoleillées ont étés dûment mises à profit pour faire avancer le chantier "table de cockpit". On s'achemine maintenant vers la phase de finition. Ce n'est sans doute pas ce week-end que ça avancera beaucoup, car Dennis a téléphoné tout à l'heure pour nous inviter à la montagne.

Direction "Tamborine"

A l'issue d'une trentaine de kilomètres parcourus vers l'est dans la confortable bagnole de nos hôtes, nous parvenons à la montagne, pour un petit ouikéne de dépaysement entre amis. Au matin, le soleil illumine notre chambre à travers le store en bois depuis déjà un bon moment, lorsque nous nous décidons à rejoindre la cuisine, afin d'y préparer du café. Nous avons dormi comme des bienheureux. Dennis nous a sans doute entendus nous lever, car il ne tarde pas à rappliquer. Immédiatement, il installe son télescope sur le balcon/terrasse. L'air est un peu brumeux, mais on distingue quand même bien toute la côte depuis Brisbane jusqu'à Tweed Heads, en passant par les îles de Moreton bay. Sa maison est accrochée au flanc de "Tamborine mountain" et le point de vue est superbe. Nos hôtes sont aux petits soins pour nous et leur compagnie s'en trouve fort agréable. Après le traditionnel "bacon and eggs" du dimanche matin, nous partons tous les quatre en promenade dans la forêt, empruntant les sentiers de randonnée aménagés qui mènent à une cascade. Dennis est intarissable sur la faune et la flore de cette région, qu'il connait particulièrement bien pour y avoir grandi. Il nous fait découvrir moult curiosités locales, dont cet arbre particulier, constitué d'un tronc central (ça, ce n'est pas le truc le plus original...), qui meurt après quelques années, étouffé par les entrelacs de racines parasites qui l'enserrent avec force et avidité, grandissant jusqu'à le dépasser en hauteur… Et alors, il meurt de honte… Vu d'en bas, on dirait un monstrueux câblage électrique mis en œuvre par un type qu'aurait pas la moindre notion d'électricité, mais beaucoup d'excentricité, et surtout, pas méthodique comme mec, bien que pas mal merdique si vous voyez le genre. Après la pause café/gâteau qui tient lieu de repas de midi, le programme de l'après-midi est plus citadin. Avec la visite du village, où s'alignent les commerçants d'art et d'artisanat, d'une manière un peu inattendue pour cette bourgade de montagne. La journée s'avançant, un repli stratégique est engagé en direction de la côte, car nos amis bossent demain.

Nous retrouvons notre dinghy pour parcourir les trois milles qui nous séparent de Catafjord, à fond, sous la pluie, de manière à arriver avant la nuit. Cependant que nos amis, eux, repartent vers Brisbane, où le devoir les appelle. Fin d'un très joli week-end en campagne.

Sans vouloir pleurnicher, question météo, nous commençons à en avoir ras le burnous. Depuis le début de la semaine, non seulement il pleut quotidiennement, mais en plus, c'est tous les jours, c'est vous dire... Et même, plusieurs jours d'affilée sans une minute d'interruption, genre comme si on était à Plymouth... Malgré tout, en travaillant en pointillé lors des rares éclaircies, nous avons tout de même réussi à terminer le garage à vélos et à prendre livraison du "cover" arrière de timonerie, commandé chez un sellier local et exécuté rapidement et joliment. Plutôt pas facile de travailler efficacement entre cette pluie omniprésente et l'ambiance de préparatifs de voyage qui s'est installée sournoisement à bord depuis quelques jours. Le compte à rebours est lancé. Dans trois jours, nous quitterons le mouillage de Paradise point, pour rejoindre la marina de Sanctuary Cove et y amarrer Catafjord pour un mois. Le beau temps est enfin revenu, m'offrant l'opportunité de donner un coup de peinture sur ma dernière réalisation: deux petites plateformes arrière, destinées à faciliter la manutention des vélos entre leur garage et l'annexe. A présent, l'heure est au rangement des outils et au nettoyage général pour terminer avantageusement la matinée.

Sanctuary cove

En ce début d'aprèm, le guindeau avale calmement ses cinquante mètres de chaine sauce gadoue, laissant la liberté aux étraves de prendre la direction de Sanctuary Cove marina, trois milles en amont de la Coomera river. Les remontées de rivière ont toujours ce petit goût particulier de navigation champêtre, mélange de tranquillité induit par l'eau plate et d'inquiétude parce qu'on a très vite fait de s'échouer... A quatorze heures trente, l'affaire est classée. Le "camion" est solidement amarré, occupant en largeur deux places de cinquante pieds... Question longueur, disons que quatre mètres "seulement", dépassent dans le couloir central... Ceci étant, l'endroit est très agréable, bien abrité, et la taulière, Hélène est une dame charmante tout autant que rendante de services, c'est vous dire comme ça se présente bien! Nous lui confions le canote en toute quiétude pour le mois de février, le temps d'aller vérifier que les Guadeloupéens savent toujours faire du rhum...

Jeudi, un premier avion doit nous déposer à Sydney, avant que les affaires sérieuses ne débutent, vendredi, avec une succession de quatre vols pour aller rendre visite à nos petits chéris de Guadeloupe. Retour prévu début mars.

Gwada

Après un voyage de presque trois jours, soit vingt-six heures passées dans le ciel à bord de cinq avions différents, arrive enfin le plaisir de serrer dans nos bras Claire et ses petits garçons.

Nous nous installons doucement dans le rythme de vie commune qui sera le nôtre pour les trois semaines à venir. Divers travaux de bricolage qui sont destinés à aider un peu nos hôtes à faire surface dans la trépidance de leur vie. Et quelques heures pour régler nos propres affaires en profitant de l'internet haut débit. A quoi s'ajoute la récupération des mômes à l'école, dans l'après-midi, pour s'en occuper toute la soirée... Jusqu'à ce que, plus tard, Tintin et Claire rentrent du boulot. Et alors, on peut boire un coup ensemble.

Quelques amis de bateaux sont dans les parages et nous en profitons pour élaborer un programme de rencontres sympa. Pour commencer, Daniel et Françoise nous offrent une croisière St François/St Martin à bord de leur Phisa42 "Pénélope". Nous allons ensemble rendre visite à notre pote Guy, qui commence à voir se profiler à l'horizon le moment, toujours magique, de la mise à l'eau de son nouveau bateau: un monocoque à quille relevable de vingt mètres construit au prix de quinze mille heures de boulot, sur cinq ans!!!! C'est courageux. Equipé de moteurs électriques et groupe électrogène à courant continu, je suis impatient de connaitre la suite de l'histoire, accompagnée des commentaires de Guy après mise en service de l'installation.

La balade de l'après-midi nous renvoie à Saint François, pour récupérer notre automobile, laissée au parking deux jours plus tôt, avant d'embarquer sur "Pénélope". Facétie du hasard, un bateau insolite, amarré à quai dans la marina, attire notre regard. Nous sommes tout fiers et un peu émus de montrer de près à Claire et Tintin le trimaran à foils sur plans Marc Lombard que nous avions construit en 1983 et qui nous avait donné une victoire de classe au Trophée des multicoques et à la Multicup. C'était le tout premier bateau à être construit sur des plans de Marc. Le canote est dans un état très moyen et a pris pas mal d'embonpoint, mais semble structurellement sain. Délaissé pendant plusieurs années, il vient de trouver un nouveau propriétaire. Nous le rencontrons. Très enthousiaste, il explique son projet de refit "à l'économie": il a confié quelques menues besognes à un jeune comique local, lequel se dit cependant professionnel. Trop content de pouvoir converser avec moi, il démarre aimablement en me gratifiant de ce compliment qui décoiffe: "Pas mal, pour l'époque...!". Hélas, cette belle amitié naissante va se voir chahutée dans les minutes suivantes, lorsque je constate avec horreur les détails techniques de son début de chantier... En bref, le canote a déjà presque doublé son déplacement depuis que je l'ai construit, suite à des modifications lourdingues. Ceci ne défrise pas le moins du monde notre gourou du composite, ne l'empêchant surtout pas de tartiner inconsidérément moult renforts parfaitement inadaptés et épais comme des moquettes de palace. A deux doigts d'avaler ma casquette, je me vois donc dans l'obligation de prendre congé précipitamment. Accompagnant ma fuite désespérée pour m'éloigner de ce fiasco de la traditionnelle formule de politesse: "Si c'est pour faire ce genre de merde, vous n'avez pas besoin de mes conseils"... En plus, c'était l'heure de l'apéro. Alors, imaginez si j'avais mieux à faire que d'éspiquer à ce brave garçon qu'il a oublié de lire la moitié de la notice bien connue : "Comment qu'on fabrique un bateau qu'avance".

Une bonne journée "en famille"

Un peu de rangement aux abords de la baraque pour commencer. Disons peut-être…, une petite tonne, guère plus, de merdasses diverses et variées à apporter à la " jaille"[74]. Joyeuse mise en jambes qui occupe utilement la matinée, avant de savourer une originale sortie "déjeuner", dans un établissement populaire à ambiance "percussions brésiliennes". S'ensuit une bonne promenade sentimentale et digestive, à pied, le long des berges de la Rivière Salée, pour clôturer en douceur cet agréable dimanche à Pointe à Pitre.

---

[74] Déchetterie en langage sud-loire

Saint Valentin priez pour nous

21h30: Claire et Tintin sont sortis, sans les mômes, après le boulot. A la maison, c'est ambiance baby-sitting... Un rôle dans lequel je suis plutôt moyen moins... Peut-être même carrément mauvais... Les mômes n'ont pas été spécialement cool ce soir. Ça arrive… Mais bon… là, maintenant, le silence est revenu. Pourtant, le casse-burne numéro deux a paumé la serpillière qu'il suce d'habitude avec avidité et Mamilou n'a pas réussi à mettre la main dessus... Malgré ça, la bande son est au mini... Pourvou qué ça doure.

S'imaginer que trois semaines d'immersion totale en milieu *"jeunesparentsdynamiques-enfantsenbasâge"* c'est peu me parait constituer une lourde erreur... Vu de ma lucarne, en tout cas, c'est quelque chose ! Non que nos petits-fils soient plus turbulents ou plus dissipés, en un mot plus casse-burne que les autres mômes. Que nenni! Simplement, avec l'expérience de la vie, ou devrais-je dire malgré l'enseignement des ans, je n'arrive toujours pas à piger ce qui conduit les morveux à pisser trois fois plus souvent dans une galerie marchande qu'à la maison, à en oublier l'usage de la marche à pied au point qu'il faut les porter comme des bébés, à ne plus savoir boire un verre de jus d'orange sans en renverser systématiquement le contenu sur une table, d'abord, puis sur les genoux des voisins tout de suite après… Bref, on dirait qu'un genre de sixième sens diabolique les informe qu'en certaines circonstances leurs turpitudes pèsent plus lourd… Et alors là: ils mettent le paquet! Cependant, en ce moment, la profusion de décibels m'indispose moins que d'autres fois, car je n'entends presque plus de l'oreille droite depuis deux semaines; le toubib a dit que c'est une otite... J'ai ingurgité toutes les potions pharmaceutiques prescrites... Sans résultat. C'est gênant comme handicap, sauf question hurlement des gosses où là c'est avantageux...

Quelques jours avant de repartir chez les Aussies

Claire nous a concocté une journée "point d'orgue" du séjour Gwada en louant une embarcation fortement motorisée, à dessein d'emmener tout le troupeau plus deux amis à l'Ilet Caret, une délicieuse petite motte de sable propice au barbotage et au farniente et sise dans le Grand Cul-de-sac Marin. Béatrice et Ferdinand sont là, devant le ponton, comme convenu. Les provisions de bouche promptement sécurisées dans la mini-cabine, Tintin lance le bousin, un énorme deux-temps Yamaha qui affiche ostensiblement "200", comme pour indiquer que c'est le nombre de chevaux/vapeur qu'il serait capable de développer pour peu qu'on l'en sollicite... Bon, ça y est, c'est parti! Par chance, notre route nous mène vers le nord, au fond de l'anse, plus loin que le port de commerce, chemin logique pour accéder au "Cul-de-sac marin", via la "Rivière salée". Nous voguons depuis un quart d'heure à vitesse réduite quand n°2 informe qu'il voudrait "poser une pêche". Las, notre canote, bien que des plus modernes, n'est pas équipé du genre de récipient qui facilite le bonheur en pareille circonstance, en étant simplement capable d'accueillir l'étron promis... Tintin stoppe le bazar pour limiter les remous, cependant que maman maintient son petit chieur au dessus de l'eau dans l'espoir d'un rapide "floc-floc"..., appuyé par l'injonction ad-hoc et motivante s'il en est: "Va-s-y mon fils; pousse fort; c'est le moment"... C'est t'y que le petit ne pousse pas assez fort, ou quoi, toujours est-il que rien ne vient... Manman remballe le môme et Tintin prépare un nouveau départ, sollicitant fermement la clé de contact du bousin... Et rien ne se passe ! Le bourrier à deux cents chevaux reste aussi muet que le trou de balle du morveux. Notre capitaine a beau titiller tout ce qui est à portée de ses doigts genre manette des gaz, manette d'inverseur, clé de contact et toute cette sorte de boutons divers et variés, la machine à fumée reste muette! Mais notre Tintin est un gars opiniâtre. Et son assiduité se trouve, au final, récompensée après quelques interminables minutes par le "pouêt-pouêt" de la machine qui se décide enfin à pétarader, on ne sait pas pourquoi... C'est reparti et on avance. La vitesse démocratique s'établit à cinq nœuds. Ça peut paraître lent, mais c'est une allure qui présente cependant nombre d'avantages, comme celui, non négligeable, de recevoir la pluie qui tombe dru de manière moins cinglante, tout en respectant la vitesse maximum autorisée qui est ici de huit nœuds. Tout le monde est trempé, sauf les mômes qui ont prudemment rejoint la bouffe dans le bunker. Une bonne nouvelle arrivant rarement seule, voici non seulement le retour du soleil, mais également celui de l'horizon car nous sommes arrivés dans le "cul-de-sac marin". Certes, plus aucune limitation de vitesse ne vient entraver le déchainement des deux cents bourrins du Yam, cependant l'alizé est bien vigoureux et lève un clapot très capable d'arroser son monde si on accélère et, donc, on n'accélère pas! Nouvelle vitesse démocratique : sept nœuds…, ce qui est appréciable pour des "voileux" comme nous. Nos invités, jeune couple de Guadeloupéens tout à fait adorables, nous racontent leur île, leur vie, leurs projets..., et offrent au passage une petite leçon de créole. Ils ont apporté plein de bonnes choses, aussi les agapes démarrent-elles de bonne heure... Nous touchons bientôt au but et c'est "LA" carte postale! Eaux turquoise à 25°C (seulement...), punch planteur dégusté en barbotant autour du canote dans moins d'un mètre d'eau, ambiance festive... Une féerie!

Inexorablement approche l'heure dont au sujet de laquelle il serait temps d'envisager un repli stratégique si on pense rentrer au port aussi confortablement/lentement qu'à l'aller... Quelqu'un lance : "si on rentre à fond, on peut rester encore une heure, car ce bateau est capable d'avancer à 32 nœuds!".Fichtre, ça n'est pas une vitesse ridicule, ça... Une heure plus tard, appareillage. "Zyva mon Tintin… envoie la ouache!". Le monstrueux bousin, avec "200" écrit en gros sur son capot, envoie direct l'équipage vers Pointe-à-Pitre à la vitesse de...7,2 nœuds! Stupéfaction du capitaine Titi...On vérifie que l'hélice est claire ainsi que le filtre à carburant, les urines de la mariée...etc...etc... Rien n'y fait. Bah, qu'importe… la bonne humeur est bien ancrée et la bouteille de rhum n'est encore qu'à mi-marée, alors hardi les gars! Arrivant, quelques moments plus tard, en vue de la marina qui héberge notre loueur, Tintin appelle au téléphone son pourvoyeur de chevaux défaillants, lequel lui annonce tout de go la formule magique: "Stoppez le moteur complètement et redémarrez-le..." Et ça marche!...La patate !...Sauf que là, maintenant, nous sommes quasiment arrivés. Et donc, la vitesse n'est plus de mise.

Passant à proximité d' "Hiva-oa", le bateau nos amis Daniel et Annie, ceux-ci nous hèlent, pour un ultime et inrefusable ti-punch. Et glou, et glou... La nuit est là. Ainsi que les pizzas, achetées à la marina, que nous grignotons en terrasse avant de prendre congé.

Dimanche, le lendemain… Fin de notre séjour en Guadeloupe. Pas superpoilant comme moment. On s'embrasse. Grignou[75] fait l'andouille pour tromper sa tristesse qu'on le quitte encore une fois... C'est la vie.

Porto Rico

Quelques heures et coups d'ailes d'avion plus tard, la nuit nous trouve à San Juan de Porto Rico pour une escale de deux jours avant le grand retour.

Pour faire simple, nous avons réservé une chambre au Best Western de l'aéroport. Le petit déjeuner "continental" et néanmoins roboratif est apprécié, avant de sortir poireauter à l'arrêt de bus en vue de nous rendre à la vieille ville distante de plusieurs kilomètres. Nous aimons ça, nous, le transport en bus. Ça permet une immersion immédiate au sein même de la population du pays visité. Les Portoricains nous plaisent bien, de prime abord: sourire facile, empressement à rendre service... On aimerait prolonger l'escale. Leur île occupait une position stratégique au sein des Caraïbes à l'époque de la découverte de ces régions par les conquistadores. Aussi n'eurent-ils de cesse de fortifier pendant deux siècles et demi ce qui constituait une "porte d'accès" à toutes les richesses réelles ou supposées de ce « nouveau monde". Ainsi, la vieille ville de San Juan, ceinturée de remparts, est également équipée de deux imposants forts érigés au seizième siècle et destinés à assurer l'hébergement des nombreux et intrépides guerriers venus là, de leur plein gré, défendre le bout-de-gras aurifère de leur roi... Déambulant comme deux bienheureux à travers ces ruelles chargées d'histoire, la cité nous rappelle très fortement Carthagène, en Colombie. Les maisons aux façades colorées et ouvertures encadrées de blanc arborent des balcons aux rambardes en fer forgé ouvragées. Les rues pavées sont étroites. L'alizé s'y engouffre, créant une climatisation naturelle. Les nombreuses placettes arborées sont autant de havres semblant tout spécialement destinés à

---

[75] Enzo, de son vrai prénom

accueillir les multiples statues de bronze qui rehaussent encore la personnalité de cette ville. A admirer sans modération, posé sur un banc public. Partout, les échoppes à boustifaille ou artisanat local guettent le chaland dans une relative indolence. Cheminant le long du quai, nous tombons nez-à-étrave sur..., la "BOUNTY", réplique construite en 1960 pour les besoins du film "Tu l'as-t-y vu mon bel arbre à pain...?" (Sauf erreur de ma part...), même qu'il a aussi servi pour faire le plus récent "Pirate des Carib" avec Johnny Profond... Retour à l'hôtel, afin de nous préparer physiquement et mentalement aux trente heures d'avion qui nous attendent…

Première soirée peinarde à bord de Catafjord

Ouffffffff!!! Pas mécontents! Le voyage retour depuis Porto Rico n'a pas été une aimable partie de rigolade. Les différentes escales, Atlanta, puis New-York, puis Los Angeles, puis Sydney et enfin Coolangata se sont enchaînées à un rythme soutenu, jusqu'à Sydney, avec une stressante escale de seulement cinquante minutes à Atlanta, pour changer d'avion et de terminal!

Mais ce n'est pas tout. Au lieu d'arriver à Sydney comme prévu, nous avons atterri à Brisbane, à cause des mauvaises conditions météo (pas de visibilité). Nous, opportunistes, on s'est dit: " Tant pis; on annule la visite de Sydney et, en contrepartie, ce soir on dort à bord de Catafjord. Super!". Sauf que là, c'était le sketch de Laspalès en live: l'avion, y se pose, y s'immobilise même..., mais on ne peut pas en descendre! Personne n'a essayé..., pour éviter les problèmes. Alors on reste là pendant plus d'une heure, enfermés là-dedans après nos quatorze heures de vol, cependant que Catafjord, à quelques kilomètres d'ici, serait bien content de nous héberger... Enfin, ça repart... Atterrissage à Sydney avec trois heures de retard. La matinée est finie. Le temps de récupérer nos bagages et de nous rendre à l'hôtel, il est quatorze heures. On n'a rien bouffé depuis sept heures ce matin, coincés contre mon gros chinetoc de voisin qu'était vilain comme le diable, triste comme un jour sans apéro et qui sentait mauvais comme un pot de chambre de vieille mal vidé (le pot de chambre, pas la vieille...). Voilà comment démarre bien notre retour en Australie!

Sydney

Mais bon, on ne se décourage pas. Hop, dans le bus, direction le centre de la "city", là ousque les immeubles grattent le ciel tellement haut que s'il n'y avait pas de ciel, on ne ferait pas la différence! Marche à pied. Et voici l'opéra… C'est le moment de faire des photos. Le ciel s'est beaucoup couvert depuis le début de notre balade... Tiens, une goutte… Tiens, deux autres... Le temps de dire "C'est pas de bol ce temps...", ça y est, il pleut comme vaches qui jouissent... Et ça va durer 3 jours... Il y a de belles choses à voir à Sydney, pour sûr. Comme l' "Australian museum", dans lequel nous passons toute l'après-midi de samedi, à l'abri de la pluie, fascinés par une passionnante expo sur la "Canning's stock route". Grosso modo, c'est l'histoire de la conquête du désert par les colons désireux de s'approprier un espace "nouveau"... Pas nouveau pour tout le monde, puisque habité par des aborigènes..., depuis quarante mille ans, nous dit-on. Lesquels ont tout de même eu le temps de se faire à l'idée que c'était un peu chez eux, jusqu'à ce qu'une poignée de blancs-becs ne viennent leur expliquer que "pas du tout".

Sinon, le "citysightseeing"[76], à l'étage, sous la pluie, c'est un peu moyen comme attraction. A noter que nous y avons fait notre première incursion dans le monde magique et vermeilleux du troisième âge, en acquérant notre billet trente pour cent en dessous du tarif, auprès du vendeur de tickets belge. Et de ponctuer son acte généreux du conseil: "Si vous êtes contrôlés, vous dites que vous avez soixante ans, sinon, je vais me faire allumer...".

-"Merci, une fois!". Mais le temps file et voici déjà arrivé le moment de rejoindre l'ultime avion…, celui qui va nous ramener "à la maison", solidement amarrée à Sanctuary cove marina.

---

[76] Visite de la ville dans un bus à étage

Il est vingt-deux heures.

Les roues des valises font un vacarme ferroviaire sur les planches du ponton. Nous distinguons d'abord ses mâts et puis il est là, dans toute sa majesté de grand gaillard un peu pataud, rigolard et pas bégueule, semblant nous dire :

-"C'est pas pour me vanter, mais j'ai fait aucune connerie". C'est bien plaisant de retrouver ainsi un bon canote qui ne vous veut aucun mal, avec tout qui marche, bien comme on l'avait laissé en partant.

Paradise point

Sitôt levé, j'aime bien aller soulager ma vessie debout dans la jupe arrière, tout en savourant un bon bol d'air matinal, pour dire d'avoir un contact intime avec la journée qui débute. Hélas, ce vendredi, mon petit plaisir quotidien est gâché par une redoutable abondance de méduses qui évoluent tout autour du bateau, portées par le courant de flot. Ces bestioles sont présentes en si grande quantité qu'il en est certaines, incapables de s'écarter, qui se frottent sur toute la longueur des coques, jusqu'à se "ventouser" sur la prise d'eau du groupe électrogène, stoppant totalement l'arrivée d'eau. Le vide créé par la pompe, le temps de stopper le groupe, est si poussé qu'il me faut avoir recours à la grosse clé à molette pour parvenir à dévisser le chapeau du filtre et vidanger les morceaux de "gélatine" arrachés à l'animal. Par chance, aucun dommage n'est à déplorer côté Catafjord. Et c'est tant mieux, car le programme des prochains jours est assez complet comme ça. Nous avons décidé de faire place nette dans la cabine milieu tribord, celle qui donne sur le carré. Au fil du temps, celle-ci s'est trouvée envahie par toutes sortes de trucs "qui peuvent servir", infligeant au carré la navrante vision de son aspect "foutoir". Mais, halte là! Pas de ça chez nous, la plaisanterie a assez duré. C'est aujourd'hui que des mesures concrètes sont adoptées et immédiatement mises en application. Premio: tout sortir... Deuzio : trier... Troizio: ranger ailleurs ce qui restera après le tri! Bon! Ça exige de fabriquer un placard supplémentaire. Il trouvera place dans la coque bâbord, à proximité immédiate de la machine à laver. La confection de ce placard, ajoutée au boulot à réaliser dans la cabine elle-même, constitue un programme suffisamment copieux pour nous occuper utilement jusqu'au moment de filer vers le nord, début avril.

L'opération "déstockage avant liquidation totale" déleste le canote d'une bonne cinquantaine de kilos, prestement déposés dans la benne à gravats d'une entreprise voisine. Mine de rien, la liste de travaux à faire, établie à notre arrivée à "Paradise point" en a pris un sérieux coup. A tel point qu'il va bientôt n'y subsister que des bricolounettes de rien du tout.

Il doit y avoir des vacances en ce moment, car les casse-burnes motorisés ont refait leur apparition. Moins nombreux et moins virulents qu'à Noël toutefois.

Depuis Panama, mes rollers sommeillaient dans le placard où les avait relégués l'inexorable désintégration de ma hanche. Par bonheur, depuis que le Docteur Le Couteur a mis son habileté et ses trépans du même métal au service de la réhabilitation de cette articulation défaillante, non seulement je peux de nouveau me déplacer en rollers, mais Malou doit même pédaler ferme pour me suivre à vélo (c'est elle qui me l'a dit). Il faut tout de même reconnaitre que le revêtement des routes et trottoirs est particulièrement "roulant" par ici. Je me régale!

Passeports

Promptement levés, la mission du jour est d'importance: nous devons nous rendre à Brisbane afin d'y quérir le renouvellement de nos visas en voie d'expiration. Au moment de quitter Catafjord… curieux incident : un piaf, gros comme une mouette mais presque tout noir, se met la tronche dans les pales de l'éolienne et s'écroule sanguinolent sur le pont, avec un vilain bruit mat… Prématurément enlevé à l'affection des siens. Depuis, notre machine à vent fait un bruit suspect. Le volatile a dû abimer quelque chose, à quinze mètres là-haut. Je n'ai aucune envie d'aller voir… Surtout que ça marche toujours aussi bien qu'avant.

Notre ami Dennis nous conduit à la gare avec sa grosse auto, puis le train nous dépose, une heure plus tard, au centre de la grande ville noyée sous des trombes d'eau. Malou a pensé à prendre un parapluie. Super, ça! Nous voilà sauvés… Hélas, le modèle sur lequel elle a jeté son dévolu est une récente invention chinoise, acquise à vil prix... Y sont vraiment trop fort ces chinetoques: ils ont osé le parapluie a usage unique! Son maniement est des plus simples... Jugez z'en tout en restant zen. Après acquisition (une super-affaire s'il en est...), dès l'apparition des premières gouttes, ouvrez le bazar et mettez-vous dessous afin de profiter pleinement et immédiatement des avantages de votre investissement. C'est fantastique! Il pleut dehors et sur les autres, mais celui ou celle qui tient le manche (du parapluie, bien sûr), n'est pas mouillé... Par contre, attention à ne pas commettre une erreur, malheureusement trop commune, refermer le bourrier après l'averse en vue de le réutiliser ultérieurement... Ce serait la boulette! La dernière des sottises! À éviter impérativement! À partir du moment où quelqu'un se lance dans cette manœuvre insensée, l'autodestruction de la chose se déclenche et l'inéluctable abandon de l'objet est proche... Nous, toujours optimistes, nous l'avons déjà manœuvré deux ou même, oserais-je l'avouer, trois fois, notre pépin le bref... C'est vous dire s'il est ruiné! A quand le parapluie soluble dans l'eau qui se dissout progressivement pendant l'averse afin de ne pas encombrer son monde quand survient l'embellie? Et, puis, tout le monde le sait, un parapluie à dix sous, ce n'est pas excessif...

Question "visas", notre inutile inquiétude est vite balayée. Tout se passe gentiment et rapidement. En fait, il faut juste prouver que nos moyens de subsistance sont suffisants pour prétendre s'incruster ici encore quelques mois. C'est tout! Moyennant quoi, une fois réglés les cinq cent quatre-vingt dollars requis..., oupssss, on a les tampons sur les passeports et le tour est joué. Deux cent quatre-vingt merdiers le coup de tampon ! Faut juste aimer se faire tamponner.

C'est l'Irish festival en ce moment, à Brisbane. Pour honorer la mémoire de St Patrick. Ce qui nous donne droit à un joli concert gratuit, en plein centre ville, alors que la pluie a cessé.

Paradise point

En allant faire quelques emplettes en vélo, entre deux averses, Malou chute sévèrement après avoir fait un écart pour laisser place à des piétons. La voilà en vrac par terre, avec plusieurs hématomes et trente-six chandelles sous le casque. Pas de contusion grave, heureusement, mais elle a mal partout. Courageuse, elle insiste pour continuer, comme si de rien n'était... Au retour à bord, tout ce qu'il reste du tube d'Arnica y passe.

Et elle a de vilaines bosses sur le tibia, lequel a pris une couleur indéfinissable genre "guacamole partiellement digéré..."

On frappe à la coque. Les autorités du "Broadwater" ont été prévenues par un aimable anonyme que nous avons dépassé le délai maximum autorisé pour stationner ici et, donc, nous sommes priés de déguerpir pas plus tard que demain matin et ceci pour au moins vingt-quatre heures... Qu'à cela ne tienne. Profitons-en pour faire une petite croisière d'agrément vers "Tipplers passage".

J'ai profité qu'il y avait beaucoup moins de méduses dans les eaux de Stradbroke Island pour aller, en plongée, gratter nos hélices, de nouveau colonisées par les berniques.

Dés ce matin, retour à "Paradise point" en tout début de journée, à la faveur de la pleine mer. Nous avons rendez-vous avec nos amis Valérie et Dennis pour aller visiter ensemble un bateau à propulsion hybride, le Voyager 10,40.

Malou propose de déjeuner à bord de Catafjord avant que nos amis ne reprennent la route de Brisbane. Les gens détestent rouler de nuit ici, à cause des kangourous qui traversent les routes la nuit et qui heurtent souvent les automobiles.

Fin du séjour à « Paradise point »

Hier, nous sommes allés faire nos adieux à Florence, la gentille pâtissière du village, originaire de Malaisie.

Ce matin, le soleil est au rendez-vous pour assister à l'extraction de notre ancre de son costume de vase... Elle était bien enfouie... Un vigoureux vent de sud-est nous accompagne dans le dédale de canaux du "Broadwater", pour arriver, en début d'après-midi, au nord de "Macley Island", accomplissant ainsi nos premiers milles de navigation post "arrêt cyclonique". C'est un grand plaisir de nous remettre en route.

Il reste encore quelques bricoles à terminer avant de faire hiverner les outils, aussi partageons- nous notre temps, durant les premières escales, entre boulot le matin et balade ensuite. L'inconvénient de l'escale du jour, c'est qu'ici il est malaisé de débarquer à basse mer à cause de la vase. Nous le faisons pourtant, et c'est une véritable corvée que de s'en extraire au retour de la promenade pour rejoindre notre bord. Les cent quatre vingt kilos du Newmatic motorisé sont collés à la vase comme une monstrueuse sangsue, et c'est avec des ahanements de lutteurs de foire que nous parvenons enfin à lui faire rejoindre l'élément liquide, grâce au ciel juste à temps pour l'apéro... Oufffff!

Une jolie brise de sud-est nous pousse gentiment jusqu'à Tangalooma, sur Moreton Island et nous y mouillons dans seize mètres d'eau limpide. Un dugong, résidant autochtone du lieu, sort sa tête de l'eau puis replonge aussitôt dans un élégant mouvement de cétacé miniature. L'endroit est ravissant sous le soleil: une interminable dune de sable jaune surmontée de végétation, qui héberge un ensemble hôtelier sans tapage et convenablement intégré. Un gros ferry vient chaque jour beacher en face de la route, assurant ainsi le modeste trafic de véhicules entre Moreton et le continent. Les clients de l'hôtel ont droit à un wharf plus "confortable", desservi par des catamarans généreusement motorisés et donc très rapides. Un mille plus au nord, reposent quelques dizaines d'épaves de gros bateaux, venus là terminer leur vie utilement... Du moins le pensait-on en les conduisant à cette dernière demeure à dessein d'en faire un brise-lame destiné à favoriser l'émergence de quelque projet d'accueil de bateaux de plaisance..., ça n'a pas fonctionné comme prévu. Aucun port n'a été construit, et ces collines de tôles rouillées sont devenues l'attraction du lieu et un but d'excursion pour les touristes. Tout comme les séances quotidiennes de restauration des dauphins, à sept heures du soir, pour le dîner. Connus et dûment répertoriés, ils ont chacun leur nom, en tête d'une colonne et sont "pointés" à la craie sur un tableau vert. Une colonne spéciale mentionne le nombre d'inconnus venus en touriste au festin.

Au lit de bonne heure! Nous sommes bien fatigués après cette journée en mer, la première depuis plusieurs mois. Elle a été plutôt rock'n roll : vingt-cinq nœuds de vent moyen, mer formée et grains atteignant trente-cinq nœuds avec, en point d'orgue, le mouillage où nous avons trouvé refuge pour la nuit: un des plus rouleurs que nous ayons connus depuis notre départ de Nantes en 2007. J'en ai omis de prendre l'apéro, c'est vous dire... Un comble! Et puis, une grosse journée nous attend encore demain. Donc, tisane et au lit de bonne heure, bercés par un roulis de monocoque...

La nuit a été bien peu reposante. Le roulis s'est accentué, petit à petit, durant toute la nuit, jusqu'au matin. Nous ne trainons pas à déraper l'ancre. Route au nord, c'est parti. Le vent s'établit du sud-est, vingt à vingt-cinq nœuds, ce qui nous est suffisant pour décider de faire route sous génois seul, notre vitesse avoisinant les sept nœuds. Les renseignements que nous avons concernant le franchissement de la barre d'entrée de Tin Can bay, la redoutable Wide bay bar, sont franchement mauvais. En ce moment, on ne passe pas. En conséquence, nous passerons la nuit prochaine en mer pour contourner Frazer Island par le nord puisque l'accès sud est trop dangereux actuellement. C'est bien dommage, car le trajet en eût été à la fois raccourci et facilité, se déroulant sous le vent de Frazer Island.

Le vent est soutenu et la mer assez forte, cependant, sous ce soleil radieux, ce sont de bonnes conditions de navigation. Lorsque les ténèbres nous enveloppent, nous sommes dans l'Est de Frazer. Il reste une bonne cinquantaine de milles avant le virage à gauche, matérialisé par une cardinale nord qui permet de parer les nombreux dangers qui débordent cette "plus grande dune du monde". Le ciel se charge de gros nuages pleins de présages pas poilants... Et donc, forcément, quelques farouches survents énervent l'anémomètre jusqu'à presque quarante nœuds, donnant un tour un peu angoissant à notre balade nocturne. Bon, d'accord, sous génois seul, arisé en plus, ce n'est pas la terreur…, mais honnêtement, j'aime mieux plus peinard que ça si c'est possible. Tout se passe bien. Le virage à gauche intervient vers deux ou trois heures du matin et nous terminons la route en fin de matinée, avec l'atterrissage sur Burnett River. Pas fâchés de nous retrouver à l'abri dans cet excellent mouillage de Port Bundaberg, confortable et sûr, auquel nous avons déjà goûté il y a quelques mois. Nous y séjournerons plusieurs jours, car le risque de cyclone, au nord, n'est pas encore nul et nous ne devons pas "remonter" trop vite.

Bundaberg

Déjà trois jours que nous avons élu domicile au lieu dit "Port Bundaberg", à un jet de bière du village de Burnett Heads et nous avons tout de suite adopté notre petite routine de vie... Travaux divers le matin, puis débarquement des vélos, sur la mini-plage blottie entre deux champs de canne à sucre, pour la balade de l'après-midi..., laquelle comprend, en général, un crochet par l'épicerie locale. Une famille de kangourous nous observe au passage, comme font en France les vaches avec les trains. La saison des pluies ayant à peu près achevé sa grande œuvre inondatoire annuelle, nous avons droit au soleil quasiment tous les jours et ça, c'est sympa.

Burnett Head est depuis longtemps équipée de ce compagnon de route du marin dont la fonction est d'humaniser un peu les nuits sans lune: un phare. Le modèle en service actuellement est moderne, efficace et un peu laid. Cependant, nos amis Aussies, avec leur passé historique plutôt étriqué, se font un devoir de conserver un maximum d'éléments de leur patrimoine, et c'est pourquoi l'ancien phare hexagonal en bois (sauf les optiques qui sont en verre), a été réhabilité et placé à l'orée du parc de détente municipal bien propret, comprenant allées en béton, pelouse tondue et bancs publics même pas cassés.

Enfin une visite! Une voisine de bateau, en escale comme nous, s'approche pour faire connaissance par quelques vigoureux coups de pédales à bord de son Hobie "mirage". Angie et son mari Allan, tous deux Australiens, naviguent la moitié de l'année à bord de leur robuste "Honeywind", un ketch en ferrociment de cinquante-cinq pieds, âgé de trente-quatre ans et pourvu d'un mât... en acier! L'autre moitié du temps, ils habitent une maison dans le sud de Cairns et sont, comme nous, en route vers le nord, après avoir passé la saison cyclonique à l'abri. Plaisanciers de fraîche date (trois ans, je crois), ils nous prennent comme "maître à penser" et nous bombardent de questions techniques...

Mer belle, grand soleil, ciel bleu, quelques petits cumulus à la côte. Nous rattrapons doucement "Honeywind", parti avant le lever du jour. La brise étant légère et longue la route, Monsieur Yanmar bâbord est de service. Si un petit thermique s'en mêle, on pourra peut-être le relever de ses fonctions, cependant il reste des milles à parcourir avant l'escale de ce soir, Pancake's creek, et il faut tenir la moyenne pour arriver avant la nuit.

Dix-huit heures ; super! Eole a assuré, et nous arrivons sous voiles au moment où le soleil se vautre derrière la colline. Plouf! Fait l'ancre en filant vers le fond…, gling, gling font les glaçons sur le bord de mon verre.

"Honeywind" est encore parti avant nous. Nous leur emboitons le sillage une demi-heure plus tard, cap au nord-nord-ouest. La route nous fait traverser deux "champs de cargos", ces énormes aires où sont mouillés, bien rangés comme au parking, des dizaines de cargos et tankers en attente de je-ne-sais-pas-quoi. Un chargement, probablement. Certains n'ont pas de boulot et attendent un affrètement, comme d'autres attendent la retraite ou les allocs. Bien qu'à l'arrêt, ces monstres métalliques demeurent impressionnants et nous ne pouvons nous empêcher de les croiser à distance raisonnable, alors qu'on pourrait très bien leur raser les miches, sans danger. Devisant sur ce sujet, Malou énonce le dicton du jour: "Qui n'a jamais froid aux yeux, aura un jour chaud au Q ".

L'après-midi s'avance, et nous pareil. Décision est prise de nous arrêter pour la nuit dans l'anse Nord de Hummocky Island, située sur notre trajet. Nous en informons par VHF Angie et Allan qui se dandinent, deux milles derrière nous, sous génois tangonné[77].

-"On y va aussi!" répondent-ils. De fait, alors que la lune exhibe à l'instant sa face rieuse, surgie de derrière la montagne, les voilà qui se pointent et mouillent à côté de nous. Et la nuit tombe. Hélas, à la faveur du changement de marée et de la renverse de courant consécutive, leur maison flottante devient, de surcroit, une maison roulante et se lance dans une lambada frénétique, la tête du mât semblant vouloir écrire une infinité de "8" sur la voûte céleste… La VHF crépite :

-"Too much rolly!", qu'y disent… Et les voilà affairés à remonter leur mouillage, nuitamment, voguant bientôt vers leur prochaine

---

[77] Maintenu débordé par un tangon

escale, vingt milles dans le nord. Nous restons. Mais c'est vrai que ça chahute un peu...

Nous avons dormi d'un sommeil de cocktail... Disons, comme dans un shaker! Aussi nous ne trainons pas avant d'appareiller. Vent arrière, grand voile haute et génois "en ciseaux", maintenu en place par ce brave bambou renforcé à la fibre de verre qui se prend toujours pour un vrai tangon. Great Keppel Island nous accueille dans cette somptueuse baie, relativement abritée de la houle du large et largement pourvue en eaux claires et sable blond. Magnifique.

Mise à l'eau du kayak et nous partons beacher pour une randonnée pédestre de toute l'après-midi, avec retour au soleil couchant. Malou est ravie! Sa jambe est pratiquement guérie.

Nous attendons un couple d'amis, joints par téléphone, qui sont en mer et font route en ce moment pour nous rejoindre. Malou leur prépare un bon repas cependant que je guette l'apparition de leur silhouette caractéristique (chacun sa tâche...). Les voilà: un ketch de marque Amel répondant au patronyme original de "Badinguet". Attention: ici, chez les anglophones, il faut prendre garde à bien insister sur le thé, bien sûr, mais aussi sur le "t"…, je veux dire sur le "t" ultime de "Badinguet". Jusqu'à oser un méridional "Badinguette..." Car ce nom, au demeurant fort joli, revêt une signification particulière lorsqu'il est envisagé sous un jour albionesque... Suivez moi (mais pas de trop près quand même...). D'un point de vue phonétique, tout autant qu'anglo-saxon, (disons "anglosaxophone", alors....), qu'oyons nous? Ben ouais... "Bad and gay"..., ce qui signifie quèquechose... Désolé... Consulté sur le sujet, mon ami Nicolas, légèrement déçappointé, accepterait bien d'assumer le côté "bad"..., mais c'est le coté "gay" qui lui troue le curriculum vitae… Bref, nous sommes vachement contents de nous retrouver et l'après-midi se passe en palabres (alors qu'on était invités à une "party" sur la plage avec les Australiens du voisinage).

Dodelinant mollement sur une mer chaotique, Catafjord se laisse inexorablement distancer, sous grand-voile et génois tangonné, et le spi de Badinguet diminue sur l'horizon... Heureusement, Pearl bay n'est plus très loin. Nous y avons rendez-vous pour dîner. Tel que je connais mon pote Nicolas, ça ne doit pas le vexer d'être plus rapide que nous aujourd'hui...

La soirée fut excellente, en compagnie de Pascale et Nicolas, en dépit de ce sempiternel roulis rythmique dont "Badinguette" semble ne jamais se déparer... Les prévisions météos nous augurent des vents forts à venir. Nous partons nous réfugier tout au fond de Island Head creek, Catafjord ouvrant la voie cette fois.

Mangrove tout autour de nous, eaux calmes, aucune houle, c'est l'abri idéal. On dit qu'il est aussi plein de crocodiles... C'est pourquoi, après un petit coup de main à Nicolas pour l'aider à réparer son moteur hors-bord, Malou et moi partons tel des Indiana jaunes, à bord de notre discrète embarcation orange, pour tenter au moins d'apercevoir un bout de museau de ces redoutables reptiles. Je ne sais pas si c'est que notre vue a encore baissé ou quoi, à moins que nous ne les intimidions, toujours est-il que là, maintenant, c'est marée basse, le soleil est tombé comme une bouse derrière la montagne, la nuit dispose ses tréteaux pour tendre son voile opaque (c'était dimanche dernier...), et malgré toutes ces conditions propices enfin réunies on n'en voit toujours pas la queue d'un! Par contre, question moustiques, là, ça donne "grave". Exotique aussi, mais nettement moins original. Je me demande si ça existe du répulsif à croco. Peut-être encore une géniale idée lucrative à creuser...

J'écris "encore", car les longues traites de vent arrière passées à nous trainer sous grand-voile et génois tangonné au bambou résiné m'ont permis de cogiter longuement, mettant mes neurones dans un tel état d'agitation qu'ils ont pondu un concept de voile, tout-à-fait nouveau, et qui pourrait connaitre un certain développement si la chance me sourit. En gros, il s'agit d'une voile équipée de lattes horizontales, qui barre la route au vent en se mettant en travers de son chemin, tendue entre les deux étraves et le haut du mât. Pour peu qu'on la monte sur un tambour d'enroulement, il sera alors possible d'en réduire la surface, en cas de vent trop fort et là, c'est l'arme absolue pour le vent arrière en catamaran ! Je décide, dans ma petite tête, de faire une maquette simple dès que l'occasion s'en présentera.

Comme annoncé par les services météo, le vent a bien soufflé, en effet. Un peu prisonniers au bout du monde, nous occupons nos journées en bricolages intérieurs et loisirs. Les "Badinguettes" viennent dîner ce soir. Demain, on s'approchera de la sortie, prêts à filer samedi matin au lever du jour pour une étape de soixante-dix milles.

Sous grand-voile arisée et génois tout entier, Catafjord taille joyeusement sa route sur la mer blanchie par vingt-cinq nœuds de moutons. Derrière nous, Badinguette fait le métronome et sa silhouette s'amenuise d'heure en heure. Nous avons dérapé les ancres de bonne heure ce matin, afin de couvrir une bonne distance avant la nuit. Il faut bien compenser un peu les trois jours d'arrêt au stand de Hisland Head creek. Le vent reste vigoureux et le ciel nous gratifie de temps en temps d'un bon grain noir et sa bourrasque associée, mais ça reste aisément praticable.

Ce matin, nous avons encore eu droit à une cinglante manifestation des méfaits de cet envahissement, dont nous sommes victimes, par des produits importés de pays à bas coût de main d'œuvre... Notre fameux bambou à la fibre de verre nous en a pondu une bonne: non seulement il persiste à se prendre pour un tangon, mais voilà qu'il s'imagine de surcroit être un tangon cassé, que je dois donc impérativement réparer maintenant... Sous peine, soit de n'en plus avoir, soit de devoir en acquérir un de provenance plus manufacturière disons. Mon pote Nicolas a explosé son gennak hier, en le maintenant en l'air avec trop de vent (pour essayer de nous suivre…), et voilà qu'aujourd'hui, c'est mon tour de me péter le bambou (comme disait le jeune marié...). Pourquoi *qu'on navigue* pas pépère à six nœuds et comme ça on abime rien?????

Incroyable! C'est le tuyau en bois qui avait raison..., l'aut' bambou là, de se prendre pour un tangon sur le point d'être réparé. Il est là, devant mes yeux, bien installé entre le mât et l'écoute de génois, arborant fièrement son manchonnage doublé d'une couche de fibres de verre unidirectionnelle dans le sens de la longueur, puis d'une couche de sergé disposée dans le biais, le tout recouvert d'un petit taffetas pour la finition. Sitôt polymérisé, sitôt en service. Et c'est vrai qu'avec les dix-sept nœuds de vent qui nous poussent vers le nord-ouest, il est à son affaire le bougre.

Depuis trois jours, nous sommes, Malou et moi, en cours d'anglais intensif. Notre copain australien, Dennis, a embarqué à Airlie Beach pour une petite croisière vers Cairns. Dans le même temps, nous laissons derrière nous Pascale et Nicolas, histoire de leur laisser le temps de se refaire... Ils se seraient ruinés à tenter de suivre Catafjord. Entre les voiles déchirées et les litres de gas-oil (pour charger les batteries, dit-il, quel poète ce Nicolas!). Pourtant, je prenais bien soin de ne pas forcer l'allure, conservant toujours au moins un ris dans la grand- voile, pas d'artimon, de temps en temps quelques tours dans le génois pour calmer le jeu... Mais bon! Question de goût sans doute… Nicolas n'aime pas voir nos poupes.

Angie et Allan, à bord de "Honeywind", se sont joints à nous pour naviguer de conserve, (en consommant, cependant, des légumes frais...), pendant quelques étapes.

Rock Island

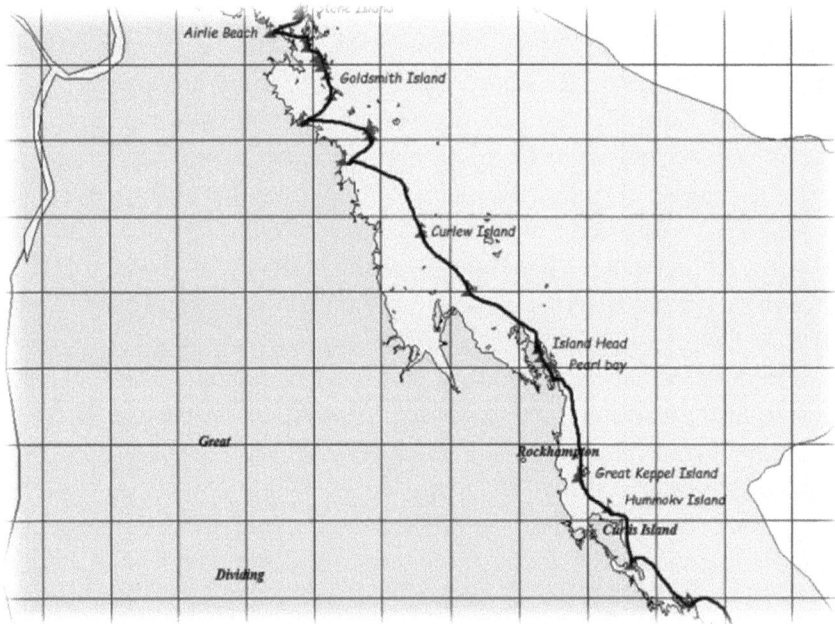

C'est en dinghy que nous nous rendons à la ville voisine, Bowen, sorte de cité dortoir plutôt impersonnelle, avec ses rues excessivement larges et perpendiculaires (ceux qui se demandent comment c'est "excessivement perpendiculaire" peuvent m'en adresser la demande par imèle avec un timbre pour la réponse), et ses pelouses synthétiques à chaque rond-point. Une boutique, un hôtel pour backpakers[78], un distributeur de billets, une boutique, un hôtel, etc... Dennis nous informe qu'il y a des mines de charbon dans l'arrière-pays, et que donc c'est l'activité d'une grande partie des gens d'ici. Les autres sont commerçants, ou pêcheurs, ou cow-boy, ou call-girl...

Question bricole, malgré la fulgurance de mon intervention sur la graminée arborescente qui se prend pour un tangon, l'ennui ne me guette toujours pas. L'anémomètre a le bon goût de tomber en rideau de temps à autre, jouant au clignotant belge: ça marche, ça marche pas, ça marche, ça marche pas... Et puis, il y a aussi la têtière de grand-voile qui se craquèle comme des cuisses de mémé... Allez, voilà encore quelques petits chantiers pour alimenter l'intarissable "liste des travaux à faire".

J'en profite pour faire un point sur certaines perfides réflexions entendues çà et là, à moins que ce ne soit là et çà, je ne m'en souviens pas très bien, réflexions visant à introduire l'idée exotique autant que saugrenue, que ce serait moi-même personnellement tout seul qui ajouterait, comme qui dirait, "par vice", si ce n'est par vis, des lignes réputées plus ou moins inutiles à cette fameuse et inamovible liste! Entendre ça, à mon âge! J'aurais aimé pouvoir affirmer que ça m'en touche une sans faire bouger l'autre, mais, à la vérité, il serait plus juste d'avouer que c'est l'inverse...

Par contre, là, maintenant, tout de suite, c'est grand beau temps, vent arrière voiles en ciseaux, et ça, c'est pas minâp (comme on dit dans l'ouest de Bénodet).

Bâbord toute, après le Cap Upstart, puis l'ancre descend de se son davier pour s'allonger lascivement au fond de cette grande baie abritée bien plus qu'habitée... Quelques maisons éparses présentent les symptômes d'une récente fréquentation, cependant nous ne rencontrons pas âme qui vive. L'endroit est classé "parc naturel", et il est probable que les bicoques ne servent que par intermittence. Angie

---

[78] Voyageurs qui se déplacent beaucoup en autostop

et Allan arrivent à leur tour et nous rejoignent sur la plage en dinghy pour une petite causerie à marée basse.

S'il est un moment propice à réunir des populations différentes dans un seul et même élan de fraternité libatoire et créatrice à la fois, c'est bien celui de l'apéro. Ainsi, notre ami Dennis, dont la sobriété force l'admiration (la mienne, en tout cas...), y invente le terme "aqualique", censé définir les gens portés à une consommation excessive de ce liquide transparent que je peux voir chaque matin dans cette cuvette blanche qui accueille..., mais ceci nous éloigne du sujet. Suite à ce notoire apport à notre mode de communication verbal et pour ne pas me sentir "en reste", je suggère immédiatement la création d'une ligue "anti-aqualique" qui pourrait fédérer les non-buveurs d'eau, et les aider à se reconnaitre entre eux... On pourrait y organiser des réunions, où seules les boissons alcoolisées auraient droit de cité. On y deviserait gaiement, parlant fort, surtout sur les sujets les plus graves, clôturant même nos séances en reprenant ad libitum quelques chansons à boire ou autres paillardes... En même temps, je me demande tout à coup si ça n'existe pas déjà…

Deuxième jour consécutif de vent très léger. Le diesel ronronne, la mer est plate. Les vaguelettes répercutent des milliards de petits rayons de soleil comme autant de leds désynchronisées, gracieux scintillement d'un feu d'artifice naturel. C'est beau! Les somptueuses montagnes d'Hinchinbrook Island, posées sur un horizon parfaitement rectiligne, retiennent çà et là (peut-être un peu plus çà que là..., c'est difficile à dire) de petits flocons nuageux qui agrémentent ce bleu matin de leur brun vert. Un terminal sucrier, planté dans la mer à plusieurs centaines de mètres du rivage, trahit la présence de la ville de Lucinda, difficilement décelable autrement. Sur le plan pictural, ces installations industrielles aux couleurs jaune, rouge et grise n'apportent certes pas un plus au tableau… Mais bon... Si on veut pouvoir faire des confitures et mettre du sucre dans son ti-punch, ça justifie quelques sacrifices.

Arrivée à Dunk Island

"Honeywind" est déjà mouillé là. L'île offre un spectacle un peu désolant, malgré son charme incontestable. L'imposant wharf est largement déguenillé, ainsi que toutes les installations et bâtiments de l'ex-hôtel. Le terrain d'aviation voisin est à l'abandon également et les arbres portent encore les cicatrices du passage de "Yasi", le cyclone auteur de tous ces ravages.

Au matin, Angie et Allan ont quitté le mouillage depuis plus d'une heure lorsque nous dérapons notre ancre. Les vingt milles qui nous séparent de la prochaine halte sont vite parcourus, grâce à une douzaine de nœuds de vent, et nous nous présentons vers midi devant l'entrée de Mourylian Harbour.

Endroit étonnant. Une brèche dans le bush ténu livre accès à un port de commerce entièrement dédié à l'embarquement du sucre. Cinq millions de tonnes par an! L'enfer du diabétique. Le hangar de stockage et les équipements de chargement de navire sont ce qui se fait de mieux au monde dans le domaine. Indépendamment de l'activité sucrière, les docks sont envahis de milliers de troncs d'arbre, rangés comme des allumettes XXL. Encore un méfait de "Yasi". Situé dans l'embouchure de la Moresby river, le port constitue un excellent abri tous temps pour les navigateurs de passage. Pas très "funny" cependant… Y'a même pas un bistrot... Les gens ne sont pas raisonnables. Aussi, le pot d'adieu d'avec Angie et Allan se prend dans le cockpit de Catafjord. Nos amis sont arrivés "à la maison". Leur ferme n'est qu'à quelques kilomètres d'ici. Pour eux, l'escale sera longue.

Cairns

La cosmopolite ville de Cairns, qui nous héberge depuis deux jours, nous a séduits. Les gens y paraissent plus enjoués et plus décontracts que ce que nous avons connu, pour le moment, en Australie. Dennis a débarqué hier, après neuf jours de croisière. Nous profitons de la proximité de la ville pour refaire un gros appro, car nous ne verrons plus d'agglomération aussi importante avant Darwin. Cairns est un point de départ majeur pour les touristes avides de plongée et autres pataugeages sur la Grande Barrière de Corail. Cette grosse industrie locale voit quotidiennement des dizaines de bateaux de charter petits et grands trimballer leurs grappes humaines pour les emmener patauger dans le corail...

Notre voisin de mouillage n'est pas un bateau commun. Long de cent vingt-six mètres, avec soixante membres d'équipage, "Octopus" est le yacht privé de Monsieur Paul Allen, co-fondateur de Microsoft. Comme qui dirait, un gars qu'a fait fortune dans les bits... Si jamais il venait à me demander mon opinion, je serais forcé de lui dire que je le trouve un peu encombrant son canote. Mais je parierais qu'il ne va rien me demander…

Nous avons pu visionner récemment "L'ordre et la morale", l'excellent film de M. Kassovitz. Et j'ai eu la satisfaction de voir que ma modeste contribution s'est soldée par une apparition à l'écran de plusieurs minutes. Hélas, peu de gens peuvent réellement en profiter car, malencontreusement, je suis dans l'ombre la moitié du temps et de dos l'autre moitié... Reste deux secondes où on peut nettement me reconnaître quand je passe derrière le ministre (quand il ramenait sa fraise à la cantine, ses collègues acteurs lui disaient: "Eh, tu ne vas pas te prendre pour un vrai ministre maintenant..."). Ceci étant, je trouve que Mr Kassov a été bien courageux de faire un tel film.

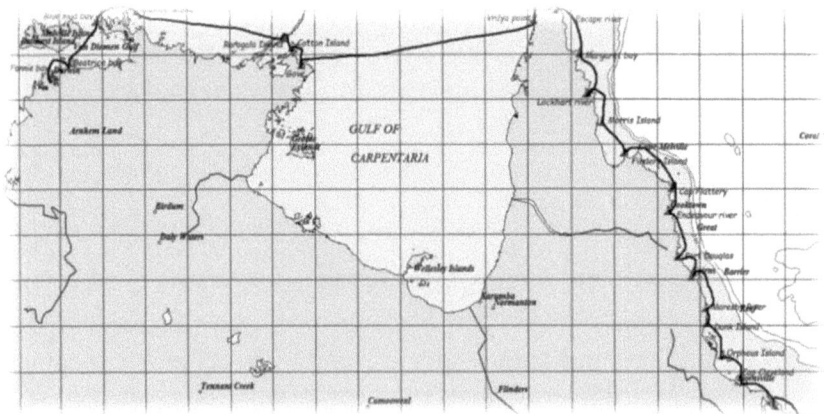

C'est bien festif, Cairns, le ouikène (passer une fin de semaine ici, ça s'appelle un "ouicairns"...). On dirait la "fête de la musique". Partout, des musicos agrémentent terrasses de bars et places publiques de leurs mélodies, et ces nombreux concerts de rues accentuent encore la jovialité de l'ambiance qui y règne.

L'objectif de la mission que nous nous sommes fixé ce jour est de nous procurer un petit outil de réparation de voiles nommé "stitch-it-awl". C'est une sorte de poinçon/aiguille très pratique pour refaire des coutures à la main. Un commerçant, tenant boutique à dix-huit kilomètres d'ici, en possède. C'est pourquoi les biclous électriques sortent bien vite du garage et nous voilà partis pour Yorkeys Knob. En un peu plus d'une heure, c'est réglé. L'aiguille magique est acquise et nous nous mettons en quête d'un établissement adéquat pour déjeuner. Le Yacht club local nous autorise l'accès à son restaurant, moyennant toutefois que j'accepte de revêtir le déguisement qui m'est proposé à l'entrée: une chemise à fleurs bleue et blanche, bien plus seyante, à leurs yeux, que mon éculé T-shirt sans manche... Je savais bien que la vue de mes épaules dénudées pouvaient avoir quelque chose de torride, ça m'a été moult fois démontré (si, si…), mais on ne m'avait encore jamais contraint à les camoufler avant d'entrer à la cantine. Pourtant, malgré cette précaution, les serveuses ont tout de même un peu perdu la boule, allant jusqu'à nous facturer trois bières quand je n'en avais consommé qu'une! Heureusement, Malou veillait. Les dix-huit kilomètres du retour s'effectuant contre le vent, c'est là que l'assistance électrique prend tout son intérêt avec, pour résultat appréciable, pas une seule minute de retard pour l'apéro!

Mardi 1er Mai… que de gris!

Depuis que nous avons quitté Cairns, le ciel est repassé en mode noir et blanc. Pour autant, une bonne brise de sud-est nous permet de faire route confortablement, ce qui est bien appréciable. Arrivés hier en début d'après-midi à Port Douglas, nous avons passé la nuit en plein cœur de la rivière à crocos, sans toujours en voir la queue d'un. Tout le nord de l'Australie est peuplé de ces imposants crocodiles d'estuaires qui peuvent atteindre huit mètres de long. Les risques d'attaques sont réels, mais celles-ci sont moins nombreuses que les panneaux de mise en garde qui jalonnent tous les endroits où ils ont leurs habitudes. Cette courte escale nous permet d'envoyer à notre agent à Djakarta les trois cents dollars requis pour obtenir un permis de croisière en Indonésie.

Ce matin, levés avant le jour, nous avons quitté notre délicieux havre pour cingler vers Cookstown, 65 milles au nord. C'est ici que la Grande Barrière de Corail est la plus proche du littoral. Ça procure un peu de confort car la houle du large n'agite pas le plan d'eau, mais, par contre, ça nous oblige à flirter avec les cargos, dont le rail de navigation occupe presque toute la largeur disponible, par endroits. Le vent se renforce graduellement en cours de journée, et c'est sous des rafales de plus de trente nœuds que nous mouillons l'ancre dans Endeavour river, entre deux bancs de sable, bien aise d'être arrivés.

Visite de la cité de Cookstown

Le temps qu'Eole retrouve la télécommande de son ventilo pour diminuer un peu le volume. Une statue de bronze commémore l'atterrissage du capitaine Cook, venu en 1770 réparer son canote, l'"Endeavour", suite à des caresses trop intimes entre la barrière de corail et sa quille. Cette petite cité, qui n'est pas sans attrait, semble poursuivre placidement son inexorable déclin. Après un spectaculaire essor pour cause de ruée vers l'or, elle est à présent devenue une ville-musée, presque entièrement tournée vers son passé. Dans la rue principale, les édifices centenaires sont maintenus religieusement, abritant expositions, galerie d'art, ou rien du tout... On peut y contempler divers objets commémoratifs et un improbable "bateau musical", particulièrement original et ludique, fabriqué à base de polyéthylène agricole de récupération, au prix de plusieurs mois de travail de quatre artistes locaux. Tout un chacun peut venir y taquiner la muse en frappant, avec des petits maillets de caoutchouc, les tuyaux, planchettes de bois et plaques d'aluminium de différentes longueurs qui génèrent ainsi des sons accordés (j'ai réussi à faire "Au clair de la lune" presque du premier coup!).

Dehors, il souffle encore un solide alizé de vingt-cinq nœuds. Mais bon, on ne va pas prendre racine ici non plus... Appareillage prévu pour huit heures, direction Cap Flattery, trente-cinq milles au nord.

Sous génois seul, à treize heures trente c'est mission accomplie, et nous sommes mouillés dans quatre mètres d'eau, sur fond de sable.

L'annexe est mise à l'eau pour une petite marche sur le rivage. Ça ne fait pas trop "coin à croco" comme ambiance... Alors on y va. Par contre, c'est indéniablement un "coin à sable" si on en juge par l'importance des installations que nous avons rencontrées en faisant route. En particulier cet étonnant terminal de chargement situé sur la côte au vent, qui s'avance dans la mer pour accueillir les cargos et leur remplir le ventre de petits grains de silice.

Le paysage a changé depuis Cookstown

Les montagnes verdoyantes sont passées en arrière plan et d'interminables dunes de sable plus ou moins couvertes de végétation forment le littoral, ligne sombre agrémentée de tâches claires. Journée de navigation sereine. Malou trie ses photos sur son "pécé". Je surveille la route en jouant de l'accordéon. Elle se fait une petite leçon d'anglais, je lis quelques lignes d'Alphonse Allais. Et Catafjord déroule joliment son sillage chantilly sur champ de moutons liquides (c'est de la poésie). Tout va bien et nous décidons de prolonger l'étape jusqu'au Cap Melville, avec l'objectif d'y parvenir vers dix-sept heures. Et c'est ce qui se passe. Sauf que le mouillage que nous y trouvons est bien peu engageant, car très ventilé! Le prochain mouillage envisageable est à plus de douze milles. Qu'à cela ne tienne, voiles plus moteurs, nous y filons à une dizaine de nœuds, pour mouiller l'ancre sous le vent de l'île Flinders, juste à la tombée de la nuit! La lune a allumé sa veilleuse. On est bien. Et puis, ça décrasse un peu les moteurs.

Nouvelle navigation quasi-lacustre. Le vent est moins fort ; la grand-voile est de sortie. Ainsi, c'est la minuscule île Morris qui nous offre son abri pour ce soir. Un autre cata a fait le même choix. Nous nous saluons de la main. Etrange impression que d'être posé derrière une aussi modeste langue de sable avec la mer tout autour. Rien ne freine le vent et le canote tire fort sur la patte d'oie qui nous relie au fond de l'eau par cette fantastique ancre "Rocna" (que nous avons depuis Nouméa). Après l'incontournable tour de l'île à pied, qui est un des plaisirs favoris de Malou, le coucher de soleil embrase le ciel en une pure féerie. Ça tombe bien, demain c'est dimanche, jour féerié...

Nous avons appris un truc captivant en visionnant un DVD, acheté à Cairns, concernant la Grande Barrière de Corail. Figurez vous que certaines pieuvres sont dotées de la capacité d'adopter de nombreuses physionomies différentes, en passant de l'une à l'autre quasi instantanément. Par contre, j'ai l'impression qu'elles ne sont pas là tout le temps..., sinon, à quoi ça servirait de se procurer les horaires d'octopus?

Encore une navigation peinarde, soleil, vent, la mer bien sage, direction le cap York. La barrière de corail est toute proche sur tribord, mais on ne la voit pas car elle affleure seulement. De l'autre côté, la côte est redevenue vallonnée et couverte de végétation. Arrivés au Cap Direction, virage à gauche, pour aller goûter la quiétude dans l'estuaire de Lokhart River, en compagnie des crocos, toujours.

La nuit fut douce. Totalement exempte de croco. Toujours pas vu la queue d'un! Le ciel est un peu couvert, mais l'alizé souffle gentiment. Sous grand-voile arisée, nous slalomons entre les "reefs", au gré des méandres de la côte, pour éviter de rester dans le rail des cargos. En plus, ça raccourcit un peu le trajet. Et puis, cerise sur le bateau, un beau thazar de un mètre dix et huit kilos vient enfin récompenser notre opiniâtreté pêcheresse! Premier poisson comestible que nous prenons depuis notre arrivée en Australie. On ne pourra nous reprocher d'avoir dévasté la ressource.

Notre havre du jour s'appelle Margaret Bay. Pour y parvenir, nous traversons les délicieuses Home Islands, non pourvues, hélas, de mouillage convenable. Mais, on s'en fout, puisque Margaret bay, c'est super!

La nuit enveloppe Catafjord et son équipage dans l'étrange mouillage d'Escape river. Nous y sommes seuls. Il a fallu éviter soigneusement les nombreux radeaux à huitres, propriétés de la ferme perlière voisine, qui jalonnent l'estuaire avant de profiter du calme et de la sécurité du lieu. Verrons-nous enfin un croco? Je leur joue de l'accordéon, à la tombée de la nuit. Je n'imagine pas les charmer, mais au moins juste exciter un peu leur curiosité. Aucun résultat! Ça doit pas être tellement mélomane un croco. C'est petit, des oreilles de croco. En même temps, on dit que ce ne sont pas ceux qui ont les plus grandes oreilles qui entendent le mieux. Ou alors c'est ma musique... Possible !

L'instant est d'importance. Tournant le regard vers babord, qui se trouve fréquemment être à gauche sur un canote, il nous est donné de contempler l'extrémité nord de l'Australie, ainsi que l'horizon qui la jouxte, lequel, à présent, est fait d'Océan Indien, et non plus de ce Pacifique qui nous sustente depuis deux ans et demi. Nous poursuivons un peu notre route vers le nord afin de faire une dernière escale Pacifique à l'île "Mount Adolphus". Derrière le Cap York, les Thursday Island laissent apparaître leurs masses sombres, invitation à la croisière... Que nous allons cependant décliner, pour cause de planning (ceci dit, à nos âges, comment éviter de décliner?).

Nous sommes seuls dans Blackwood Bay pour profiter de l'eau turquoise de ce bout du monde. Le platier qui nous sépare de la plage est truffé d'huitres, grandes comme la main. Dommage que nous ne soyons pas amateurs. Pas de chemin pour pénétrer à l'intérieur de l'île, la promenade sera brève. Malou trouve de superbes clous et rivets de cuivre, vestiges d'un navire qui a vraisemblablement terminé sa vie sur cette grève (le cauchemar du syndicaliste...).

De retour à bord, il reste assez de temps pour que je m'affaire à "inventer" un nouveau système de tangonnage du génois. Ah, c'est vrai… J'avais omis de vous dire que l'"autre" a encore consenti, et je dois, une nouvelle fois, revoir ma copie.

18h30: premier coucher de soleil sur l'océan Indien qui porte, ici, le nom de Mer d'Arafura.

La nuit n'a pas été sereine dans ce mouillage solitaire. Le vent est monté à trente nœuds et, à la faveur de la pleine mer, le clapot dans la baie s'est accentué. Bref, nous quittons Adolphus sans regret et avec un ris dans la grand-voile... Lequel s'avère rapidement insuffisant et nous crochons promptement le deuxième, caracolant dans "Torres Strait" aux eaux émeraude/marron envahies de moutons blancs. Ça décoiffe ! Jusqu'à trente-deux nœuds par moments. Sur les coups de neuf heures, le cap York est franchi et nous quittons l'océan Pacifique.

Ça n'a l'air de rien, mais nous, ça nous fait quèquechose d'entrer dans notre troisième océan, celui qui vaut mieux que deux "tuloras..."[79] (Devinette à deux balles: pourquoi les hommes de la tribu "Malaki" sont-ils toujours maigres ?... Indien Malaki ne profite jamais...).

A présent qu'est accompli le franchissement du fameux détroit, reste encore une petite difficulté à se bouffer avant de pouvoir de nouveau glandouiller benoitement sur une mer clémente: c'est de se faufiler au milieu de tous ces bancs de sable dont au sujet desquels, il y en a partout. Et nous, on fait comment pour s'esbigner de là... ?

Fin de journée. Attablé dans le cockpit, que je suis à vous raconter tout ça, le disque jaune en a profité pour semi-s'immerger dans l'horizon et c'est plusse que beau, cependant que mon verre de blanc est quasiment vide… Mais ça n'a aucun rapport... Malou fait une photo, tout en m'informant que le repas brûle, pendant ce temps-là... La belle vie quoi!

Traversée du golfe de Carpentaria

Levés avant le soleil, nous mettons le canote en route, sur une mer plate, poussés par une modeste brise. Ça démarre cool. Et puis, la brise fraichit et il faut ariser partout pour le reste de la matinée. En début d'aprèm, ça mollit. Alors on renvoie tout, pour tenir la moyenne. Celle qui pourrait nous permettre, avec de la chance, d'arriver demain soir avant la nuit. Au coucher du soleil, nous avons parcouru le tiers de la distance, à neuf nœuds et demi de moyenne. Alors bien sûr, on y croit... ! Bientôt, la nuit nous engloutit et apporte avec elle son cortège de tracasseries... A minuit, nous sommes sous deux ris partout, abattant dans des grains de plus de trente nœuds. Pas peinard... Et pas bon pour la moyenne car, entre les grains, c'est des "molles", et je n'aime pas être trop toilé la nuit. Ainsi, au petit jour, la moyenne s'établit un peu en dessous des neufs nœuds nécessaires et il semble déjà hors de question d'arriver de jour. Tant pis, on renvoie tout de

---

[79] Indien vaut mieux que deux "Tuloras "

même toute la toile, pour bien avancer, et nous rentrerons à Gove de nuit. Je dois juste mettre en place, rapidos, un système de signalisation nocturne de secours avec les anciens feux de route, rangés au placard depuis trois ans, car le feu tricolore de tête de mât est tombé en carafe[80]. Autour du bateau, des bonites sautent partout, comme pour se moquer. Nous, on fait mine que rien, car le thazar de l'autre jour occupe encore le frigo et nous ne saurions y accueillir d'autres invités. Les lignes de traine restent dans leur coffre, et pis c'est tout !

17h30, la terre apparait, apportant, comme toujours, une étrange et indéfinissable satisfaction. Mais il reste encore vingt-cinq milles à parcourir avant de pouvoir bénéficier du calme de la baie de Gove. Quand c'est possible, il est toujours préférable d'éviter un atterrissage de nuit dans un endroit que l'on ne connait pas.

Gove

22h; l'ancre descend dans les eaux calmes de la baie "Inverell" (Dalton... ?).Tout s'est bien passé et nous ne trainons pas à rejoindre la couchette pour une bonne et entière nuit de sommeil en commun.

Jour de lessive. Hélas, les bourrasques et les averses se succèdent toute la matinée sans discontinuer. Enfin, vers quinze heures, à la faveur d'une éclaircie, nous tentons une visite de reconnaissance vers le Yacht club voisin. Les gens y sont accueillants et souriants et nous lions rapidement connaissance. Le préposé au bar est propriétaire d'un très beau catamarande de seize mètres, sur plans Schionning[81], qu'il a construit lui-même en douze ans. De retour à notre bord, peu avant la nuit, le ciel et le soleil s'associent pour nous produire un festival de

---

[80] Un navire à propulsion vélique arbore, la nuit, trois feux réglementaires : un rouge, un vert et un blanc.

Il est toutefois possible de réunir les trois secteurs autour d'une seule et même source lumineuse, située en tête de mât.

[81] Architecte local, réputé pour ses multicoques rapides

couleurs, en arrière plan de l'imposant complexe de transformation de bauxite. La terre est rouge par ici, chargée qu'elle est du précieux minerais. Ce site industriel, perdu au bout du monde, n'en possède pas moins un étrange charme, un peu envoûtant. Même les polluantes et nauséabondes volutes vomies au ciel par d'interminables cheminées ne sont pas dénuées d'une certaine grâce, sous l'éclairage orange des milliers de lucioles de l'usine au crépuscule...

Virée en biclous jusqu'à Nhulunbuy

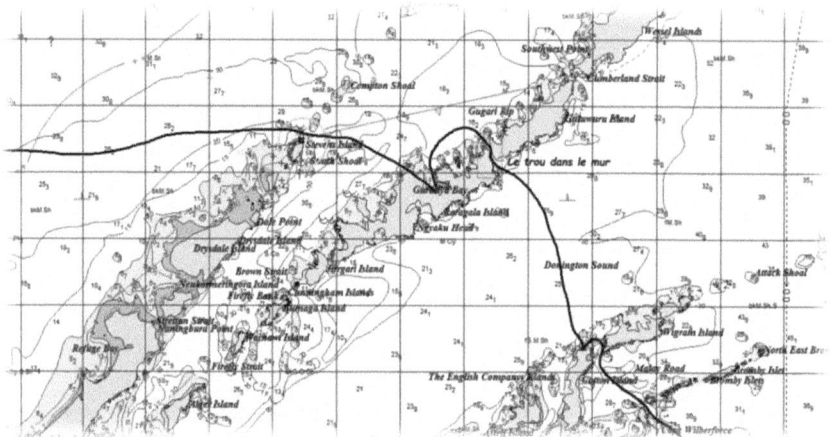

La ville voisine est distante d'une douzaine de kilomètres. La piste cyclable qui y mène est aussi charmante qu'inhabituelle, cheminant dans le bush, à quelques dizaines de mètres de la route des autos. Les eucalyptus abritent des colonies de cacatoès aux cris stridents d'apprentis crincrin, et le sol est jonché de termitières, même aujourd'hui... Nous sommes en pays aborigène ici et l'on croise fréquemment de ces gens nettement plus bronzés que le vulgum Aussius. La ville, sans attrait, a cependant une personnalité marquée. Cité minière à l'âme de bauxite, les rues sont larges et les espaces verts omniprésents. Tout y est plus ou moins bruni par la poussière rouge... salement exotique.

Le cap Wilberforce, que nous projetons de doubler pas plus tard que cet après-midi, non point pour en créer un deuxième, mais seulement pour passer notre chemin, nous fait l'effet d'un genre de petit Raz de Sein à la mode tropicale. Les courants de marée, lorsqu'ils se trouvent opposés à un alizé musclé, peuvent lever une mer très dure. C'est pourquoi, arrivant de l'est, il convient de s'approcher avec le flot, son courant portant alors à L'ouest. C'est ce que nous faisons et tout se passe pour le mieux. Ainsi Catafjord se trouve-t-il au mouillage avant la chute du jour, dans une voisine baie bien abritée, et l'apéro n'en est que plus goûtu. Nous passons la matinée au mouillage. Malou va se faire une petite plongée, cependant que je répare les quelques bricoles qui ont déconné ces derniers jours.

Le programme de l'après-midi se nomme. "Le trou dans le mur". L'île Raragala, basse sur l'eau, est longiligne, interminable, et en travers de notre route. C'est ballot! En revanche, elle est naturellement scindée en deux par une sorte de canal d'environ quatre-vingt mètres de large, lequel constitue une attraction des plus dignes d'intérêt en plus de raccourcir le trajet. Attention toutefois à ne pas s'y aventurer le nez au vent et la mite sous le bas... L'endroit est parcouru à chaque marée par un courant qui peut atteindre dix nœuds en période de vives-eaux, avec la particularité marquante de charrier ses eaux exactement à l'inverse de la règle courante en mer d'Arafura. Partout ailleurs, le courant de flot porte à l'ouest. J'ignore si c'est la faute au trou, ou si c'est la faute au mur, toujours est-il que, au travers de cette Ragala-là, le courant de flot porte à l'est! Exactement à l'opposé! Ça ne s'invente pas tout seul un truc comme ça. Lors de notre passage au yacht club de Gove, un document nous a été gracieusement remis pour espiquer tout ça en long, en large et en profondeur. Hélas, avec une erreur concernant les horaires à Gugari rip, soit environ pas loin de l'endroit où démarre le grand toboggan. Résultat, donc, nous nous pointons une heure trop tôt! Notre optimisme ne s'en trouve pas entamé pour autant et nous décidons de nous introduire en douceur, comme disait le jeune marié. Alors, on y va, ça y est, on est parti, bon, ben là, on y est !

Tant et si bien, qu'au beau milieu du bazar, nous nous retrouvons comme dans la Loire en crue, avec cinq nœuds de courant dans le pif et plein de violents tourbillons tout partout... Un peu chaud, le passage! Beaucoup trop étroit et agité pour imaginer faire demi-tour.

Faut passer, et pis c'est tout. Dire que je serre un peu les miches est un doux euphémisme : j'ai les fessiers tétanisés comme une ado qui attend le suppositoire. Par contre, le spectacle est unique et impressionnant. Pendant que je mouline de bâbord à tribord, avec la barre à roue, Malou fait crépiter le Pentax tous azimuts. Une heure plus tard, nous mouillons dans Guruliya bay. Encore un endroit original et plein de beauté. Mini-falaises de roches feuilletées, quelques taches de terre rouge pour contraster avec la végétation traditionnellement verte, plages de sable blanc, un ciel de crépuscule, coloré comme un dessin d'enfant...et Catafjord, toujours seul au mouillage.

Nous délaissons les charmes de Guruliya bay aux environ de 8h30 pour cingler, sans escale, au prix d'une nuit en mer, directement vers le cap Don, extrémité nord-ouest de l'Australie, profitant ainsi de la météo idéale qui nous est allouée: petit vent portant, mer calme, ciel bleu!

Nous venons de recevoir des nouvelles pas du tout réjouissantes de la famille. Aussi Malou souhaite que nous hâtions l'annuel voyage en France, initialement prévu à l'automne, car la santé de son frère Jean s'est encore dégradée. Nous devons absolument lui rendre visite au plus vite. Pour les jours prochains, la croisière va prendre une allure de convoyage rapide.

Nous avons bien progressé vers l'ouest. Les courants de marées n'étant pas favorables à une deuxième navigation nocturne à l'approche du détroit de Dundas, nous avons opté pour une escale de repos, la nuit dernière, mouillés sous le vent d'Oaxley Island.

Le souffle d'Eole, qui n'a pas failli jusqu'à maintenant, semble se mettre en ouikène. Plus qu'une centaine de milles avant Darwin, mais ce ne sont pas les plus faciles. Question courants de marées, le quartier s'apparente un peu à la Pointe du Raz. Pour le moment, voiles en ciseaux, le génois débordé par le bambou recyclé (mon nouveau système est bien mieux que celui d'avant), nous avançons à cinq nœuds, poussés par une brise de fond de culotte, sous un ciel un peu morne.

Au mouillage depuis hier soir dans Béatrice bay, nous attendons l'heure de la marée avant d'appareiller pour notre ultime étape vers

Darwin. À peine quarante milles à parcourir. Fait rare ces derniers temps, nous avons ici un voisin de mouillage. Un bateau en acier à gréement de goélette aurique, immatriculé à Sydney. Les Australiens sont, en général, peu enclins à lier connaissance avec les équipages de rencontre et celui-ci ne fait pas exception. La traversée du golfe Van Diemen se fait sans aucun problème. Aidés par une jolie brise, qui souffle par le travers, nous parvenons à maintenir une honnête moyenne, en dépit des presque trois nœuds de courant contraires. Heureusement, tout de même, que nous sommes partis dès le lever du jour. Les terriens affirment que le monde appartient à ceux qui se lèvent tôt..., dans le monde du cabotage[82], ce sont les belles escales qui appartiennent aux lève-tôt.

Darwin

Et voilà accomplie une importante étape. Catafjord a mouillé son ancre dans Fannie bay, juste à l'ouest de la ville de Darwin. Cette première soirée y est magnifique : ciel d'azur, coucher de soleil en technicolor, mer calme. Demain, nous partirons à la découverte de la ville...

On se croirait "mouillé en mer", ici. La baie Fannie est très grande, avec l'estran[83] en pente douce et un marnage qui peut atteindre huit mètres. C'est pourquoi Catafjord se trouve ancré à presque un mille du littoral. Aussi, avec l'alizé musclé qui souffle en ce moment, le plan d'eau est blanchi de moutons et agité par des vagues suffisamment conséquentes pour nous chahuter en permanence. Pas facile de bricoler et le transfert en dinghy pour aller faire un tour en ville s'annonce plutôt humide.

Jour après jour, les éléments de notre prochaine virée en France se mettent en place. Nous prendrons l'avion dans quelques jours pour un séjour en métropole de trois semaines, avant de revenir à Darwin et

---

[82] Navigation le long des côtes

[83] Partie du littoral découverte à marée basse

poursuivre notre croisière vers l'Indonésie, puis la Malaisie, et la Thaïlande. Sans omettre, malgré les indispensables préparatifs avant de quitter l'Australie, de visiter la ville de Darwin et les curiosités locales. Pour le moment, nous nous sommes limités à une marche le long du littoral et une brève incursion au musée du territoire et des arts aborigènes.

La promenade sur le chemin qui longe l'esplanade ne manque pas d'intérêt, non plus. Et elle est, de surcroit, très plaisante. On peut y apercevoir, de l'autre coté de la rade, dans la direction de "Charles point", des installations qui, certes, n'améliorent pas l'esthétique du paysage en elles-mêmes, mais qui peut-être y contribuent indirectement.

Je vous évoque cette énorme citerne blanche et ce terminal de chargement de cargo relié à la côte par son wharf au lieu dit "Mandurah". Ce complexe a pour vocation la production, le stockage et le transport par voie maritime de biogaz, produit à partir de déchets organiques (les poubelles de Darwin, quoi). Une partie du gaz produit est consommée par des groupes électrogènes qui approvisionnent la région en énergie électrique. Intéressante initiative, qui vaut bien, à mon sens, une centrale nucléaire.

Lors de notre arrivée ici, il y a seulement quelques jours, un "Outremer43" du nom de "Khamsa", battant pavillon français, était posé sur le sable devant le club nautique. A son bord, Hervé, son sympathique propriétaire, affairé à remettre le canote en ordre de marche après un an et demi de stand-by. Il est accompagné et secondé, dans l'accomplissement de sa lourde mission, de deux potes venus l'aider, Hugues et Laurent. C'est pour nous un grand plaisir de lier connaissance avec eux, renouant ainsi avec ces rencontres de voyageurs dont nous avons été un peu privés lors de notre séjour en Australie.

Comment bousiller son moteur en douceur

L'origine de la mésaventure qui est arrivée à Hervé mérite d'être relatée, car elle est le résultat d'une façon de procéder répandue chez les voileux et qui leur coûte souvent fort cher. On rencontre fréquemment, dans cette confrérie, des quidams tenant des discours amers, ou pour le moins peu élogieux, envers leurs installations mécaniques : "Moi, les moteurs, j'aime pas ça et, en plus, j'y connais rien", ou encore "Moins je mets le moteur, mieux je me porte… ça fait du bruit et ça sent mauvais ". Certes. Cependant, la plupart des bateaux de plaisance à voiles qui sillonnent les mers ces derniers temps ne sont pas de vrais voiliers, mais bel et bien des "fifties"[84], car ils sont (presque) tous généreusement motorisé, alors que modestement "toilés". Ceci implique que leurs propriétaires ont dépensé des sommes considérables dans l'acquisition de machines à combustion internes diverses et variées. Personnellement, je trouve un peu sot de négliger, ensuite, ces dispendieuses installations et, plus sot encore de se priver de leur usage, quand cela peut être intéressant. Mais bon, chacun fait ce qu'il veut dans son canote, à l'exception, peut-être, de ceux qui font comme leur épouse veut… Par contre, dès lors qu'on est pénétré de cet état d'esprit anti-mécanique, la porte est grande ouverte à des comportements générateurs de nombreuses déconvenues. Un moteur diesel n'accepte pas de fonctionner en permanence à faible régime. Hors c'est précisément ce que font un grand nombre de personnes, au prétexte qu'opérant ainsi ils minimisent les nuisances afférentes (bruit et consommation de carburant). Raisonnement à court terme s'il en est, car leurs moteurs n'atteignant pas leur température de fonctionnement normale, ils génèrent beaucoup d'imbrulés. Lesquels, petit à petit, se déposent à divers endroits, particulièrement du côté du circuit des gaz brulés, jusqu'à un arrêt total de la machine, impliquant parfois même son remplacement. C'est en particulier un cas fréquent chez les navigateurs qui évoluent à bord de bateaux un peu "affutés". Ceux-ci rechignent à avoir recours au moteur, car leurs bateaux sont suffisamment rapides "à la voile" pour n'utiliser le ou les moteurs qu'en cas d'absence totale de vent (mais alors, pourquoi en monter de si gros ?). Ils dédaignent également d'embarquer une réserve suffisante de carburant, car le poids diminue les performances à la

---

[84] Abréviation de « fifty/fifty » qui signifie que ces bateaux peuvent se mouvoir indifféremment à la voile ou au moteur.

voile. Ayant fait, pour des raisons similaires, l'économie d'un groupe électrogène, ils mettent encore à contribution leur pauvre mécanique, en sous-charge flagrante, des heures durant afin de charger leurs batteries au moyen de l'alternateur d'origine. Un alternateur de série, ça consomme péniblement trois chevaux quand le moteur qui l'entraine en peut délivrer quarante! En matière de sous-charge, difficile de faire pire. Et ce sont les concessionnaires de moteurs marins qui sont contents ! Ça fait bien marcher le commerce tout ça. Par contre, les écolos font grise mine. On ne peut pas faire plaisir à tout le monde.

Journée crocos

Avec la visite d'une ferme/zoo située à une douzaine de kilomètres du Yacht club. C'est un peu le parcours du combattant pour s'y rendre. Nous ne prenons pas les vélos, de crainte de les asperger d'eau de mer dans le dinghy (toujours ce gros clapot..).

Mauvais choix car, hélas, le samedi est un jour néfaste pour voyager en bus. D'attente en détours et à force de patience et d'opiniâtreté, nous parvenons à la ferme en fin de matinée et passons tout de même quelques heures en compagnie de ces charmants reptiles, dont les plus imposants spécimens font plus de cinq mètres de long. Ça fait vraiment des gros lézards ! Par contre, ces bestioles-là, question hygiène dentaire, y aurait à redire. Ah les cradingues ! On voit bien qu'ils ne se lavent pas les chicots tous les jours... Un petit coup de Karcher là-dedans, ça ne serait pas du lusque.

Ces animaux sont bien étonnants : ils vagissent ! Si, si… je viens juste de le voir dans le dictionnaire, le crocodilien vagit. Mais, attention, il ne vagit pas à la légère. Et il aime bien tromper son monde aussi. Il est là, à patauger placidement dans l'eau glauque, flottant bas comme un vieux tronc d'arbre gorgé de flotte, parfaitement immobile. Le vulgum pecus qui voit ça se dit bêtement : "Ça doit pas être bien vif comme bestiau ça"… Erreur. Grosse erreur qui peut s'avérer fatale, même.

Le « show » va commencer. Le personnel de cabine du zoo, armé d'une sorte de gaule à pêche, approche un bout de barbaque ou un poisson pas frétillant au-dessus de la tronche de bois-mort de notre quadrupède reptilien. Alors là, bonjour la réaction ! En une seconde, un énorme clapoir garni de chicots moisis et noirâtres, rapport à la carence de dentifrice précédemment évoquée, jaillit de la soupe, ouvert en grand, et chope avec hargne la pitance brandie par Monsieur Loyal à un bon mètre au-dessus de son museau. Impressionnant ! Même le bruit que ça fait est angoissant, évoquant comme un énorme cercueil dont le couvercle se refermerait d'un coup sec. On comprend les nombreuses pancartes de mise-en-garde qui fleurissent sur les berges du pays. En même temps, il est quand même pas trop finaud le crocodilien. C'est vrai, un poisson stoppé en l'air, comme ça, à un mètre au-dessus de l'eau, honnêtement ça paraitrait louche au dernier des crétins. Mais pas à lui. Avec sa grande gueule et ses ratiches empoisonnées, ça le turlupine pas, lui. Il y va direct. Il se jette dessus, comme un bon gros bourrin ! Après, ça va pleurnicher et s'étonner de finir en sac à main ou en grandes pompes.

Nous déjeunons sur place avec un bon hamburger de croco, que je n'ai même pas peur de manger devant eux, malgré la barbaque cachée entre les deux bouts de pains. Eh, faut quand même être un peu téméraire. Le croco qui me regarde manger, y peut légitimement se demander si ce n'est pas son frangin que je suis en train de bouffer devant lui! Ça ne se voit pas à travers le pain, le croco. Si, par inadvertance, y venait à s'en apercevoir, y pourrait mal le prendre. Bon, d'accord, les crocos y sont pas juste à côté de nous. On ne peut pas les caresser comme des caniches. On est protégé par des murs et une bonne distance…Mais bon, j'évite de croiser leurs regards…, on ne sait jamais.

17h: Le bouclar ferme, et la ferme est bouclée. Le prochain bus est dans trois quart d'heure et il fait un détour d'une bonne quinzaine de kilomètres, ce qui lui prend une heure et demie pour faire tout le trajet retour! « Allons-y à pied », qu'on se dit avec la Miloude. C'est parti ! Et c'est long, surtout vers la fin. Nous terminons en taxi les trois ou quatre derniers kilomètres et arrivons juste à temps pour recevoir les amis que nous avions invités à passer ensemble une bonne soirée. Rude journée tout de même!

Et fin, provisoire, du séjour en Australie, pour cause d'escapade en métropole afin d'y visiter famille et amis.

Petite moquerie sans méchanceté

Avez-vous entendu parler du "tanguisme"?Rien à voir avec un quelconque mouvement longitudinal affectant un mobile qui se déplace sur une surface aqueuse, ça, c'est le "tangage" que ça s'appelle. Non, là, je vous parle d'une sorte d'élan, d'anti-mouvement, devrais-je presque dire...

En fait, nous sommes carrément en présence d'une véritable inertie "socio-familiale" qui affecte de jeunes adultes, peu enclins à "bouffer la vie" à pleins bras. Cet élan immobile semble prendre de l'ampleur, faisant de plus en plus de victimes chez les parents, géniteurs de ces "personnes de compagnie" imprévues. Les symptômes en sont une étrange manière de se maintenir en état de dépendance avec les parents durant de nombreuses années, bien après avoir atteint l'âge adulte, allant souvent jusqu'à s'incruster chez eux sans leur laisser entrevoir le moindre espoir d'une prochaine issue libératoire. Je n'ai pas ce problème et en remercie chaque jour, à égalité, le ciel et Claire, ma fille chérie, qui se sont associés dans une même pulsion humanitaire pour nous mettre à l'abri de ce genre de calamité. J'aimerais avoir l'éloquence et les certitudes nécessaires pour venir en aide à ceux de nos amis qui subissent les affres d'une post-adolescence tanguiniste de leur progéniture, mais, hélas, j'en suis loin. Alors je ne dis rien...Mais quelle idée aussi de faire tant de mômes!

Robotique domestique à Maulévrier

Nos amis Michèle et Patrick sont des gens fort modernes et fantastiquement équipés, en plus d'être particulièrement sympathiques. Non que nos autres amis le soient moins, qui nous accueillent comme des princes et nous gâtent à chacune de nos visites, mais les Maulévriérois (ça existe ça… ?) possèdent un petit quelque chose qui les propulse au firmament des gens "dans le coup": une modernité domotique de classe internationale. Impressionnant ! Non seulement ils sont équipés pour pouvoir ouvrir et fermer les volets de leur maison à l'aide de leur téléphone alors même qu'ils déambulent benoitement dans les rues de Stockholm, ce qui présente un indéniable intérêt (hélas, je ne me souviens plus lequel...), mais aussi, et là nous sommes carrément en pleine science-fiction, ce sont des robots qui prennent en charge la majeure partie des ingrates contraintes de la vie sédentaire avec maison et jardin. Ainsi, après une délicieuse soirée entre amis, sitôt installés sous la couette, prêts à sombrer dans les bras de Morphée, on peut entendre la voix de Nono1er, l'aspirateur microprocesseurisé, qui discute avec lui-même dans le couloir avant de s'atteler à sa collecte nocturne des miettes de l'apéro et aussi des autres agapes car l'animal, cela va sans dire, est largement multi immondices. Résultat, demain matin au lever, quand, marchant d'un pas presque éveillé, nous nous rendrons à la table du petit déj', nulle cochonnerie ne viendra se coller sous nos pieds légèrement "pégueux" de la transpiration de la veille (nous préférons nous laver après le café…, quand c'est nécessaire...).Ceci grâce à l'intervention en temps masqué de la machine magique. (Ça m'inspire une devinette: "quel est le point commun entre un chien de clochard et un robot-aspirateur ?"… Ils sont tous les deux plein de puces). Mais ce n'est pas tout! Les espaces verts n'ont pas été négligés, loin s'en faut...[85] C'est Nono deux qui s'occupe d'en assurer discrètement l'entretien. Il fait son taf nuitamment, quittant discrètement la niche-connecteur qui lui sert de siège de relaxation pendant les périodes de repos, pour parcourir inlassablement et en tous sens la verte moquette végétale de manière à offrir à sa famille le charme anglais d'une pelouse qui ne manque de rien. Bon, là, pendant notre visite, Nono s'est un peu empêtré les arpions dans le tuyau d'arrosage. Nous ne saurions lui en tenir rigueu. "Nobody's perfect" comme on dit au pays des pelouses irréprochables. Je ne saurais ennuyer mes lecteurs avec la longue énumération des nombreuses merveilles qui rendent vivable l'existence de nos amis (comment trouver les mots pour qualifier cette cheminée fantastique, ou établir une étude comparative des opérations d'allumage "by

---

[85] Ce n'est pas une faute d'orthographe, c'est un jeu de mot

Michèle" et "by Patrick"...). Je me prends à rêver: si mon ami devenait un jour l'heureux propriétaire d'un yacht, et que, lassé d'en refaire fréquemment l'antifouling, il venait à l'équiper d'un robot de la famille Nono, mais dans le style de ceux qui rampent dans les piscines, ça m'intéresserait sacrément! Peut-être même plus que Nono poussière et Nonoraygras réunis..., et ce n'est pas une utopie, car notre ami Patrick est pourvu d'une capacité de résolution de problèmes tout à fait hors du commun.

Retour chez les kangourous

Une heure de retard à l'atterrissage. Loin de nous en plaindre, ça nous arrangerait plutôt. Il fait encore nuit, mais plus pour longtemps. Le petit déjeuner, pris à l'aéroport, nous remet direct dans l'ambiance australienne, question "bouffe". Le taxi qui nous mène vers Catafjord est une Toyota hybride. Cette merveille de technologie nous mène promptement près de la plage devant le yacht club avec nos valises. Position peu propice à "faire du stop". Une chance, c'est pleine mer et le vent est faible, donc, il n'y a pas de clapot. Bientôt, la chance nous sourit une deuxième fois, sous la forme de ce navigateur matinal venu là promener son chien et qui nous propose un "lift". Ainsi, nous montons à bord de Catafjord à l'instant précis où l'astre solaire procède à son lever de rideau quotidien. Le canote s'est très bien comporté en notre absence et tout va pour le mieux à bord. Sauf qu'il a un peu fait sa mauvaise tête question "hygiène". Les fientes d'oiseaux, additionnées aux poussières de la ville voisine, le tout dans un contexte de sécheresse persistante lui ont refilé un look de marché mauritanien. C'est là que mon installation de pompe de lavage à eau de mer fera merveille. Bien sûr, ce n'est pas idéal de laver à l'eau salée, mais, au moins, elle est abondante et c'est toujours mieux que rien. La baie s'est bien garnie en bateaux de passage depuis notre départ et pourtant aucun ne nous est connu. Petite déception, de ce côté-là.

Nos potes allemands de "Taïmada" viennent d'arriver et mouillent à proximité. Ils viennent rejoindre les nombreux partants pour le rallye "Sail Indonésia" qui débutera dans un mois. Devisant gentiment, dans le carré de Catafjord, le pack de bières y passe (c'était un petit...).

Echange d'informations sur les escales, news des amis communs... Tout de même, c'est un peu curieux cette manière de se regrouper en troupeau pour aller découvrir un pays étranger. Les participants restent beaucoup entre eux et ne s'immergent pas vraiment dans la population locale passant ainsi à côté de l'essentiel. Ça nous parait dommage. D'autant que le passage de cette meute pleine de dollars pollue sensiblement la tête et le cœur des autochtones. Ceci dit, il faut reconnaitre qu'il y a de plus en plus de gens qui voyagent de cette manière. Ils se sentent ainsi rassurés, moins exposés. Mais, question "parfum d'aventure", c'est moyen.

Sur le plan "météo", la situation est un peu particulière en ce moment. Déjà, il fait plutôt "frais" et nous avons même ressorti la couette. Et puis, surtout, chaque matin l'alizé souffle vigoureusement, pour se calmer ensuite dans l'après-midi. Il en résulte un fort clapot qui nous handicape sérieusement, autant pour bricoler dans le canote que pour nous rendre à terre. Par contre, avec le soleil invariablement radieux et l'éolienne qui ronronne, les batteries sont tout le temps chargées à bloc et nous pouvons dessaler des tas de litres d'eau.

Les hélices se sont fait coloniser par les berniques amères. Aussi, bravant les potentiels crocos dont au sujet desquels je n'en ai pas vu la queue d'un, je plonge armé de ma spatule vengeresse et remonte vite-fait à bord après avoir honteusement bâclé mon nécessaire grattage... Pas envie de m'attarder. L'eau est trouble et c'est bientôt l'heure de l'apéro...

Profitant de l'accalmie de l'après-midi, avec l'aide de Malou, je monte au mât inspecter le sommet qui nous génère quelques soucis. Je n'aime plus du tout faire ça, car le vertige, que j'ai longtemps ignoré, à présent m'habite à l'intérieur de ma tête, et c'est troublant. Du feu de route, l'ampoule à leds réclame de l'aide, car elle est devenue laide et inerte. Bonne à remplacer, quoi! Ce qui implique de devoir remonter.

Début de la "valse des commissions...". De nombreux aller-retour en ville et en bus seront nécessaires pour remplir nos placards de toutes ces denrées qui vont nous permettre d'entretenir notre gras, et qui seront bientôt introuvables, en Indonésie.

Bonne nouvelle: le nouveau feu de tête de mât, bien mieux que le précédent, est en place et, en plus, nous en avons profité pour graisser la gorge du mât à la vaseline. Je sais: en général, la vaseline, c'est pas pour la gorge. Mais pour le mât, oui! A cause du va-et-vient des coulisseaux..., quand on envoie la toile..., ou qu'on l'affale, suivant qu'on arrive, ou qu'on repart. (Si c'est trop technique, posez-moi vos questions par mail avec un timbre pour la réponse).

Ce mercredi, nous sommes quasiment prêts à partir. Les visas indonésiens occupent une pleine page des passeports et les coffres de Catafjord regorgent de victuailles. Il n'y a que la météo qui n'est pas au top: peu de vent pendant deux jours. Aussi, nous fixons l'appareillage à samedi matin. Rendez-vous est pris avec les autorités pour procéder au "clear-out".

Le "Sunset Market" fait partie des curiosités qu'il serait dommage d'ignorer. C'est pourquoi nous délaissons ce soir le confort douillet de notre modeste barcasse pour aller nous immerger dans cette marée humaine grouillante, entre les baraques à bouffe et les échoppes d'artisanat. On vient ici le jeudi et le dimanche, en fin d'après-midi, pour boulotter son poulet Satie aux noddle, avec les doigts, face à la mer, les pieds dans le sable, hypnotisés par le spectacle du gros rond rouge qui s'affale dans l'eau, là-bas au loin. Quelques musiciens dispensent leurs rythmes disparates, participant activement à l'ambiance de kermesse. La flûte de pan, le didgeridoo[86] et la guitare électrique enfin réunis! Assis dans l'herbe, sous les feux d'un puissant projecteur électrique, les fourmis rouges nous bouffent les chevilles pendant que nous engloutissons le contenu de nos barquettes en plastique, arrosées par rien... C'est sympa…, moins qu'avec un coup de rosé, mais, bon…, sympa quand même. Et la balade retour le long de la côte, au clair de lune, pour rejoindre le dinghy est grave-romantique... Rentrés à bord, à l'issue de cette soirée de folie, il est vingt heures! Une tisane et au lit.

Le passage du sud-ouest

---

[86] Instrument typique australien qui donne un son de corne de brume…

Au cours d'une circumnavigation, quand vient l'heure de pénétrer plus avant dans l'océan Indien, une question essentielle se pose au navigateur vagabond. Quel trajet emprunter pour rejoindre l'Europe ?

Chaque année, une espèce de transhumance nautique automnale réunit quelques dizaines, voire quelques centaines d'équipages, dans notre genre, dans un élan enthousiaste. Les équipages quittent leurs ports d'attache respectif et leurs familles respectables avec, au cœur, le désir plus ou moins déterminé d'accomplir une circumnavigation. Ah ! Le beau projet ! Ils en ont rêvé, ils l'ont décidé, ils l'ont planifié, ils l'ont préparé… Ils partent ! Ainsi que nous l'avons fait nous-mêmes, il y a quelques années.

Et puis, la vie fait ce qu'elle a à faire, elle use, elle dissout, elle désenchante, elle sature, elle fait son œuvre, aidée en cela par les sirènes de rencontre… Il s'ensuit qu'un grand nombre des candidats à la boucle adoptent en chemin un nouveau port d'attache, plus exotique peut-être que celui d'origine, ou bien rebroussent chemin.

Cependant, il reste encore une population considérable qui, poussant toujours plus à l'ouest, parvient dans l'océan Pacifique, le visite, et, ce faisant, le traverse. Alors, pénétrant dans l'Océan Indien, comme nous le faisons à présent, il est bien logique de commencer à se poser pour de bon la question qu'on a sournoisement repoussée jusque-là : "Par où passerons-nous, ensuite, pour rejoindre l'Atlantique… ? " Car, hélas, ces derniers temps, la liste des "portes de sortie" s'est trouvée amputée d'un choix qui séduisait jusqu'alors une majorité de "vérifieurs que la mer est ronde": le passage par la Mer Rouge et le canal de Suez.

Peut-être quelques intrépides pourfendeurs de pirates s'y risquent-ils encore, ignorant superbement les conseils des autorités militaires qui sillonnent l'immense zone à risque… Ils ne sont pas légion.

A l'instar des navigateurs *glaciophiles* qui changent d'océan en empruntant leur passage du nord-ouest, la communauté errante des *glandos* tropicaux retrouve volontiers les eaux atlantiques via le passage du sud-ouest, qui contourne élégamment le continent africain par le sud.

Les plus indécis, ou les moins pressés, ou les plus patients, trainent, parfois plusieurs années dans le secteur Thaïlande, Indonésie, Philippines, Vanuatu.

En composant habilement avec les saisons, ce bassin de croisière réserve quantité de délicieux moments de voyage qui justifient pleinement de s'attarder. Cependant, pour qui est parti pour "boucler ", il faut bien se décider à affronter le "passage du sud-ouest ", même si on peut s'attendre à devoir serrer un peu les miches à son abord.

Comme toujours dans la vie de marin, ainsi d'ailleurs que dans celle de terrien, pour celui qui est raisonnablement chanceux, avec une dose ordinaire de précautions, ça se fait bien. Alors qu'évidemment, le poissard va se choper tout ou partie des vilénies qui rôdent dans le secteur.

Une fois parvenu dans les eaux tourmentées de l'océan Indien et le choix de la route sud-ouest arrêté, deux options différentes s'offrent aux navigateurs. Selon qu'ils soient un peu pressé ou qu'ils préfèrent trainailler, ils choisiront de faire route directe vers Rodrigues/Maurice/La Réunion (avec une halte à Christmas et aux Cocos Keeling), ou de faire un grand crochet par le nord et visiter l'Indonésie et la Thaïlande qui regorgent de lieux captivants et d'escales délicieuses. L'alternance des moussons demande une année supplémentaire pour pouvoir adopter cette voie. C'est celle qui a notre préférence, car elle réserve de passionnantes visites à certains endroits magiques dont la simple évocation du nom déclenche déjà des images oniriques : Andaman, Sri Lanka, Maldives et surtout, les Iles Chagos qui, nous dit-on, valent vraiment le détour, en dépit des embûches et tracasseries soigneusement mises en place par nos amis d'Outre-Manche pour en limiter la fréquentation.

Suivront alors, avec plus ou moins de difficultés en fonction de la météo, les iles Rodrigues, Maurice, La Réunion.

Là, encore deux opportunités s'offrent au vagabond flottant : partir à la visite de Madagascar, ou tirer tout droit sur l'Afrique du Sud.

Les partisans du parcours rapide attendront logiquement le début de la saison cyclonique pour aller se faire malmener dans le redoutable "courant des Aiguilles" et ses vagues dites "scélérates" … Le problème est simple : quitter la dispendieuse Réunion avant la fin de l'hiver austral expose à subir du mauvais temps contraire en cours de traversée, car les prévisions météos ne sauraient être fiables sur une aussi longue période et on ne peut donc pas compter sur une belle fenêtre pour passer incognito… Ceci dit, il n'est pas rare que des petits veinards croisent par là sans encombre. D'autres se font proprement "péter la gueule"…

L'autre chemin, celui qui comprend une large visite de Madagascar, promet au navigateur quelques bons moments, et certains qui le sont moins… Ce pays comptant parmi les plus pauvre du monde, les larcins y sont fréquents et il n'est pas rare de se faire soulager, qui de son passeport, qui d'un moteur hors-bord, qui d'appareils électroniques… Cependant, les Malgaches sont des gens peu belliqueux et on peut se balader presque partout sans ressentir d'insécurité. La nature y est superbe et la navigation pas très difficile, même si les cartes sont presque toujours fausses et que le passage du cap d'Ambre, tout au nord du pays, peut donner lieu à quelques palpitations car le vent y souffle souvent avec vigueur.

Après une période de vacances dorées, le long de la côte ouest, à l'approche de l'été austral vient le moment de hâter un peu l'allure et de se préparer à reprendre la mer, direction l'Afrique.

Il serait tentant de rejoindre le littoral africain à l'endroit où le canal du Mozambique est le plus étroit. Pourtant, peu d'équipages font ce choix, probablement à cause des risques réels de rencontre de pirates. D'autre part, le choix d'un cabotage le long de la côte du Mozambique implique de patauger quelques temps dans l'illégalité car les ports d'entrée sont rares et pas très accessibles. Malgré tout, une rencontre avec les autorités étant fort peu probable, certains bateaux font escale toutes les nuits sans être officiellement entrés dans le pays… Mais, chutttt, cela ne nous regarde pas.

La traversée du canal du Mozambique n'est pas spécialement aisée. Vents et courants y sont capricieux et peuvent rapidement rendre la navigation fastidieuse. Par chance, malgré tout, plusieurs abris naturels le long de la côte du Mozambique permettent de se réfugier à l'approche d'un coup de vent.

Arrivés dans le sud du Mozambique, la nouvelle règle du jeu entre en vigueur, avec ses deux composantes majeures : le courant des

Aiguilles, d'environ deux à trois nœuds, mais qui en atteint six par endroits, et les coups de vents qui se succèdent tous les trois à quatre jours, un coup à l'est, un coup à l'ouest.

Ainsi, si le périple depuis Madagascar dure depuis six jours, et qu'on se trouve à trente milles de Durban lorsque surviennent les premières bourrasques de la nouvelle dépression, la mer soulevée par le courant des Aiguilles devient soudain si agressive qu'il ne reste plus qu'à rebrousser chemin pour aller s'abriter à Richard's bay, quatre-vingt-dix milles en arrière, en rasant la côte, pour tenter de subir un moindre courant contraire.

La poursuite du voyage nécessitera d'attendre la fin de ce coup de vent pour appareiller rapidement, avant même l'apparition du vent d'est qui suivra à coup sûr, et donc de commencer la route au moteur dans une mer désordonnée, de manière à parvenir au port suivant (Durban), avant l'apparition d'une nouvelle dépression.

Ça semble tout à fait faisable…, mais bien sûr, c'est moins peinard que l'alizé.

Et plus on progresse vers l'ouest, plus ça se refroidit.

Alors, fort heureusement, les bons côtés font un peu oublier les difficultés de la navigation. L'Afrique du Sud, aux attraits nombreux et variés, mérite bien une visite approfondie, car les centre d'intérêts touristiques sont pléthore.

Par contre, les formalités administratives d'entrée et de sortie sont d'une rébarbative lourdeur et doivent, en théorie, être accomplies à chaque escale. Une des raisons réside dans la surveillance qui est assurée, pour la sécurité des navigateurs, par le traçage systématique de leurs itinéraires, opéré par l'organisme d'état chargé de toutes les gestions portuaires, plaisance et commerce confondus.

L'Afrique du Sud produit du charbon. Beaucoup de charbon ! En quoi cela nous concerne-t-il ? Eh bien, en ce que tout bateau navigant le long de cette côte et arborant, au départ de sa croisière, une belle couleur blanche, virera rapidement au gris car, là-bas, tous les ports stockent des tas de charbon hauts comme le Mont Saint-Michel, lesquels distillent généreusement leurs petites particules carbonées au gré des vents souvent vigoureux. Il s'ensuit un dépôt uniforme de cette délicate poussière noire qui agace la ménagère méticuleuse.

Cette côte n'offre quasiment pas d'abri naturel fiable, ou tout du moins n'en offre plus, car ils ont tous été transformés, au cours des ans, en ports de commerce actifs et prospères. C'est pourquoi un périple vers l'ouest ne connaitra que des escales en marina, ou dans des ports de commerce, au gré des possibilités d'accueil qui sont assez modestes dans l'ensemble. Par chance, on est volontiers pragmatique et accueillant dans ce pays, et le voyageur de passage se verra toujours autorisé à squatter un bout de quai de pêche ou à mouiller au fond d'une darse peu visitée par le trafic commercial. Et tant pis si l'endroit n'est pas très "cosy", du moment que la sécurité est assurée.

De cette manière, après trois ou quatre escales incontournables (Durban, East London, Port Elizabeth, Mossel bay), arrivera un instant de grâce, celui de retrouver les eaux de l'Atlantique après avoir doublé le Cap des Aiguilles, pointe australe du continent africain.

L'immense "False bay" possède deux marinas, modernes et confortables, où il est possible de stationner le temps nécessaire à la visite de Capetown et de ses environs, en particulier la région des vins qui ne manque pas d'intérêt. Cependant, le vent y souffle avec vigueur une grande partie du temps, et les unités de plus de quinze mètres en sont exclues.

Le morceau de choix, quand c'est possible, c'est tout de même la belle marina de Capetown. C'est un peu cher et il n'y a pas toujours de places disponibles, mais sinon, quel régal de séjourner au cœur de cette cité magnifique avec la montagne de la table en fond d'écran. Et les environs immédiats de "Waterfront marina", idéalement située dans un quartier historique restauré, sont particulièrement coquets et agréables.

Soixante milles plus au nord, la baie de Saldanha permettra de renouer avec ce style un peu plus "vagabond" qui sied si bien au grand voyageur. Sans être encore revenu aux cocotiers et aux massifs coralliens, on mouillera son ancre à peu près où on veut, car la baie offre un abri naturel de qualité et le yacht club local sait se montrer des plus accueillants.

Par contre, il fera de plus en plus froid, et ça va durer ainsi jusqu'au tropique, à cause du courant du Benguela qui ramène de l'eau glacée du grand sud. Quelle idée !

Ceci dit, pour celui qui aspire à se réchauffer rapidement, l'option est claire : faire le plein de vivres à Capetown et filer rapidement vers le nord à la faveur d'une bonne fenêtre météo. Ainsi, en cinq ou six jours, c'est le tropique ! Au revoir les otaries, salut les poissons volants…

Après étude, je dirais que ce passage du sud-ouest, dont le caractère "obligatoire" ces derniers temps pour cause de risque de piraterie au large de la Somalie irrite un peu le vagabond, renferme en lui cette amusante contradiction : contourner l'Afrique est devenu incontournable ! Alors, le mieux : on s'habitue à l'idée, on se décontracte, et on profite.

Fin de l'épisode « Pacifique »

Remerciements

L'auteur tient à formuler ses sincères remerciements aux nombreuses personnes qui ont tenu un rôle dans ce récit, ainsi qu'à tous ceux qui ont, de près ou de loin, participé à son élaboration.

Merci à Malou qui n'a pas ménagé sa peine et qui parvient toujours à me supporter

Merci à Thérèse, Anne-Yvonne, Jean-Gaby, Olivier, Pascaline, Pascale, Charly, Isa, Pierrette, André, Claire, Danielle, Josselin, Stéphanie, Nath, Franckie, Martine, Jacques, Karine, Guy, Jean-Yves, Mireille, Michel, Hervé, Anne-Marie, Daniel, Xavier, Laurence, Jean-Luc et Nicole dont les conseils avisés ont permis d'améliorer la version originale de ce récit.

Un grand merci encore à tous ceux qui nous ont gentiment reçus lors de nos escales en métropole.

Egalement une immense gratitude envers celles et ceux qui écrivent un commentaire, tellement important pour un auteur autoédité.